De liefde van mijn leven

Louise Douglas

De liefde van mijn leven

2008 – De Boekerij – Amsterdam

Oorspronkelijke titel: The Love of My Life (Macmillan)
Vertaling: Nienke van der Meulen
Omslagontwerp: Van de Manakker Grafische Communicatie Maastricht
Omslagfoto: Nick Daly / Getty Images

ISBN 978-90-225-5150-9

Voor mijn dierbare familie en vrienden

PROLOOG

Ik ga nooit meer naar Watersford terug.

Luca ligt er begraven, mijn man Luca. Maar ik ga er nooit meer naartoe.

De familie van Luca heeft gewonnen. Angela en Nathalie zijn erin geslaagd ons uit elkaar te drijven. Dat wilden ze al jaren en ik denk dat ik ze dat nooit zal kunnen vergeven.

En wat ik gedaan heb, is ook niet meer goed te maken. We kunnen niet meer terug naar hoe het vroeger was, het valt niet meer te repareren. We moeten allemaal leren leven met onszelf en met de consequenties van onze daden, het is niet anders.

Toen de waarheid over de familie Felicone op die stormachtige nazomeravond eindelijk aan het licht kwam, wilde ik ze nooit meer zien. Dus verliet ik het restaurant, stapte in mijn auto die buiten voor de deur geparkeerd stond, en reed door de donkere nacht naar het huis van mijn zusje Lynnette in Londen. Lynnette houdt van me. Ze vroeg niet wat ik daar om drie uur 's nachts op haar stoep deed, met doorgelopen mascara op mijn gezicht. Ze vroeg niet waarom ik geen koffer bij me had, of toch op zijn minst een tandenborstel. Ze gaf me een beker warme chocolademelk, terwijl ze in de logeerkamer het bed opmaakte. Ze pakte een pyjama voor me en stopte me onder tussen de schone lakens zoals je een kind onderstopt, en toen ging ze weg zodat ik kon slapen.

Als ik vijfhonderd jaar geleden was geboren, was ik naar een klooster gestuurd om daar de rest van mijn leven te slijten. Vandaag de dag is het klooster geen optie meer, maar Lynnette gelooft nog steeds in het principe van verlossing. Nu ik me weer iets beter voel heeft ze de oude laptop van haar man Sean naar de slaapkamer gebracht en tegen me gezegd dat ik alles wat er gebeurd is moet opschrijven. Ze is er heilig van overtuigd dat ik het achter me kan laten als ik het eenmaal allemaal heb opgeschreven. Ik weet niet of dat zo is, maar ik heb toch niets beters te doen.

Ik zit in kleermakerszit op de gele sprei. Naast me ligt een foto van Luca, afgelopen zomer genomen voor een restaurant in Sorrento. Hij knijpt zijn ogen tot spleetjes tegen de zon en kijkt recht in de lens. Er zit een sigaret tussen zijn lippen geklemd en hij houdt een flesje Peroni in zijn hand. Ik mis hem bij iedere ademhaling, bij iedere slag van mijn hart. Hij had mijn happy end moeten worden. Maar in plaats daarvan is hij het droevige begin van mijn verhaal.

Dit gebeurde er nadat Luca stierf.

1

Het begon op de dag van Luca's begrafenis, in de derde week van januari. Het was zo'n schitterend heldere koude winterdag waarop de zon scheen en je het liefst als een meeuw boven de stad zou willen vliegen.

In plaats daarvan zaten we vast in het huis van Luca's ouders in Watersford, vanwege de verplichte nummers. Luca's familie en de gasten hingen rond in de zitkamer. Onder de regie van Angela, mijn schoonmoeder, maakten mijn schoonzusjes zich nuttig en drongen kopjes koffie en kleine zoete gebakjes op aan mensen die er eigenlijk geen trek in hadden.

Iedereen was lief voor me, behalve Nathalie, zij ontliep me. Ik voelde dat ze me vanaf de andere kant van de kamer in de gaten hield en ik vroeg me af of ze nog boos op me was en nog steeds een hekel aan me had. Ik dacht dat zij misschien blij was dat het zo was afgelopen en ik nu degene was die verdriet had. Misschien dacht ze wel dat het mijn verdiende loon was dat ik weduwe was geworden. Misschien vond ze dat het mijn schuld was dat Luca dood was.

De familie behandelde me als een speciale gast op de begrafenis van mijn eigen man. Het ging niet van harte, maar toch. Ik was nooit welkom geweest in deze familie en niemand deed nu alsof dat wel zo was, maar ze waren net ruimhartig genoeg om mij een klein beetje medeleven te betonen en vriendelijk tegen me te zijn. Ze stelden wat vragen over de reis hierheen en over mijn hotel, en ik gaf antwoord maar hield het kort, ik vond het moeilijk om uit te wijden. Het was voor het eerst in meer dan vijftien jaar dat ik de voltallige familie Felicone meemaakte zonder dat Luca erbij was als mijn advocaat, mijn pr-man en mijn sponsor.

Eigenlijk was ik doodsbang voor wat er voor me lag, niet alleen voor de begrafenis, maar voor de rest van mijn leven. Ik had het gevoel alsof ik me overdreven langzaam bewoog, belemmerd door angst. Mijn zintuigen werkten niet goed meer. Soms hoorde ik dingen te hard, een stem klonk als een galmende klok, en soms losten alle woorden en geluiden op in een auditieve brij. Mijn mond was droog. Mijn vingertoppen prikten. Ik vergat adem te halen.

Twee van de vier overgebleven broers, Stefano en Luca's tweelingbroer Marc, deden broederlijk tegen me. Ze sloegen hun armen om me heen, kusten me op mijn wangen en waren lief. Ik besefte het maar half. Het was net of ze wind waren. De andere twee gedroegen zich zoals gebruikelijk. Carlo was als altijd afstandelijk en neerbuigend. Fabio, de jongste, zat boven en deed een computerspelletje. Ik had eerder die dag geprobeerd met hem te praten, maar hij ging te zeer op in zijn spel, of misschien negeerde hij me expres.

De oudere broers beneden waren naar buiten gegaan om te roken en door het zachte gemompel in de huiskamer, alsof we in de kerk waren, kwam vanuit de tuin zenuwachtig gelach. Dat moest Marc zijn, het klonk precies als Luca. Ik pakte een paar lege kopjes en schoteltjes op en bracht ze naar de keuken. Angela was bezig het eten dat over was in plastic bakjes te scheppen. Naast haar stond een oude, tengere vrouw die een ouderwets huishoudschort droeg over haar vale bruine rok, met lange mouwen en knoopjes aan de voorkant. Haar smalle gezicht werd omlijst door peper-en-zoutkleurig haar in een pijnlijk strak permanentje. Ze droeg gele rubberhandschoenen.

'Dat hoef je niet te doen, Olivia,' zei Angela zonder me aan te kijken. 'Mevrouw McGuire ruimt straks wel op. Zij weet waar alles staat.'

Ik glimlachte voorzichtig naar de vrouw terwijl ik haar het vuile vaatwerk gaf. Ze zag er streng uit, maar ze keek me aan en knikte eventjes, om me te bedanken. Ik kon aan haar ogen zien dat ze probeerde te verzinnen wie ik was. Het kwam natuurlijk niet bij Angela op om ons aan elkaar voor te stellen.

'Kan ik ergens mee helpen?' vroeg ik.

'Nee, dank je, we redden het wel,' zei Angela.

Ik liep terug naar de huiskamer. Luca's vader Maurizio stond voor het raam aan de voorkant en staarde naar buiten, terwijl hij aan zijn pasgeschoren kin plukte en naar de mensen keek die voorbij liepen en met hun leven bezig waren alsof dit een gewone dag was. Ik ging naast hem staan, met mijn rug naar de kamer gekeerd. Maurizio en ik hadden het altijd goed met elkaar kunnen vinden, en op deze manier hoefde ik met niemand te praten.

Luca's neefjes en nichtjes, allemaal piekfijn in de kleren, hadden de taak om op de stoep naar de auto's van de begrafenisondernemer uit te kijken. Eindelijk kwam een van hen binnen gerend, trok aan Maurizio's hand en zei: '*Nonno*, ze komen eraan.'

Heel even hield iedereen zijn adem in, toen ontstond er grote bedrijvigheid.

De gasten zetten sherryglazen, koffiekopjes en boterhambordjes neer en veegden hun vingers af aan Angela's gesteven linnen servetten. Maurizio ging naar boven om Fabio te halen. Overdreven beleefd hielpen mensen elkaar in hun jas en toen liepen ze over de gewreven houten vloer van de hal naar de voordeur, bleven even staan voor de grote spiegel in de vergulde barokke lijst om een plukje haar glad te strijken of een schouder af te kloppen. Mevrouw McGuire kwam de keuken uit om de huiskamer op te ruimen.

Ik liep de andere kant op, naar het toilet, en ging op de wc zitten, met mijn hoofd in mijn handen, in een poging mezelf te vermannen. Mijn hart ging als een razende tekeer, mijn handen beefden. Ik dacht dat ik flauw zou vallen. Het was donker en koel op het toilet, en het rook er naar seringen. Ik hield het handdoekje tegen mijn gezicht. Het voelde vochtig aan.

Er werd op de deur geklopt.

'Liv, alles goed?' Het was Marc. 'Mag ik binnenkomen?'

'Ja.'

De deur ging open. Marcs gezicht weerspiegelde mijn eigen angst.

Hij raakte mijn wang even met zijn vingertoppen aan. 'O, Liv.'

'Ik kan niet naar de begrafenis,' fluisterde ik, terwijl ik mijn schouders optrok om me van de buitenwereld af te sluiten. 'Ik kan het niet aan.'

'Je moet.'

'Ik kan het niet. Ik ben bang.'

'Weet ik. Ik ben ook bang.'

Ik keek omhoog naar Marc. Hij zag er bleek en uitgeteerd uit.

'Iets drinken?' vroeg hij.

Ik knikte.

Marc haalde een heupflesje uit zijn zak, draaide de dop eraf en gaf het aan mij.

'Drink zo veel als je kunt en spoel je mond dan met het mondwater in het kastje onder de wastafel.'

Ik deed wat hij zei. Het was whisky en het deed me goed. Marc dronk na mij. Toen spoelden we onze mond en spuugden het mondwater uit, naast elkaar als kinderen voor het naar bed gaan.

'Heb je dat mondwater daar expres neergezet?' vroeg ik.

'Ik dacht dat het goed was om op alles voorbereid te zijn. Maar niemand zeggen, hoor.'

Ik glimlachte.

Marc vulde het heupflesje bij uit een whiskyfles die evenals het mondwater verstopt stond achter Angela's schone handdoekjes, rollen wc-papier en luchtverfrisser.

'We redden het wel, hoor,' zei hij terwijl hij me overeind hielp.

'Vandaag. En daarna ook. Ik help jou, dan kun jij mij helpen, goed?'
Ik veegde mijn mond af en knikte.

2

Toen ik naar buiten stapte, de kou in, kon ik niet naar de lijkwagen kijken. In plaats daarvan keek ik naar mijn voeten. Die schenen een eigen leven te leiden en liepen wankel in mijn hooggehakte zwarte laarsjes de paar stenen treden af naar het trottoir, en daarna naar het achterportier van de voorste limousine, waar de naaste familie van Luca stond te wachten. Ik ging naast Angela zitten. Ze schoof op om ruimte te maken, en keerde zich van mij af. Zo zat ze ijzig en wel naast me. Ze ademde inktzwart verdriet uit, maar had zichzelf desondanks volkomen in de hand. Ik stak mijn handen met handschoenen tussen mijn knieën en kneep ze stevig samen.

Ik kon niet naar de kist kijken.

Tijdens de rit naar de begraafplaats staarde ik naar mijn knieën. Er leek geen einde aan te komen, en het volgende dat ik me herinner was het verschrikkelijke geluid van onderdrukt gesnik van een man in de kerk, waar het ondanks de elektrische straalkachels ijskoud was. Het carillon speelde in de gebrandschilderde koepel hoog boven ons, er hing een geur van hoestbonbons, schimmel en rottende bloemen. Hoewel ik er niet naar kon kijken, wist ik dat de kist op het rouwpodium in het midden voor het gangpad stond, overdekt met witte lelies, anjers en rozen, en ik wist, al was het moeilijk te geloven, dat Luca in die kist lag, helemaal alleen, afgesloten van ons allemaal. Ik vroeg me af of het helemaal donker was in die kist, of dat er bij de rand van het deksel een streepje licht naar binnen viel. Ik hoopte dat zijn hoofd op een zijden kussen rustte en dat hij prettig was neergelegd.

De gebeden, de getuigenissen en liefdevolle anekdotes werden met haperende stem verteld terwijl ik, omdat ik bang was om te luisteren, wegdroomde naar de herinnering aan de vakantie afgelopen zomer, naar Luca die op een ligbed bij het zwembad lag te slapen, zijn gezicht naar het mijne gewend. Ik had mijn boek neergelegd, omdat het zo fijn was gewoon naar hem te kijken terwijl hij sliep.

Het was een traditionele dienst. Ik weet niet meer wat de gebeden of de gezangen waren, ik lette niet op, maar het was vast allemaal prachtig. Angela, perfect gekapt, met een hoed met sluier en in een mantelpak dat zo te zien van Chanel was, had daar ongetwijfeld voor gezorgd. Ik zat naast Luca's oudste broer Stefano. Zijn warme dij drukte tijdens de dienst tegen die van mij. Hij hield zijn gezangenboek op zodat ik mee kon kijken, maar ik kon de woorden niet onderscheiden en deed geen poging om mee te zingen.

Toen de dienst voorbij was, drong Stefano zich langs mijn knieën om met de andere broers de kist de heuvel op te dragen naar het graf. Ik liep er in mijn eentje achteraan, de heuvel op. Mijn adem omhulde mijn gezicht, maar ik hield mijn ogen strak op de grond gericht.

Ik weet helemaal niets meer van wat de geestelijke bij het graf zei, maar toen ze de kist moesten laten zakken, spoorde hij me zachtjes aan om de roos die ik vasthield in de kuil te werpen en toen móést ik wel kijken en golfde het verdriet over me heen. Ik geloof niet dat ik iets zei toen ik daar stond, op mijn hoge hakken, in mijn nieuwe jas en met mijn zilveren oorbellen in, maar vanbinnen gingen alle hoop, alle dromen en wensen die ik ooit gekoesterd had verloren, ze werden met wortel en al uitgerukt zodat er niets overbleef dan de bloederige resten. De vrouw van Stefano, Bridget, had haar armen om hun jongste dochtertje Emilia geslagen, maar ze moet aan mijn gezicht hebben gezien hoe ik eraan toe was, want ze stootte Stefano aan. Hij kwam naar me toe en sloeg zijn armen om me heen en ik sloot mijn ogen toen hij me naar zich toe trok en mijn hoofd tegen zijn schouder legde alsof het iets kostbaars en breekbaars was. Ik voelde zijn hortende gesnik door de ruwe stof van zijn jas heen.

Toen het voorbij was, liepen de mensen die er minder bij betrokken waren weg van het graf, heuvelafwaarts naar de parkeerplaats naast de kapel. Vervolgens vertrokken een voor een de schoonzusjes, de neefjes en nichtjes, de ooms en tantes, de mensen die al heel lang bevriend waren met de familie en de werknemers van het familiebedrijf en lieten alleen de meest directe familie – de vier broers, de ouders en mij – achter om afscheid te nemen. Een tijdlang stonden we daar om het graf, en in de laagstaande zon van die winterochtend wierpen onze lichamen lange schaduwen op de grond. Niemand zei iets, maar uiteindelijk liep Carlo weg, en toen legde Stefano zijn arm om de schouders van Fabio en nam hem mee, weg van het graf, en Marc fluisterde in mijn oor: 'Ze hebben een moment voor zichzelf nodig', en ik knikte en ik liet me meevoeren, weg van het graf, zodat alleen Angela en Maurizio daar achterbleven, samen, maar een beetje apart, als standbeelden op het kerkhof naast het graf van hun verloren zoon.

We waren al halverwege de heuvel, toen Marc begon te huilen: hard en heftig als een kind, en daardoor moest ik ook huilen en het leek de gewoonste zaak van de wereld om onze schokkende snikken, nietsziende ogen, doorgelopen mascara en snot niet aan de anderen te tonen, dus stapten we van het hoofdpad af en volgden een smaller pad dat niet naar beneden liep maar zich tussen de bomen door slingerde. En op dat pad huilden we. Lang, luidruchtig en louterend. We hielden elkaars hand vast en toen, zonder iets te zeggen, kusten we elkaar. Het was een zachte kus, als een glas water na een week in een zandstorm of een long vol zuurstof als je denkt dat je verdronken bent. Het was een kus van de enige mens ter wereld die net zoveel van Luca gehouden had als ik. Marcs tong, zout van de tranen, was als een geschenk in mijn mond, zijn handen lagen zacht op mijn vochtige wangen, onze tanden botsten tegen elkaar. Marc kuste me zacht maar innig, alsof hij de essentie van Luca uit me opzoog, en terwijl ik zijn gewicht tegen me aan voelde, zijn dij tussen mijn dijen, wist ik dat ik nog geluk had, want ik had Marc om me aan Luca te herinneren, maar Marc had alleen mij maar.

3

Mijn man stierf op 7 januari vorig jaar bij een auto-ongeluk op de M1, op weg naar het zuiden.

Het was een bijzonder koud begin van het nieuwe jaar, het vroor, maar volgens het rapport van de technische recherche hebben de weersomstandigheden niet aan het voorval bijgedragen. Het doffe licht van de late namiddag is misschien wel een factor van betekenis geweest. Luca had vlak voor het ongeluk in een telefoongesprek met mij de snelweg omschreven als 'smerig koud, typisch voor het noorden hier'.

Ik denk niet graag aan de details. Af en toe merk ik dat mijn gedachten afdwalen naar een gevaarlijk, donker pad waar de angst me bevangt als de schaduw van een scharende vrachtwagen en de adrenaline door mijn aderen spuit, glassplinters in het rond vliegen, botten breken. Soms, in een onverhoeds moment, vraag ik me af wat Luca nog gezien en gehoord heeft, wat hij gevoeld heeft, of hij de tijd heeft gehad om bang te zijn. Ik zeg steeds dat hij op slag dood was, dat hij niet geleden heeft en dat hij niets gemerkt heeft van het ongeluk. 'Wat een zegen,' zeggen de mensen lief. Ze denken dat mijn verhaal klopt, maar ik weet niet of dat zo is.

Luca had een voorgevoel dat hij op de snelweg zou sterven, een auto-ongeluk. Als we in een file zaten, hoe lang we er ook in zaten en hoe vervelend het ook was, dan zei hij altijd tegen me dat ik niet moest klagen.

'Wees blij dat je niet die arme stakker vooraan bent,' zei hij, en dan dacht ik aan die arme stakker, hoe hij of zij die ochtend gewoon zoals altijd van huis was weggegaan, zonder benul van wat er gebeuren zou. En nu lag hij of zij in het gunstigste geval achter in een ambulance die aan de andere kant van de vangrail met gillende sirenes en zwaailichten de weg afscheurde. En dan zuchtte ik, stopte mijn haar achter mijn oor en zei: 'Je hebt gelijk. Ons had hetzelfde kunnen overkomen. Goddank dat dat niet zo is.' Luca, die niet in God geloofde, maar die het zeker niet aan eigendunk ontbrak, zei dan: 'Precies. Stel dat wij níét dat kwartiertje langer waren gebleven omdat ik de voetbaluitslagen nog wilde zien...' Goed, dan waren we maar te laat voor de bruiloft, dan misten we het voorprogramma maar... wat maakte het in godsnaam uit!

4

Luca had brede schouders, smalle heupen en de lange benen van een voetballer. Zijn ogen waren donker, zijn wimpers waren donker en als zijn ogen wat groter waren geweest, had hij er bijna vrouwelijk uitgezien. Omdat hij zo donker was, leek het altijd alsof hij zich nodig moest scheren. Zijn haar was fijn en zwart met een slag erin; als hij het lang droeg, krulde het. In zijn jeugd droeg hij zijn haar tot op zijn schouders. De laatste jaren liet hij het knippen, maar het was nog altijd langer dan in de mode was. Dat maakte in Londen niet uit. Daar kun je zijn wie je wilt.

Luca was slordig, hij is er nooit in geslaagd van netheid een gewoonte te maken. Zijn overhemd hing altijd uit zijn broek. Zijn sokken pasten vaak niet bij elkaar. En nog vaker droeg hij helemaal geen sokken, ook al gingen zijn sportschoenen daarvan stinken. Mij kon die stank niets schelen, maar anderen vonden het vervelend.

Luca was eigenwijs. Hij zei altijd dat dat een deugd was omdat hij, volgens hem, eigenlijk altijd gelijk had. Voor Luca was alles zwart of wit. Hij hield van je, of niet. Hij vond iets belangrijk, of niet. Er was geen tussenweg.

Luca was kok. Hij hield van zijn werk. Hij hield van zijn collega's. Hij duldde geen slonzige opmaak of slechte ingrediënten, te gare vis of ongare pasta. In zijn vak was hij een perfectionist. Hij lachte veel op zijn werk. Hij schreeuwde, hij maakte veel lawaai. Hij was emotioneel. In dat opzicht leek hij erg op zijn vader.

Als hij voetbal keek op tv, zat Luca op het puntje van zijn stoel, zijn ellebogen op zijn knieën, en moedigde hij de spelers aan of schreeuwde aanwijzingen. Als ze zijn aanwijzingen opvolgden en scoorden, zei hij: 'Oké, jongen, goed gedaan!' Als ze dat niet deden, kreunde hij, leunde achterover in zijn stoel en sloeg met zijn hand tegen zijn voorhoofd. En even leek het of de wereld verging.

Luca was gek op voetbal, op het krankzinnige af. Hij was supporter van Napoli en hij zei altijd dat Diego Armando Maradonna de beste voetballer ter wereld was, de allerbeste. Stefano vond het inmiddels nogal gênant om toe te geven dat je Napoli-fan was, omdat ze zo slecht speelden. Desondanks gingen Luca en ik en Stefano en zijn gezin met z'n allen naar Italië zodat Luca en Stefano erbij konden zijn als Napoli in de pan werd gehakt terwijl Bridget en de kinderen en ik in het zwembad zwommen van onze gehuurde villa tegen de helling van de Vesuvius. Op die sprookjesachtige Italiaanse avonden dronken we wijn terwijl de zon onderging en doopten we brood in de olijfolie voor we het feestmaal dat Luca voor ons bereid had opaten. 'Hier, Liv, proef eens!' beval hij als hij met een bordje met iets heerlijks erop tevoorschijn kwam door de plastic slierten die de vliegen uit de keuken moesten houden. Hij stopte een hapje tussen mijn lippen, of ik dat nu wilde of niet. De kinderen vonden het prachtig. Stefano zat met een fles tussen zijn knieën aan de kurkentrekker te rukken en zei, met zijn sigaret op zijn onderlip geplakt, vanuit zijn mondhoek: 'Laat haar toch met rust!'

Luca voetbalde altijd, overal. Als hij geen bal had, nam hij een verfrommeld sigarettenpakje, of een kastanje, of een leeg colablikje of wat dan ook, als hij er maar tegenaan kon trappen.

Luca rookte meer dan wie dan ook die ik ooit gekend heb –, behalve misschien Marc.

Luca speelde basgitaar, best goed. Soms speelde hij mee met een bandje uit Southend dat The Piers heette.

Luca had er geen idee van dat hij zo aantrekkelijk was. Hij droeg oorringetjes, dat was zijn enige blijk van ijdelheid.

Luca vond het prettig om in bad een washandje over zijn gezicht te leggen en één been en arm over de rand van het bad te laten hangen. Zo luisterde hij dan naar de Hot Chili Peppers.

Luca was opwindend. Als ik op mijn werk was, of in de metro, of in de supermarkt, als ik me verveelde, dan droomde ik ervan dat we met elkaar vrijden. Ik aanbad hem. Ik zou hem altijd trouw zijn gebleven. Waarom zou ik naar een andere man omkijken als geen enkele man zelfs maar bij benadering zo aantrekkelijk was als hij?

Luca had mijn naam op zijn linkerarm laten tatoeëren, vlak bij zijn hart.

5

Luca ligt op Arcadia Vale begraven, in een graf dat al gereserveerd was voor de familie Felicone. Arcadia Vale is een grote, weelderig groene, victoriaanse begraafplaats, vlak bij het huis van zijn ouders, in de stad Watersford in het hoge noorden. Watersford ligt op minder dan twintig kilometer ten westen van de kleine badplaats waar we allebei zijn opgegroeid en staat bekend om zijn universiteit, zijn kathedraal en zijn glaswerk. Vroeger werden er kostbare bokalen in wit en roze gemarmerd glas geblazen, maar toen de toevoer van kolen waarmee de ovens gestookt werden opdroogde werden alle glasblazerijen gesloten. Angela en Maurizio wonen in een deftig halfvrijstaand huis met uitzicht op de rivier in een van de chique, hoger gelegen buitenwijken van de stad. De weg waaraan hun huis ligt is breed en omzoomd door lindes waarvan de wortels het plaveisel hier en daar ontzetten. Het oorspronkelijke plaatsje Watersford was op een heuvel in de bocht van de rivier gebouwd. Een klein deel van de oude stad is achter een zware verdedigingswal bewaard gebleven. De onmogelijk smalle, steile straatjes zijn met elkaar verbonden door stenen trappen omhoog en omlaag. Daarachter ligt de veel grotere, en grootsere, stad die gebouwd is door protserige achttiende- en negentiende-eeuwers, en die zich tot de oevers van de rivier uitstrekt. Hier staan de neoklassieke openbare gebouwen, hoog en elegant met façades van zandsteen, en verder vind je er de universiteit, de middelbare scholen en de belangrijkste winkelstraten. Er zijn fonteinen, kerken en parkjes met gietijzeren hekken en standbeelden van belangrijke inwoners. Delen van de stad zijn in de oorlog verwoest en de open plekken zijn opgevuld met betonnen en bakstenen gebouwen die de tand des tijds veel minder mooi hebben doorstaan dan de oudere gebouwen. Er is een lelijk winkelcentrum waar drugsverslaafden rondhangen, een bowlingbaan, een parkeergarage en de voormalige disco Romeo and Juliet, tegenwoordig een casino. Rondom dit centrum liggen de woonwijken van de stad als de punten van een ster. Lanen, pleintjes en straten met villa's, herenhuizen en appartementen. De glasindustrie bracht Watersford welvaart en kansen, dus groeide de bevolking. De kleine kerkhoven lagen algauw overvol en daarom werd Arcadia Vale opgericht om de dreigende crisis het hoofd te bieden. De in landschapsstijl ontworpen begraafplaats werd aan de overkant van de rivier aangelegd. De begraafplaats heeft uitzicht op de stad en de stad kijkt terug en de rivier kronkelt er als een lint tussendoor.

Als Luca had mogen kiezen, had hij waarschijnlijk liever een rustige crematie gehad, met daarna een drukke en met drank overgoten wake in de Bow Belle, onze stamkroeg in Londen. Maar toen ik geconfronteerd werd met het verdriet van zijn ouders, had ik de moed niet hierop aan te dringen, of om het zelfs maar voor te stellen. Zij wilden dat hun zoon op de traditionele manier begraven werd in Arcadia Vale, waar de familie hem kon komen opzoeken wanneer ze dat wilde, en ik stemde daarmee in. Het was het minste wat ik kon doen, na alles wat ik ze had aangedaan, en ik dacht niet dat het mij iets zou uitmaken waar hij lag.

Maar het maakte me wel uit.

Halverwege februari zat ik in een diepe depressie. Ik wist dat zoiets bestond, uiteraard, maar ik had er nog nooit mee te maken gehad. Mijn depressie was niet kwaadaardig, maar leek eerder op een trouwe waakhond, de verpersoonlijking van mijn verdriet. De depressiehond liet me nooit alleen. Hij drukte zwaar op mijn schouders. Ik kon het gewicht in mijn botten voelen, waardoor ik met gebogen hoofd, hangende schouders en neergeslagen ogen voortging. Als ik wakker werd, zat hij al op mijn kussen te wachten, en als ik in slaap viel, ging hij tegen mijn borst aan liggen. De enkele keer dat ik even niet dacht aan wat er gebeurd was, was mijn depressie er met de tong uit de bek als de kippen bij om me eraan te herinneren. Op een dag, dat wist ik, zou ik die depressiehond weg moeten jagen. Er figuurlijk stenen naar moeten gooien of zo. Maar voorlopig liet ik de depressiehond graag toe in mijn leven, en ik ging zelfs zover dat ik tegen hem praatte. Alleen de hond begreep hoe ontzettend eenzaam ik was en hoe ontzettend bang. De hond, redeneerde ik, was er om het gat op te vullen dat Luca had achtergelaten en dat zo groot was als het universum.

In maart begon ik de personeelsadvertenties in de grote dagbladen door te nemen, op zoek naar werk in Watersford. Maar als pr-medewerker krijg je niet zo gemakkelijk een baan. Na een tiental brieven, en god weet hoeveel sollicitaties via de mail, werd ik eindelijk uitgenodigd voor een gesprek bij een pr-bedrijf dat zich specialiseerde in de vrijetijdssector. Ik pakte het vliegtuig naar Watersford, maar in de ogen van de directeur kon ik al lezen dat ik de baan niet kreeg, nog voor hij opstond om mijn ijskoude, trillende hand te schudden. Ik stonk waarschijnlijk nog naar de gin van de vorige avond.

Ik moest iets anders verzinnen.

Na de begrafenis had Angela me af en toe opgebeld. Tijdens deze gesprekken had ze haar best gedaan om aardig en meelevend te klinken, alsof ze met iemand sprak om wie ze gaf. Ze moet me gebeld hebben uit loyaliteit met Luca. We wisten allebei dat het niet uit liefde voor mij was.

Voor Luca's dood hielden we netjes afstand van elkaar. Bij familiefeestjes deden we vriendelijk, en als Angela opbelde en ik toevallig de telefoon opnam, was ons gesprek kort maar beleefd. Met mijn verjaardag stuurde ze een kaart, maar daar stond nooit 'met veel liefs' of iets dergelijks op. En ik stuurde haar verjaardagskaarten terug, maar ik zocht expres kaarten uit met bloemen in reliëf en een gedicht of zo, terwijl ik heel goed wist dat ze liever een smaakvol aquarelletje had. Dat was mijn manier om wraak te nemen op de duizenden kleine vernederingen die ze me door de jaren heen had laten ondergaan.

Luca leek het niet op te merken, maar ik was me er voortdurend van bewust hoe ze haar andere schoondochters voortrok en op mij altijd wel wat aan te merken had. Vooral Nathalie was haar lieveling. Die kon in haar ogen niets fout doen. In de loop der jaren ging ze steeds meer op Angela lijken en werd de band tussen hen nog sterker. Het werd duidelijk dat ze, hoewel ze maar in de verte familie van elkaar waren, dezelfde genen hadden. Ze hadden hetzelfde gevoel voor normen en waarden en dezelfde vooroordelen. Ze hielden van dezelfde muziek en hadden een hekel aan dezelfde tv-programma's en ze waren het er roerend met elkaar over eens dat ik weinig zinnigs te melden had. Ik begreep natuurlijk best waarom Angela zich zo gedroeg, maar na zo veel jaar genegeerd te zijn op familiebijeenkomsten, had ik er genoeg van om altijd het zwarte schaap te zijn.

Het hielp natuurlijk ook niet dat ik er, na alles wat ik de familie had aangedaan, niet in geslaagd was de verwachte kleinkinderen te leveren. Bridget, Nathalie en Sheila, de vrouw van Carlo, hadden allemaal zonder enige moeite kinderen voortgebracht. Angela, wie het moederschap ook zo gemakkelijk was afgegaan, beschouwde conceptie als een appeltje-eitje.

'Nog steeds geen blij nieuws, Olivia?' vroeg ze iedere keer dat we op bezoek kwamen. Luca zei dat dat haar manier was om belangstelling voor me te tonen. Ik vond het bot. Ik weet zeker dat zij dacht dat het feit dat ik niet zwanger raakte, bewees dat ik niet genoeg om haar zoon gaf. Maar Luca en ik wilden juist dolgraag kinderen. We hadden het jarenlang geprobeerd, maar het lukte niet. We waren onvruchtbaar, of liever gezegd, ík was onvruchtbaar. Luca had dat aan zijn moeder willen vertellen, maar ik vond dat het haar niets aanging. Ik was echt niet van plan om mezelf te vernederen door mijn privéleven of de gebreken aan mijn voortplantingsorganen *en plein public* in haar restaurant te gaan bespreken. Dus deed ik net of ik het te druk had om aan kinderen te denken, en dat ik het te goed naar mijn zin had en te veel van mijn leven genoot. Angela snoof, schudde haar hoofd en voerde dit 'egoïsme' aan als het zoveelste voorbeeld van mijn slechte karakter. Dat kon me niet schelen. Het was beter dan dat zij de waarheid wist.

Voor Luca's dood was Angela een tegenstandster van formaat. Ze vond het heerlijk me te vernederen, met kleine dingetjes en met grote, en vooral als Nathalie erbij was. Maar nu we beiden dit grote verlies hadden geleden, lag het allemaal een beetje anders. We gingen iets behoedzamer met elkaar om. Ik waardeerde haar bezorgdheid, die bijna oprecht leek. Ze bleef me bellen, hoewel we ons best moesten doen om een gespreksonderwerp te vinden als we naar elkaars gezondheid hadden geïnformeerd en het weer in onze respectieve delen van het land uit en te na hadden besproken. Ik denk dat ze er na Luca's dood, toen ze zag hoe ik eraan toe was, eindelijk van overtuigd was dat ik echt van haar zoon gehouden had. En dát zou ze me nooit vergeven.

Toen ik tegen Angela zei dat ik van plan was om naar Watersford terug te komen, reageerde ze verrast, maar verre van enthousiast. Ik hoorde haar diep ademhalen toen ik het haar vertelde, of liever, naar adem snakken, en toen bleef het even ongemakkelijk stil voor ze haar mening gaf.

'Olivia, ik weet zeker dat Luca niet zou willen dat jij ging verhuizen.'

Ik wikkelde het telefoonkoord om mijn vingers. 'Ik moet dit gewoon doen, Angela. Ik moet een tijdje dicht bij hem zijn.'

'Je wilt dus niet permanent hier komen wonen?'

'Nee, althans, op dit moment zit ik daar nog niet aan te denken.'

'Nou, dat is in ieder geval iets.'

Ik deed net alsof ik dat niet gehoord had.

'Goed. Wat zijn je plannen precies?'

'Ik heb eigenlijk geen plan.'

Angela gooide het over een andere boeg. 'Is het wel verstandig om je hele leven achter je te laten? Je huis, je baan, je vrienden...'

'Luca was mijn leven. De rest doet er niet toe. Het enige wat ik nu wil is in Watersford zijn, vlak bij hem.'

'Maar Lynnette dan? Die heeft je in Londen nodig.'

'Lynnette vindt het prima,' loog ik. Ik had het nog niet met mijn zusje over mijn plannen gehad. 'Zij vindt het een heel goed idee.'

'Goed. Mooi zo. En heb je het al aan je moeder verteld?'

'Ik stuur haar wel een adreswijziging.'

Ik zag voor me hoe Angela haar adem liet ontsnappen en berustend met haar pen op haar boekhoudregister tikte. Hoezeer ze er ook op tegen was, ze zou me dit idee niet uit het hoofd kunnen praten en het typeerde haar dat ze dus maar direct de touwtjes in handen nam.

'Tsja, Olivia, dan moet je natuurlijk bij Maurizio en mij komen logeren. We hebben je graag een paar dagen bij ons.'

Hier was ik op voorbereid. 'Nee, Angela, dank je wel, maar ik ga iets huren.'

Angela zuchtte weer. Het was een gewoonte die ze van haar man had overgenomen en in de loop der jaren vervolmaakt had: haar zuchten konden een scala aan emoties en boodschappen overbrengen. Deze zucht drukte ergernis uit, met een vleugje teleurstelling.

'Goed dan, maar als je iets gevonden hebt, laat me weten waar je zit, dan kan ik een beetje op je passen.'

Dat beloofde ik, hoewel ik wist dat het laatste waar ik behoefte aan had een schoonmoeder was die me constant in de gaten hield.

6

Ik weet niets meer van de eerste keer dat ik Angela zag, maar zij nog wel. En uiteraard kom ik er niet zo best van af in haar versie van onze eerste ontmoeting. 'Niet zo'n mooi kindje,' zo omschrijft Angela me. Ik was toen ongeveer één jaar, kaal en dik, en ik zat met een rood gezichtje en een tot onder de kin toe dichtgeknoopt gebreid jasje te krijsen in de kinderwagen, een ouderwets tweedehands gevaarte dat voortgeduwd werd door mijn arme moeder, een nieuwkomer in Portiston, het kustplaatsje ten oosten van Watersford. Lynnette liep naast de wagen: een rustig, goedgemanierd meisje van vier. Er was een regenbui losgebarsten en mijn moeder, die haar dochters graag droog wilde houden, was met ons Marinella's Restaurant aan de boulevard binnen gegaan. Haar eerste zorg was iets zoets te bestellen om in mijn mond te stoppen zodat ik op zou houden met huilen.

Mijn moeder en Angela waren ongeveer even oud. De ouders van mijn moeder zijn allebei afkomstig uit Lancashire. Angela is in Glasgow geboren, als enige dochter van tweedegeneratie-immigranten uit Italië, die een keten van fish and chips-tenten dreven. Beide vrouwen waren van huis uit aangemoedigd een vak te leren. Op hun zestiende waren ze van school gegaan om een secretaresseopleiding te volgen. Beiden kregen op hun twintigste verkering en op hun tweeëntwintigste waren ze allebei getrouwd. Met als enig verschil dat Angela's huwelijk geslaagd was.

Toen mijn moeder met haar twee dochtertjes in Portiston arriveerde was ze op de vlucht voor een provinciestadschandaaltje. Tot dat moment had ons gezinnetje in een van de betere buitenwijken van Wigan gewoond, zo op het oog volkomen fatsoenlijk. Dit plaatje werd aan gruzelementen geslagen toen aan het licht kwam dat mijn vader, elektricien, een verhouding had met het meisje, een tiener nog, dat de boekhouding deed voor zijn bedrijf. Mijn moeder, met haar secretaressediploma's, had de boeken zelf kunnen bijhouden, maar zij vond het niet 'gepast' om te werken nu ze moeder was.

Ik kan er natuurlijk alleen maar naar gissen, maar mijn moeder kennende denk ik dat de buren zo op het oog wel met haar meegeleefd hebben, maar diep in hun hart eigenlijk blij waren met deze ontwikkelingen. Mijn moeder was een snob – en is dat waarschijnlijk nog steeds – en er zijn ongetwijfeld mensen geweest die vonden dat dit haar verdiende loon was.

Mams grootste angst was dat ze het onderwerp van geroddel werd. Dat moest kost wat kost vermeden worden. Ze wilde graag fatsoenlijk gevonden worden en de bewondering van vrienden en buren ging haar boven alles. Ze trok zich bijzonder aan hoe de mensen over haar dachten, en medelijden vond ze net zo kwetsend als leedvermaak. Het was een onverdraaglijke situatie.

Gelukkig had mam naast haar trots de beschikking over een kleine erfenis, waarover ze, verstandig genoeg, nooit iets aan haar man had verteld. Ze had de sleutels van het huis van een ongetrouwde tante die in Portiston gewoond had en daar ook gestorven was. Niemand had de moeite genomen het huis te verkopen; het was volledig gemeubileerd, en beschikbaar. Dus vertrokken we hals over kop naar Portiston waar niemand ons en onze geschiedenis kende. Mam liet de mensen geloven dat ze weduwe was. Mijn zusje Lynnette vond het een beetje raar, maar alle anderen, ikzelf toen ik oud genoeg was om het te begrijpen incluis, slikten die leugen voor zoete koek. De eerste zeventien jaar van mijn leven dacht ik dat mijn vader overleden was.

Angela daarentegen was met Maurizio getrouwd, een zachtaardige, hardwerkende jongen uit Glasgow wiens ouders oorspronkelijk uit Napels kwamen. Maurizio's vaardigheden in de catering vulden Angela's administratieve kwaliteiten aan en samen vormden ze een goed team. Angela's ouders hadden geld en ze gaven het jonge paar Marinella's Restaurant als huwelijksgeschenk. Het stel werkte hard om het restaurant op te bouwen, ze woonden in de grote woning boven de zaak en met de winst groeide het gezin.

Mijn moeder keek op Angela neer, ondanks het feit dat zij geld had en een knappe, vrolijke echtgenoot die haar aanbad. Ze keurde het af dat een zwangere vrouw achter de counter stond van wat zij betitelde als een 'omhooggevallen ijssalon'. Ze dacht dat alleen leden van de arbeidersklasse in de horeca werkten en dat alleen slechte moeders überhaupt werkten. Ze vond het bovendien niet goed dat een zwangere vrouw hoge hakken droeg, zich opmaakte en eruitzag als een fotomodel.

Dus in die eerste maanden die wij in Portiston doorbrachten leidde mijn moeder een relatief gemakkelijk leventje, terwijl Angela elke minuut die ze niet sliep aan het werk was. Mijn arme, eenzame moeder met haar dikke enkels bracht haar dagen door met het wrijven van de meubeltjes en het schrobben van de vloeren in het donkere, tochtige huis waarin we woonden. Ze had alleen mijn zusje en mij als gezelschap. Ze moet zich godsgruwelijk eenzaam hebben gevoeld, dus het is geen wonder dat ze zich op het geloof stortte. Als het mooi weer was nam ze ons soms mee naar buiten om een frisse neus te halen en op het kiezelstrand te spelen, waar ze de meeuwen zwaaiend wegjoeg bij de boterhammen met vispasta die ze voor het middageten gesmeerd had. Ze zat daar dan te breien terwijl ze naar de veerpont keek die op en neer voer naar Seal Island terwijl Lynnette en ik zeemeerminnen van zeewier maakten. Luca's moeder daarentegen bestierde met vaste hand haar huishouden, zwangerschap, vier zonen, een bedrijf, een liefhebbende maar onvoorspelbare echtgenoot en twee meisjes uit de buurt die als serveersters in hun restaurant werkten.

Hoewel de twee vrouwen nooit echt vriendinnen werden, waren ze al snel goede bekenden van elkaar. Nog afgezien van mijn moeders zorgvuldig afgepaste bezoekjes aan Marinella's voor een kop koffie met een gebakje, troffen ze elkaar op schoolavonden en onvermijdelijk – want Portiston was klein en kende weinig voorzieningen – in de winkels, de wachtkamer van de dokter, op het postkantoor, bij de bank en in de kerk.

Angela's vijfde kind was weer een jongetje. Maurizio was '*fam al settimo cielo*' – in de zevende hemel – maar Angela minder. Ze vertelde aan mijn moeder dat ze roze stof had gekocht om slabbetjes te maken en dat ze roze vestjes had gebreid, zozeer was ze ervan overtuigd dat het dit keer een meisje zou worden. Ze kwam aan ons tafeltje zitten en streelde Lynnettes donkere haar en praatte weemoedig over de vlechten die ze nooit zou hoeven maken en de linten die ze nooit zou hoeven strikken. De baby, Fabio, een vrolijk jongetje met grote onschuldige ogen en geen greintje kwaadaardigheid zat in zijn wandelwagentje tegenover dat van mij en blies belletjes naar me met zijn roze lipjes terwijl ik hem met mijn dikke beentjes stiekem schopte om hem aan het huilen te krijgen.

7

Op 17 maart betrok ik mijn flatje op de bovenste verdieping van een hoog negentiende-eeuws herenhuis op nummer 12 in Fore Street in Watersford. Op St. Patrick's Day. De ramen van de pubs hingen vol met Guinness-reclames, op iedere straathoek zag je het Ierse klavertje en de bewoners van Watersford, die nog steeds zuchtten onder het staartje van een bijzonder lange winter die zelfs koud was geweest naar de maatstaven die in deze noordoostelijke uithoek van het land gehanteerd werden, waren in de stemming om het op een zuipen te zetten, vooral omdat het vrijdag was. Het leek net een feestje, de dag dat ik mijn flatje betrok. Ik had wijn en diazepam ingeslagen, zodat ik gezellig mee kon doen.

De flat was netjes en pas geverfd. De huiseigenaar had het huis door een bedrijf laten schoonmaken, en er hing een doordringende geur van ontsmettingsmiddel, met daardoorheen de lucht van drogend tapijt. Ik had een belachelijk bedrag betaald aan een man met een bestelwagen om het bed dat Luca en ik vroeger deelden vierhonderdvijftig kilometer naar het noorden te rijden, samen met de bank, de tv, een aantal potplanten waarvan de overlevingskansen de afgelopen weken drastisch waren gedaald, dozen met boeken en cd's en nog wat andere spulletjes die of naar Luca roken, of onder de vlekken zaten van wijn die hij gemorst had of onder de schroeiplekken van de sigaretten die hij had laten vallen, en spulletjes die hij had uitgezocht, gerepareerd, of juist kapotgemaakt.

De flat was schoon, maar het was er koud. Ik draaide de cv helemaal open en schroeide zowat mijn kuiten voor het ouderwetse elektrische haardje in de huiskamer. Omdat de flat op de zolderverdieping van het pand was, liep het dak schuin af en toen het eenmaal warm was, bleef het dat ook, mede door de dubbele beglazing. Ik had geen gordijnen nodig, want niemand kon bij me naar binnen kijken, maar toch hing ik vitrage op voor de ramen aan de voorkant, terwijl ik het raam van de slaapkamer aan de achterkant vrij hield. Het keek geruststellend uit op de donkere plek op de heuvel die de begraafplaats was.

Ik had me niet aan mijn belofte gehouden om tegen Angela te zeggen dat ik gearriveerd was. Ik had geen zin om met haar te praten.

Ik maakte het bed op en verwarmde het met de elektrische deken en een kruik. Dit bed was door de jaren heen aan onze lichamen gewend geraakt. Nu moest ik eraan wennen om aan Luca's kant te slapen, mijn heupen in de kleine kuil waar zijn heupen vroeger lagen, mijn gezicht naar de plek gedraaid waar mijn gezicht vroeger was. Vanaf deze plek kon ik uit het raam kijken en in slaap vallen, en zo dicht bij mijn echtgenoot zijn als maar mogelijk was.

Dat weekend verkende ik mijn nieuwe buurt. Ik vond het moeilijk om er in mijn eentje op uit te gaan. Het was net alsof ik in het buitenland was, in een land waarvan ik de taal niet sprak en de cultuur niet begreep. Ik liep een paar keer een winkel binnen, en raakte vervolgens in paniek omdat ik niet kon vinden wat ik zocht. Mijn accent klopte niet meer, ik had te lang in Londen gewoond en was dat noordelijke, zangerige kwijtgeraakt. Een keer wilde ik een bus naar het centrum van de stad nemen, maar toen ik bij de halte stond, besefte ik dat ik niet wist welke bus ik moest hebben en hoeveel een kaartje zou kosten. Ik liet mijn plan varen en rende terug naar de flat. Binnen leunde ik tegen de deur en sloot de wereld buiten. Mijn handen trilden, ik vroeg me, niet voor de eerste keer, af of ik gek aan het worden was.

Gelukkig was er een kleine supermarkt op de begane grond van een studentenhuis op de hoek van de straat. Daar hadden ze genoeg basislevensmiddelen in voorraad om me de eerste tijd in leven te houden, en de slijterij was net zo ver, maar dan de andere kant op, dus er was geen noodzaak om ver te lopen.

Ik hoefde niet te werken. Luca had prima verdiend, en zijn levensverzekering was daaraan aangepast. Daarnaast had ik een gesprek gehad met een makelaar over de verhuur van ons huis in Londen en hij had me beloofd dat dat snel en gemakkelijk te regelen was. Vroeg of laat zou ik werk moeten zoeken om niet gek te worden, maar dat kon ik nog even uitstellen totdat ik me sterker zou voelen. Voorlopig bevond alles wat ik nodig had zich op loopafstand van de flat.

Maandag was het allemaal al een beetje vertrouwd. Ik wist nu hoe de deuren open- en dichtgingen, ik wist welke pit van het gasstel het niet deed. Ik wist hoe ik de mengkraan van het bad moest instellen om het water op precies de juiste temperatuur te krijgen. Ik had de keukenkastjes volgeladen met blikjes soep, knäckebröd en cornflakes, eten dat je zonder nadenken of voorbereiding op tafel kon zetten. De televisie was geprogrammeerd en deed het, ik had alle praktische zaken geregeld. Tijd om Luca op te zoeken.

Maart was net zo koud als januari was geweest. De bomen en struiken op Arcadia Vale leken zo mogelijk nog triester en zwarter dan tijdens de begrafenis. De grafzerken kromden zich tegen de wind en de ondoorgrondelijke engelen zagen er treuriger uit dan ooit en trotseerden met blote enkels en schouders de bittere kou.

Ik liep de heuvel op naar het graf van Luca. Ondanks de sombere omgeving had ik een onwerkelijk maar prettig gevoel van verwachting, omdat ik fysiek weer dicht bij hem zou kunnen zijn.

Overal op de begraafplaats bloeiden sleutelbloemen. Ze waren mooier en veel subtieler dan de in de winkel gekochte bloemen en plastic ornamenten op de graven, en groeiden overvloedig in het wild op iedere helling en in iedere kloof. God, wat waren die bleekgele bloemetjes lief, als glimpjes zonlicht in het grijs. Ze flankeerden het pad naar Luca's graf en ik voelde me bijna een bruid die het middenpad in de kerk af loopt terwijl ik omhoogliep, met een bosje gele, kasgekweekte narcissen in mijn hand.

Bij het graf bleef ik staan.

'O,' zei ik. 'Sorry. Ik wist niet...'

Het was Marc. Hij zat op zijn hurken, zijn kin rustte op zijn vuisten en hij staarde naar het graf. Zijn ogen waren rood en dik. Dat kon natuurlijk van de kou zijn, maar dat betwijfelde ik.

'Hé!' Hij draaide zich om, glimlachte, sprong overeind, veegde zijn gezicht met de rug van zijn hand af. 'Liv! Wat doe jij hier?'

'Ik kon niet meer wegblijven,' zei ik.

'Ik ook niet.'

We zwegen even, zonder elkaar aan te kijken.

'Is dit de eerste keer dat je hier op de begraafplaats terug bent?' vroeg hij.

'Ja.'

'Ik ben een paar keer geweest. Het helpt niet erg.'

Ik knikte. Ik wist niet wat ik tegen hem moest zeggen.

'Hoe gaat het?'

'O, goed,' zei ik. 'Prima. En met jou?'

Mark haalde zijn schouders op. 'Ach,' zei hij, 'gaat wel.'

Ik bewoog mijn tenen. 'Wat is het koud.'

We keken allebei naar het graf. Die arme Luca lag daar beneden, met die koude zware aarde boven op hem. Diep begraven in de bevroren grond. Een zuchtje van medelijden ontsnapte aan mijn lippen als een ademtocht. De zwarte hond op mijn schouder werd zwaarder.

'Zal ik water halen voor je bloemen?' vroeg Marc. 'Dan ben je even alleen...'

Ik knikte. 'Ja, dank je wel. Dat is fijn.'

Mark nam de bloemen van me over en liet me achter bij het graf, dat nog niet in bezit was genomen door de sleutelbloemen. De stelen van de in de winkel gekochte snijbloemen, zwart van de vorst die eroverheen was gegaan, lagen over het graf verspreid. Iemand had iets geplant, maar het was te klein om al te kunnen zien wat het was. Er lag een vel papier op het graf, onder een kiezelsteen, een brief of een gedicht, waarvan de tekst doorgelopen en onleesbaar was, en een vochtig blauw teddybeertje van een van Luca's neefjes. Ik knielde bij het graf neer en streek de aarde glad, alsof het Luca's haar was.

'Liefste, ik ben terug,' fluisterde ik. 'Ik woon hier vlakbij.'

Ik sloot mijn ogen en probeerde mijn echtgenoot op te roepen, maar ik kon hem niet bereiken.

Ik was heel rustig, maar ik moest steeds aan iets denken. Ik stelde me voor hoe ik de aarde met mijn handen weggroef, een gang maakte naar Luca, de kist opende, erin kroop en gewoon naast hem bleef liggen kijken hoe de lucht van kleur veranderde. Hoe ik het universum in keek als een klein stipje aan de andere kant van de lens van een enorme telescoop.

Om mij heen stonden duizenden zerken. Stuk voor stuk neergezet in opdracht van iemand die was achtergebleven. Het verdriet van al die verlaten echtgenoten, ouders en kinderen golfde om mijn enkels. Het was een meer, een zee. Achter Arcadia Vale lag een oceaan van dood en verlies en verdriet. Het was onverdraaglijk. Hoe kon zich een wereld ontwikkeld hebben waarin liefde onvermijdelijk dit verdriet tot gevolg had? Mijn hart kneep zich samen en ik dacht: ja, ik haal wat pillen en een fles gin, ik graaf me een weg naar Luca, ik ga daar liggen en kijk naar de lucht en zo zullen ze me vinden.

Het was zo'n troostrijke gedachte dat mijn koude ogen zich met hete tranen vulden. De zwarte hond ging naast me liggen en legde zijn kop in mijn schoot. Ik streelde hem.

'Liv? Alles goed?'

Marcs neus en wangen waren rood, maar zijn ogen al minder. Hij gaf me een oude jampot aan, half gevuld met water, waarin mijn arme kasnarcisjes stonden met hun onnatuurlijk oranje trompetjes.

'Het gaat best, dank je,' zei ik.

'Geneer je niet,' zei Marc. Hij droeg laarzen, een spijkerbroek, een oud leren jack over een oude slobbertrui, en hij had een wollen muts op. In beide oren droeg hij een oorbelletje en zijn gezicht was grauw van vermoeidheid. 'Hé,' zei hij, 'ik ga ervandoor. Dan kunnen jullie tweeën even alleen zijn.'

'Marc,' zei ik. 'Blijf alsjeblieft.'

Toen we nog klein waren, waren we altijd met zijn drieën: Luca, Marc en ik. Niemand werd ooit buitengesloten. We vormden de volmaakte driehoek. Ik zag niet in waarom dat nu anders zou moeten zijn.

Marc haalde zijn schouders op, klopte op zijn zakken, vond zijn pakje shag en begon een sigaret te rollen.

'Ik vind het naar om te denken dat hij hier in zijn eentje ligt.'

'Weet ik,' zei ik. 'Daarom ben ik ook hiernaartoe verhuisd.'

'Ben jij naar Watersford verhuisd?'

'Om dicht bij Luca te zijn.'

'Dus je bent terug in Watersford? Onvoorstelbaar!'

'Ik wist niet dat ik hem zo zou missen.'

'Maar je had het zo goed in Londen. Je vrienden...'

'Alles is anders. Nu moet ik hier zijn. Vanuit het raam aan de achterkant van mijn flat kan ik de begraafplaats zien, en dat is beter dan... dan niets.'

Marc knikte en bood me een trekje van zijn sigaret aan. Ik schudde mijn hoofd.

'Wil je mijn huis zien?' vroeg ik. 'Het is vlakbij, ik kan een pot koffie zetten.'

'Ik drink liever iets sterkers.'

'Ook goed,' zei ik.

Marcs auto stond bij de grote siertuin aan de ingang van de begraafplaats geparkeerd. We lieten hem daar staan, gingen rechtsaf het hek uit en liepen ongeveer driekwart kilometer over de weg en vervolgens sloegen we rechts af een straat in die parallel liep met Fore Street. Daar was een mooie, ouderwetse pub, de Horse and Plume. Marc duwde de deur voor me open en ik liep uit de kou een prettig warmtekussen binnen: het gezellige pubmicroklimaat van rook van het houtvuur, alcoholdamp, uitgeademde lucht en de geur van patat. De middagcliëntèle had zich er al genesteld, een mix van vaste klanten die met een elleboog op de bar leunden terwijl ze het over de rugbywedstrijd hadden die op de tv in de hoek werd uitgezonden en toeristen, die steeds meer kleren uittrokken omdat het steeds warmer werd in de pub.

'Wat wil je drinken?' vroeg Marc.

'Rode wijn, graag.'

'Een groot glas?'

Ik knikte.

Ik zag een vrij tafeltje bij het raam. Ik ging op de roodfluwelen bank in de vensterbank voor de matglazen ruit zitten en plukte een bierviltje uit elkaar terwijl ik wachtte. Marc kwam terug met mijn wijn en een glas bier. Ik had gezien dat hij aan de bar al een borrel achterover had geslagen.

Ik nam een grote slok.

'Je ziet er moe uit,' zei Marc.

'Jij ook.'

'Ik wist niet dat dit soort dingen in het echte leven gebeurden,' zei Marc. 'Ik wist niet dat zoiets mij kon overkomen. Ik ben er gewoon van uitgegaan, nee, ik ben er zelfs niet van uitgegaan, ik wíst gewoon dat Luca er altijd zou zijn. Bij mij. Voor mij.' Een dikke ronde traan rolde over zijn wang en spatte op het gladde tafelblad uit elkaar. 'Godverdegodver,' zei hij. 'Ik heb zo veel gehuild, je zou toch zeggen dat ik inmiddels wel uitgehuild zou zijn.'

Ik glimlachte voorzichtig. 'Ik weet er alles van.'

'Zeggen de mensen tegen jou ook steeds dat het makkelijker gaat worden?'

'Ik praat niet met andere mensen.'

'Verstandig van je. Ik heb genoeg goedbedoelde maar totaal debiele condoleancepraatjes gehoord. Ik kan er een boek mee volschrijven.'

Wat leek hij op Luca.

Zijn gezicht vertrok terwijl hij zei: 'Tijd heelt alle wonden en het leven gaat door en deze dingen gebeuren niet zomaar en eens zullen we begrijpen dat de dood van Luca in het grote geheel past. Maar ik wou verdomme dat iemand mij vertelde hoe ik dat klote gat in mijn hart kan dichten.'

Marc praatte niet zachtjes. Het stel aan het tafeltje naast ons wierp afkeurende blikken op ons. Ik keek boos terug, ik hoopte bijna dat ze een scène zouden maken.

'Dat ik de hele tijd in Marinella's zit helpt ook niet,' ging Marc door. 'Elke centimeter daar is vol van Luca. Iedere lepel die ik opwrijf, weerspiegelt een herinnering.'

'Het is nog moeilijker als je weg bent,' zei ik. 'Daarom ben ik teruggekomen.'

'Ik ben blij dat je terug bent.'

'Ik heb nog aan niemand verteld dat ik hier ben. Angela weet het niet.'

'Dat had ik al begrepen, want ze heeft het er niet over gehad.'

'Ze wist wel dat ik het van plan was. Ze was niet erg enthousiast.'

'Nou, dat lag voor de hand, toch?'

'Ze zei zelfs dat ik een paar dagen bij Maurizio en haar kon komen logeren.'

'Jezus, dan vond ze het echt erg. En die uitnodiging heb je afgeslagen?'

'Ik wilde niet dat iemand zich met mijn gevoelens zou bemoeien.'

'Wat? Denk je nou echt dat de familie Felicone zich ergens mee zou bemoeien? Toe nou, Liv, hoe kom je erbij?'

Ik lachte bijna.

'Hoe gaat het met Nathalie en de kinderen?'

'Voor zover ik weet goed. We praten weinig over Luca. Nathalie hangt het cliché aan: hoe minder je het erover hebt, hoe sneller het overgaat.'

'Dat kun je haar niet kwalijk nemen, Marc.'

'Weet ik,' zei hij. Hij sloeg de laatste slok bier achterover. 'Maar laten we het daar niet over hebben. Kom op, Liv, drink je glas eens leeg. Je bent veel te langzaam.'

We namen allebei nog drie of vier drankjes, ik weet het niet precies meer. We haalden herinneringen op. We lachten ons suf bij de herinnering aan de acht jaar oude Luca die boven in een lantaarnpaal aan de boulevard vastzat nadat wij hem uitgedaagd hadden erin te klimmen. Uiteindelijk had ik in paniek Angela erbij gehaald, die de brandweer belde. Ondertussen was Luca erin geslaagd veilig en wel naar beneden te komen. Angela maakte zich zo druk over de reprimande die ze van de brandweer zou krijgen omdat ze hun tijd verknoeid had, dat ze Luca dwong weer naar boven te klimmen, zodat hij netjes gered kon worden.

We hadden het over onze vriendschap. Marc vertelde me dat Luca en hij toen ze klein waren ruziemaakten over wie er met mij zou trouwen. Ze hadden het pleit beslecht door kop of munt te gooien.

'En wat vond je er dan van dat Luca won?' vroeg ik.

'Luca heeft niet gewonnen,' antwoordde Marc en ik proestte het uit.

Even later, toen het al donker was, stond Marc op en zette zijn muts op. 'We moeten maar eens opstappen,' zei hij. 'Het wordt laat.'

We stapten de bijtend koude avondlucht in. Ik was dronken, maar niet zo dronken dat ik me er niet bewust van was dat we op een kruispunt stonden. Marc zette de kraag van mijn jas op en knoopte hem tot onder mijn kin dicht, net zoals Luca vroeger deed. Ik gaf hem een arm.

Ik koos het pad dat we zouden bewandelen. 'Wil je me thuisbrengen?' vroeg ik. En Marc ging mee.

Marc was bijna net zo groot en breed als Luca, hij rook naar Luca, hij vloekte als Luca, hij hield zijn hoofd bij het lachen naar achteren, net als Luca, er was niemand ter wereld die meer op Luca leek, en ik verlangde naar Luca als een nachtvlinder naar de maan.

Toen we een paar honderd meter gelopen hadden, in de diepe, koude, zwarte nacht boven Watersford, botsten we als per ongeluk tegen elkaar op en kusten we elkaar. Het was een andere kus dan bij de begrafenis. Marc nam mijn hoofd in zijn handen en duwde me tegen de muur aan en deze keer kuste ik terug met een passie waarvan ik niet wist dat ik die nog kon voelen. En vervolgens wankelden we elkaar betastend en zoenend naar Fore Street 12, gingen de voordeur en de hal door, de trap op, mijn flatje in en terwijl we zoenden knoopten we elkaars jas al los. Ik hupte op één been om mijn laarzen uit te trekken terwijl hij aan mijn broekband sjorde. Onze monden lieten elkaar niet los, onze lijven gleden tegen elkaar aan. Ik had behoefte aan troost, de troost die het geeft als je zo dicht mogelijk bij een ander menselijk wezen bent. Dit had niets te maken met de dood en alles met het leven. Het was het enige wat we in ons verdriet konden doen. Het was de enige manier om die verschrikkelijke eenzaamheid te verdrijven. Marc stroopte mijn spijkerbroek af en ik hielp hem met de gesp van zijn riem terwijl we achterwaarts naar de bank wankelden. Daarop volgde een draaikolk van ademloze, harde seks, tot hij klaarkwam in een golf van emoties. Het was een catharsis; ik streelde zijn hoofd terwijl hij huilde en ik zei tegen hem dat alles goed zou komen.

We vielen op de bank in elkaars armen in slaap en voor het eerst in weken was de zwarte hond even weg.

Ik was vergeten hoe het was om niet eenzaam te zijn.

Ik werd gewekt door zijn mobiel, en door zijn gewicht dat op me drukte. Marc was diep in slaap en snurkte, net als Luca, als een kind dat zich veilig voelt. Zijn hoofd lag nog op mijn schouder, mijn hemdje, onder zijn hoofd, was nog vochtig. Die telefoon betekende onraad, dat wist ik. Toch voelde ik me niet schuldig, of bezorgd, of wat dan ook. Het enige wat ik wist was dat ik niet wilde dat er een einde aan dit ogenblik zou komen. Ik streek het haar uit zijn lieve gezicht en fluisterde: 'Marc, wakker worden. Je mobiel gaat.'

Marc bewoog zich en knorde wat.

'Marc...'

Hij deed zijn ogen open, keek volkomen verward om zich heen en zei toen: 'Jezus christus... Jezus. Hoe laat is het?'

Ik had geen idee. Ik had geen klok nodig in mijn ongestructureerde leven. Marc haalde de mobiel uit de zak van zijn jeans en nam op.

'Nat? Niets aan de hand... Ik heb alleen een beetje te veel gedronken en ik ben in de auto in slaap gevallen... Nee, ik kan echt wel rijden... Ik...'

Ik schudde mijn hoofd naar hem. De auto stond op de begraafplaats. De hekken zouden inmiddels op slot zitten.

'Ik geloof dat ik ingesloten zit op de begraafplaats... ik weet niet...'

Godzijdank kon Nathalie de kinderen niet alleen laten, dus ze kon hem niet komen halen.

'Nee, geen probleem... Ik neem een taxi. Ik ben er zo, maak je geen zorgen...'

Hij legde de mobiel neer en verborg zijn gezicht in zijn handen. 'God... Jezus nog aan toe.'

'Ik zet thee,' zei ik. 'En dan breng ik je naar huis. Het hindert niet, Marc, echt, het hindert niet.'

Marc leek niet meer op de man met de krankzinnige ogen die een paar uur geleden met mij de flat was komen binnenstommelen. Nu zag hij er alleen nog maar moe, zorgelijk en afgetobd uit. Hij zat op de bank, zijn boxershort om zijn enkels, zijn hoofd in zijn handen.

Ik wurmde me achter hem vandaan en ging het keukentje in om water op te zetten. Ik rook naar seks, een herinnering aan Luca. Ik voelde me uitgeput. Ik voelde dat ik leefde.

Marc en ik zaten samen op de bank en dronken onze thee. Ik legde mijn hoofd op zijn schouder en hij kuste zachtjes mijn haar.

'Moeten we hier over praten?' vroeg hij.

'Liever niet, wat mij betreft.'

'Goddank ben jij het,' zei hij. Ik wist wat hij bedoelde.

Mijn oude Clio stond al een paar dagen verlaten langs de weg. De motor was ijskoud en kennelijk boos op me, maar uiteindelijk was hij zo aardig om hoestend en proestend tot leven te komen. Ik bracht Marc naar Portiston, achttien kilometer verderop, en zette hem na een gefluisterd tot ziens en een drukje van zijn warme hand af op de hoek van High Street. Toen reed ik langzaam over de boulevard, vanwege vroeger en omdat toch niemand me kon zien, want er was niemand wakker. De lichten van Seal Island aan de andere kant van de baai weerspiegelden in het water. Ik liet mijn raampje zakken en snoof de koude, vochtige lucht diep op, luisterde naar het kalmerende geluid van het opkomend tij waarin de kiezels op het strand heen en weer rolden. Ik reed langs de plek die me herinnerde aan de winteravond waarop Luca en ik samen in zijn vaders bestelwagen hadden zitten kijken naar de sneeuw die op de zee viel, en daar fleurde ik van op. Maar ik heb vast het raampje te lang open laten staan, want op de terugweg naar Watersford zag ik dat de hond opgerold op de passagiersstoel lag om me erop opmerkzaam te maken dat er niemand anders was.

Ik was weer alleen.

8

In al mijn mooie jeugdherinneringen komt de familie Felicone voor.

Toen ik klein was nam mijn moeder Lynnette en mij iedere zaterdagmiddag mee naar Marinella's. Dat was ons uitje, waar we ons de hele week op verheugden. Voor we naar het restaurant gingen deed mam lippenstift op haar bleke, droge lippen. Ze perste ze op elkaar om de kleur gelijkmatig te verspreiden. Ze duwde haar dunne haar dat altijd plat op haar hoofd lag luchtig op, trok haar beste schoenen aan en controleerde onderweg in de etalageruiten of ze er goed uitzag. Wij zusjes associeerden een bezoekje aan Marinella's met een moeder die bijna vrolijk was.

Angela was altijd aan het werk in het restaurant of het kantoor, Maurizio verdeelde zijn aandacht tussen zijn klanten en zijn keuken, en de tweelingbroertjes speelden met hun autootjes of hun Action Men, in het restaurant zelf, of op de stoep buiten. Fabio, het stille, ernstige kleine broertje, zat naar zijn broers te kijken, maar deed nooit mee.

Maurizio schonk ons altijd veel aandacht, misschien omdat hij medelijden met ons had omdat we geen vader hadden. Hij zei tegen ons dat we mooie, bijzondere meisjes waren. Hij gaf ons cadeautjes en behandelde ons als prinsesjes. Lynnette en ik genoten met volle teugen van zijn aandacht. Tegen mam was hij net zo. Hij was de enige man die ik ooit heb meegemaakt die haar aan het blozen kreeg. Hij kuste haar hand, vroeg hoe het met haar ging, en als dat niet zo goed was, sloeg hij zijn handen voor zijn borst en riep uit: '*Dio mio!*' En dan kwam hij met een specialiteit van het huis die, zo verzekerde hij haar, al haar kwalen zou genezen. Hij bediende haar zelf. En als ze gegeten had, depte mam haar lippen met haar servet af waarbij er een donkerroze afdruk op het witte linnen achterbleef en dan verzekerde ze Maurizio dat ze zich inderdaad een stuk beter voelde. Maurizio sloeg theatraal een kruis en zei een klein gebed. Lynnette en de tweelingen wisselden veelbetekenende blikken uit. En ik keek naar mijn moeders gezicht dat straalde van genoegen. Achter de counter keek Angela toe. Haar lippen glimlachten, maar de huid om haar ogen bleef strak.

Er was muziek in het restaurant, meestal een man die als Tom Jones klonk maar in het Italiaans zong. Marinella's was druk en vrolijk, het rook er heerlijk, er werd gelachen en gebabbeld. Mensen kwamen en gingen. Ze zeiden wat tegen ons en aaiden met de rug van hun hand over onze wangen. Het was het tegenovergestelde van ons stille koude huis met de donkere hoeken en de lucht van afwaswater. Zelfs mam was anders in Marinella's. Ze had meer kleur. Ze glimlachte. Ik stelde me vaak voor hoe het zou zijn om een Felicone te zijn. Stel je voor dat je 's avonds ondergestopt werd door Maurizio, de gedachte alleen al gaf me een rilling van plezier. Ik stelde me voor dat ik met al die jongens samen zou eten. Wat zou het druk en gezellig zijn. Ik stelde me voor dat ik ging winkelen met Angela. Bijna al mijn kleren waren afdankertjes van Lynnette, maar Angela, daar was ik van overtuigd, zou me met de bus mee naar Watersford nemen en nieuwe spullen voor me kopen, speciaal voor mij. Ik stelde me voor hoe het zou zijn om deel uit te maken van een echte familie, met grootouders, en neven en nichten en zo veel broers dat er altijd iemand aan mijn kant zou staan. Ik stelde me de kerstboom van de Felicones voor, vol met lichtjes en bijna klein in vergelijking met de enorme stapel cadeautjes die er bij zo'n grote familie naast zou liggen. Ik stelde me voor hoe het zou zijn om boven het restaurant te wonen. In mijn ogen waren de jongens Felicone de gelukkigste kinderen op aarde.

In de zomer aten Lynnette en ik, als we de hele week lief waren geweest, bij Marinella's aardbeien- of kersen-*gelati* in bolletjes zo groot als kwarteleitjes in matmetalen coupes, die op hun eigen papieren onderleggertje op hun eigen verfijnde porseleinen schoteltjes stonden, en die opgediend werden met een dun roomboterwafeltje en een ijskoude lepel. Op winterdagen dronken we warme chocola uit smalle glazen in metalen houders. Boven op de chocola lag een dot slagroom van vijf centimeter dik en boven op de slagroom lagen snippertjes echte chocola. Ik heb tot op de dag van vandaag nooit meer zoiets lekkers geproefd.

Als wij (of wat vaker voorkwam: ik) stout waren geweest, mochten we niet mee op het wekelijkse bezoek aan Marinella's. Het was verschrikkelijk voor me om opgesloten te zitten op mijn slaapkamertje in de wetenschap dat ik al de pret misliep. Als we heel erg lief waren geweest, of als mijn moeder een migraineaanval had en ons wilde omkopen om stil te zijn, werd ons een extra bezoekje als traktatie in het vooruitzicht gesteld.

Portiston is een klein stadje met maar één basisschool, dus was het onvermijdelijk dat Lynnette en ik met de jongens Felicone opgroeiden. Stefano zat al op de middelbare school toen ik op de basisschool begon. Carlo zat in dezelfde klas als Lynnette. Luca en Marc zaten twee klassen hoger dan ik. In het jaar dat ik voor het eerst naar school ging, waren er maar twintig kinderen tussen de vier en de elf die naar de basisschool van Portiston gingen, en we zaten allemaal bij elkaar in één klaslokaal.

Het was een prettige school, nog altijd ondergebracht in een victoriaans schoolgebouw met aparte deuren voor 'meisjes' en 'jongens', uit de tijd dat zelfs kleine kinderen gescheiden moesten zijn. Ik weet niet meer hoe onze lerares heette, maar ze was jong, had donker, krullend haar en een bril en ze glimlachte veel en legde haar handen op ons hoofd als we te druk werden. Het gebaar kalmeerde ons.

Ons klaslokaal was vrolijk en licht, met prenten aan de wanden, en het was er druk als in een volière met al die babbelende kinderen. Ik weet nog dat ik tussen Luca en Marc zat en een kleurplaat van een draak inkleurde met kleurkrijt. Ik was goed in kleuren, en Marc was er ook goed in, maar Luca vond het saai en kleurde buiten de lijntjes. Hij was behoorlijk stout als kind. Hij werd er vaker uitgestuurd dan wie dan ook. Al waren ze dan maar voor even van elkaar gescheiden, Marc voelde zich toch niet op zijn gemak. Als Luca op de gang stond, liep Marc voortdurend naar de deur en ging op zijn tenen staan om door de glazen ruit te kijken en zich ervan te verzekeren dat zijn broer er nog was en dat het goed met hem ging.

De jongens hadden allebei heel magere benen met knokige knieën. Hun schoenen leken veel te groot voor hun voeten. Ze droegen zwarte schoenen met veters terwijl ik bruine sandalen droeg. Toen ik klein was, hield ik meer van Marc dan van Luca, omdat hij geduldig en lief voor me was. Als ik tegen hem zei dat hij iets moest doen, deed hij dat meestal. Luca wilde nooit meespelen als ik iets voorstelde. Hij was nog maar zes, maar toen al wilde hij de touwtjes in handen hebben. Marc en ik vonden het meestal best om te doen wat hij zei.

We bouwden met ons drieën een hut in het bos achter de school waar we officieel niet mochten komen. We vonden ons zelf heel stoer. Er was al een bakstenen bak in de grond aanwezig, ongetwijfeld de resten van een gebouw dat er niet meer stond, of misschien was het een oude schuilkelder. We bedekten deze bak met stokken om een dak te vormen, en de stokken bedekten we met gras en bladeren. We moesten een stukje vrijlaten om naar binnen te klimmen, maar als we erin zaten vulden we dat gat weer op zodat we helemaal verborgen waren.

Het hol was klein. Er was net genoeg ruimte om er met zijn drieën om er met opgetrokken knieën en armen eromheen geslagen te zitten. Het rook er naar vochtige bladeren, modder en schimmel en als we het gat gedicht hadden was het er donker en groen, alsof we onder water zaten. Ik was bang dat er spinnen in mijn haar zouden vallen. We speelden dat we ons schuilhielden voor de vijand. Ik wist niet wie de vijand was. Dit was het spel van de tweeling. Ik had er niets over te vertellen, noch over de inhoud, noch over de afloop. Soms was ik gevangen door de vijand, wat betekende dat ik me ergens op de speelplaats moest verstoppen tot zij me kwamen redden. Wat ze niet altijd deden.

Soms wilde Lynnette wel met me spelen, en ik had een vriendinnetje van mijn eigen leeftijd: Anneli Rose. Maar het liefst speelde ik met de tweeling.

Naarmate de jaren verstreken, speelde ik steeds meer met Luca en Marc. We waren een driespan.

Buiten school hadden we een behoorlijk idyllische jeugd. Vanaf mijn achtste lag mam 's middags gewoonlijk op bed, met de zware bruine gordijnen dicht. Ze zei dat het migraine was en Lynnette en ik mochten haar niet storen. Dat lukte alleen maar als we naar buiten gingen. Dus genoten we als ze migraine had een onbeperkte vrijheid, hoewel mam normaal altijd haar best deed ons kort te houden. Lynnette vond het heerlijk om op het strand te lezen of te tekenen, ik zocht de Felicone-tweeling op. Wij lagen voortdurend met zijn drieën boven op het klif mensen te bespioneren (ons lievelingstijdverdrijf), of we dobberden in Maurizio's boot in de haven rond. De boot lag voor anker en het was ons verboden aan de ketting te komen waar het anker mee vastzat, maar we speelden dat we midden op zee zaten, we vingen vis en af en toe zwommen we, hoewel het water zo koud was dat je bijna niet kon ademhalen. Als we honger hadden, en dat kwam vaak voor, gingen we naar Marinella's. Ik ging dan aan een tafeltje op het terras voor de zaak zitten, zwaaide mijn blote bruine benen heen en weer, peuterde de velletjes van mijn vervellende huid en hield zogenaamd volwassen praatjes met de toeristen, terwijl de tweeling wat te eten lospeuterde bij Maurizio. Hij bracht ons dan met veel vertoon een blad met cake en mousserende drankjes.

'Voor jou, *signorita*, de chocoladecake,' zei hij dan, terwijl hij me in mijn wang kneep. En dan lachte ik zo breed dat mijn mondhoeken pijn deden.

Af en toe ging Fabio met ons mee, maar toen wisten we al dat hij niet helemaal als andere kinderen was. Hij was stil. Hij deed nergens aan mee. Hij ging met ons mee als Angela tegen hem zei dat dat moest, maar het was alsof het hem niet kon schelen of hij er nu wel of niet bij was. We waren best op hem gesteld, maar hij hoorde er nooit echt bij.

Het is moeilijk om de verschillende zomers uit elkaar te houden. In mijn herinnering loopt de ene gewoon in de andere over. Ik weet nog een zomer waarin Luca en ik een klein kapitaaltje bij elkaar scharrelden door de Japanse toeristen die de literaire wandeling volgden te vertellen dat we naaste familie waren van de beroemde Portistonse schrijfster Marian Rutherford. Voor vijftig pence poseerden we voor een foto onder het blauwe bord aan de muur van het huis waar ze gewoond had, dat nu het Rutherfordmuseum is. De toeristen waren te beleefd om aan onze woorden te twijfelen, maar Angela kreeg het op een gegeven moment toch te horen. Ze maakte ogenblikkelijk een einde aan onze zakelijke onderneming en zei tegen ons dat we al het geld aan een goed doel moesten schenken. Mijn moeder zei tegen me dat ze zich diep voor me schaamde en er werd een gepaste straf uitgedeeld. Marc had niet willen meedoen met het bedrog. Ik weet niet meer wat zijn bezwaren waren, of ze van morele aard waren of dat hij gewoon geen zin had om in de problemen te komen.

Er scheen geen einde aan die zomers te komen, en als er een zweempje herfst in de lucht zat, was het tijd om weer naar school te gaan, ik in een van Lynnettes afgedankte overgooiers en Luca en Marc met een nieuwe broek en een nieuw twee maten te groot overhemd zodat de manchetten omgeslagen moesten worden. We dachten allemaal dat er nooit een einde aan onze jeugd zou komen.

Toen, in september van het jaar dat ik negen was geworden en ik zoals altijd na de vakantie weer naar school ging, was de tweeling er niet. Ze waren naar de middelbare school voor jongens in de stad gegaan. En toen het weer zomervakantie was, hadden de jongens helemaal geen belangstelling meer voor me, ze hadden interessantere bezigheden ontdekt, zoals voetbal en de Army Cadets. We gingen nog maar weinig met elkaar om tot we weer tieners waren, en vrij kort daarna kwam ik erachter dat mijn plekje in de driehoek door iemand anders was ingenomen. En die iemand was Nathalie Santo.

9

Ik besloot de koe bij de horens te vatten en bij Marinella's langs te gaan. Angela zou zich inmiddels afvragen wat er van me geworden was en ik wilde Marc terugzien. Ik had een nieuw probleem: ik verlangde naar hem.

Begin april blies ik de Clio, inmiddels onder de vogelpoep, met moeite nieuw leven in en reed terug naar Portiston. Ik parkeerde de auto op de parkeerplaats bij de boulevard. In de zomer heb je daar een parkeerwacht, omdat een hele hoop literaire toeristen uiteindelijk in dit kleine badplaatsje eindigen. Maar in april houdt het barre klimaat de meeste toeristen nog weg.

Achter de boulevard loopt de hoofdstraat van het stadje, met zijn pastelkleurige cafés, restaurants en winkels die op zee uitkijken. Marinella's is de grootste en deftigste van deze etablissementen. Het was in 1890 gebouwd als onderdeel van een keten die toebehoorde aan een *gelato*-ondernemer, een keten die zich uitstrekte over Schotland en Noord-Engeland. 's Zomers verkochten ze ijs, en in de winter was hun specialiteit warme kastanjes. De keten was bijzonder succesvol. In 1901 waren er eenentwintig ijssalons in Watersford en twee jaar later al honderdvijftien. Ik weet dit omdat de geschiedenis van de ijs-industrie van het VK aan de binnenkant van de menukaarten van Marinella's wordt beschreven, en in de loop der jaren heb ik het verhaal uit mijn hoofd geleerd.

Ik bleef even buiten staan, met mijn armen voor mijn borst geslagen tegen de wind. Een eenzame meeuw stond op een van de paaltjes van het hekje dat het terras van Marinella's scheidde van de openbare weg, en hij krijste naar me. Ik haalde diep adem, liep de stoep op en duwde de deur open.

Het was een opluchting, maar ook een teleurstelling toen ik binnen geen enkele bekende aantrof. Er waren maar twee tafeltjes bezet, het ene door twee oude dametjes die van hun thee nipten en sandwiches peuzelden en het andere door een jong stel, zo te zien toeristen, dat elkaars hand vasthield maar niets tegen elkaar zei. Waarschijnlijk op huwelijksreis. Een jonge ober die ik niet kende stond achter de bar glazen op te wrijven en een jong meisje was aan het opruimen bij de counter waar de taarten op papieren onderleggers achter glas stonden uitgestald. Ze droegen allebei het Marinella-uniform. Een zwarte broek, onberispelijk wit overhemd en een lange witte sloof. Het blonde haar van het meisje werd met een zwartfluwelen haarband uit haar gezicht gehouden. Zo een had ik vroeger ook gehad.

De jonge man glimlachte naar me. 'Gaat u zitten, ik pak de kaart voor u.'

'Dank u,' zei ik, 'maar ik kom eigenlijk voor mevrouw Felicone. Voor Angela. Is ze er?'

'Verwacht ze u?'

'Nee, maar ik ben familie.' Zo. Ik had het gezegd. Ik had mezelf de status gegeven die Angela me nooit gegund had.

'Ik kijk even of ze er is.'

'Zeg maar dat Olivia er is.'

'O!' De jonge man stond plotseling stil en het meisje hield ook op met haar werkzaamheden, de zilveren taartschep nog in haar hand. Ze wisten kennelijk wie ik was. 'Och, wat erg...' begon de jongen.

Ik gaf hem mijn weduweglimlach, een dapper, geruststellend glimlachje dat vergezeld ging van een 'maak je niet druk'-gebaartje, nam de kaart op en deed net of ik hem bestudeerde terwijl hij wegliep om Angela te halen.

Ze kwam bijna onmiddellijk uit het kantoor achter het restaurant, haar bril in de ene hand, de andere uitgestrekt om me te verwelkomen. Ze glimlachte ook, maar het was een gedwongen glimlach.

'Olivia, wat een verrassing!' Ze omhelsde me beleefd: een wolk van Dior, roze lippenstift, hoge hakken en haarlak. Ze zag er als altijd onberispelijk uit in een donkerblauwe rok en witte blouse, met een lichtblauw vest over haar schouders geslagen. Om haar hals hing een parelsnoer.

'Hoe is het nu met je?' vroeg ze, terwijl ze me op armlengte afstand bij de schouders hield om me eens goed te bekijken.

'Prima,' zei ik.

Angela nam me mee naar een tafeltje, weg van de deur die toegang gaf tot het kantoor en de flat waar Marc en Nathalie nu woonden. Ik ging op de stoel zitten die ze me wees.

'Breng ons maar een kopje koffie, Gavin,' zei ze tegen de jonge man. 'En ieder een plak van de sinaasappelrozemarijntaart, graag. Fabio heeft hem gemaakt, Olivia. Heerlijk. Laten we hier gaan zitten, bij de verwarming.'

Tegenover Angela's verzorgde elegantie voelde ik me een beetje slonzig. Ik had mijn haar die ochtend gewoon met een elastiekje in een staartje naar achteren gebonden. Ik droeg een spijkerbroek en oude bruine laarzen, en een lange wollen jas die betere tijden gekend had over een fleecetrui van Luca. Omdat ik geen enkel kledingstuk van Luca gewassen had, want er zat nog steeds een rudimentair restje van zijn geur in de vouwen, kunnen we zonder meer aannemen dat mijn outfit nogal groezelig was. Had ik er maar aan gedacht de moeite te nemen iets speciaals aan te trekken, of in ieder geval iets schoons.

'Zo,' zei Angela, terwijl ze met haar bril op de tafel tikte.

Ik glimlachte zenuwachtig naar haar. Ik besefte dat ik niet had moeten komen. Het kon Angela echt niet schelen waar ik uithing of wat ik deed, ze wilde gewoon dat ik uit de buurt van haar familie bleef.

'Ik neem aan dat dit bezoekje betekent dat je terug bent in Watersford?' vroeg ze na een pijnlijke stilte.

'Ja, inderdaad, ja.'

'O.'

'Ik wilde het je even laten weten. Daarom...'

'Ja, natuurlijk.'

Gelukkig kwam de jonge man naar ons tafeltje. Zoals al het personeel van Marinella's was hij goed afgericht. Hij plaatste linnen servetten, zilveren gebaksvorkjes, onderzettertjes, drie verschillende soorten suiker en porseleinen kannetjes met room en melk op tafel. Toen zette hij kleine kopjes met koffie voor ons neer. Een minuut later kwam hij terug met de taart. De stukken lagen uitnodigend op hun kant, midden op de tere witte gebaksbordjes.

'Dat ziet er heerlijk uit,' zei ik.

'Tast toe,' zei Angela, terwijl ze room in mijn koffie schonk, precies zoals ik het lekker vond.

'En, hoe is het met iedereen?' vroeg ik. Mijn mond was droog en kleverig van de taart.

'Tja, je weet wel,' zei Angela. 'Nee, dat weet je natuurlijk niet. Maar het is niet makkelijk. Met Maurizio gaat het niet goed, helemaal niet goed. Nathalie is natuurlijk geweldig geweest. Marc en zij hebben hem meegenomen om een terrasverwarming uit te zoeken. Nathalie zegt dat het goed voor Maurizio is om gewone dingetjes te doen.'

'O,' zei ik. 'Aardig van haar.'

'Dat meisje is een engel,' zei Angela.

'En Marc?' vroeg ik, terwijl ik met mijn vorkje een stukje taart over mijn bordje schoof. 'Hoe gaat het met hem?'

Angela keek me even aan. Ze gunde me niets, nog geen kruimeltje waarheid.

'Het gaat goed met hem,' zei ze. 'Hij redt het heel best.'

Ik kromp ineen onder haar blik, ik werd minder mens, alsof ik minder ruimte in beslag leek te nemen. Als Luca bij me was geweest was er niets aan de hand geweest, maar zonder hem had ik het gevoel dat ik helemaal zou kunnen verdwijnen. Angela voelde dat ze aan de winnende hand was en ging door op de ingeslagen weg.

'Nathalie is voor ons allemaal een rots in de branding geweest,' zei ze. 'Ik weet echt niet hoe we het zonder haar hadden moeten redden.'

Ik knikte en deed een schep suiker in mijn koffie.

'Zij is het beste wat onze familie is overkomen,' zei Angela, voor het geval ik dat nog niet begrepen had.

Ik probeerde sterk te zijn, maar ik wist dat ik dat niet lang meer zou kunnen volhouden. Het kostte me zo veel inspanning om het gevoel van vernedering te onderdrukken, dat dat me al volledig uitputte.

'En vertel me nu eens,' zei Angela, 'wanneer ben je van plan weer terug te gaan naar Londen?'

Ik roerde in mijn koffie. 'Ik heb op het ogenblik nog helemaal geen plannen.'

Angela deed haar mond open om te reageren, maar werd gelukkig onderbroken door een koude tochtstroom gevolgd door rumoer achter ons. Maurizio, Marc, Nathalie en hun drie kleine kinderen, met roze neuzen en wangen van de kou, kwamen Marinella's binnen.

De twee oudste kinderen renden naar hun grootmoeder, terwijl ze onderweg sjaals, mutsen en wanten afwierpen. Maurizio, die tien jaar ouder leek geworden sinds de begrafenis, glimlachte toen hij me zag en kwam naar me toe om me op mijn schouder te kloppen. Zijn ogen waren waterig, en leken bijna weggezonken in de oogkassen onder zijn borstelige wenkbrauwen. Nathalie, die de jongste op haar arm droeg, nam niet eens de moeite om te glimlachen. Marcs gezicht was uitdrukkingsloos, hoewel ik bijna zeker weet dat zijn trekken zich iets verzachtten toen hij me zag.

'Wat doe jij hier?' vroeg Nathalie. Achter haar rug ving Marc mijn blik. Hij keek me even strak aan en ik ontspande.

'Ik ben naar Watersford verhuisd,' zei ik. Ik stond op om het koude wangetje van het kleintje te kussen. Twee parallelle draadjes snot liepen van zijn neusgaten naar zijn mond. Ik veegde ze weg met mijn servet.

'Waarom?'

Ik aarzelde. 'Om bij Luca in de buurt te zijn.'

'En, heb je er wat aan, dat je hier bent?'

'Ik weet het niet, ik...'

'Omdat ik echt denk, Liv, dat je beter in Londen kunt zitten.'

'Dat heb ik ook al gezegd,' zei Angela.

'Je hebt hier toch niets te zoeken? Je hebt hier geen vrienden.'

'Nat, hou op,' zei Marc.

'Niemand zit op jou te wachten. We mogen je niet.'

Nathalie sprak inmiddels met stemverheffing. De andere klanten keken naar ons, ze voelden dat er een scène in de lucht hing; wellicht, als ze geluk hadden, zou het op een handgemeen uitdraaien. De twee mensen van de bediening deden net alsof ze niets merkten, maar zij spitsten duidelijk ook hun oren.

Angela wilde geen scène riskeren. 'Nathalie, wil je een stukje van Fabio's taart?'

Nathalie keek naar haar man en toen naar de taart. Haar gezicht was bleek en hard.

'Toe dan, *carina*, je hebt het druk gehad vanmiddag, neem een stukje taart,' drong Maurizio aan.

Nathalie keek weer naar mij.

'Ik heb geen trek. Bovendien moet Ben in bad.'

'Niet badje, taart,' zei de peuter hoopvol.

'Ik heb wel trek in een stukje,' zei Marc. Hij trok er een stoel bij en ging tussen mij en Angela in zitten.

'Jij zou vandaag Ben in bad doen.'

'Prima, als ik iets gegeten heb,' zei Marc.

'Hij heeft het koud, Marc.'

'Hij redt het nog wel even.'

'Marc...' zei Maurizio.
'Goed,' zei Nathalie kordaat. 'Oké, kom mee, jongens.'
'Laat ze toch hier,' zei Marc. 'Dan mogen ze een ijsje.'
'Dan lusten ze hun avondeten straks niet meer.'
'Dat kan toch voor een keertje geen kwaad?'
'Toe, mam,' riepen de kinderen in koor.
'Marc...'zei Maurizio weer.
'Jij je zin,' zei Nathalie. 'Maar het is je eigen schuld als ze dik worden.'

Ze liep met de peuter op haar arm door het restaurant naar de deur achter de bar en ging de trap op naar de flat. Angela schoof ogenblikkelijk haar stoel achteruit en liep haar achterna, na mij eerst een 'moet je nou eens kijken wat je gedaan hebt'-blik te hebben toegeworpen.

'*Dio mio*,' zei Maurizio. Hij wikkelde zijn sjaal los en hing hem over een stoel. Toen ging hij zitten en begon opgelaten de kopjes in elkaar te zetten. 'Dit is niet goed,' zei hij. 'Helemaal niet goed. Marc, je moet je vrouw respecteren.'

'Niet nu, pa, alsjeblieft.'

Ik tilde mijn nichtje op mijn knie. Ze verstopte haar gezicht tussen mijn borsten, zoog op haar duim en wreef over haar neus met het zijden randje van het stukje deken dat ze overal met zich mee nam. Ik kuste haar voorhoofd. Ze smaakte zout en dierlijk.

Maurizio ging ijs voor de kinderen halen. Marc bediende zichzelf uit een van de flessen op de bar. Hij kwam terug naar de tafel en zette een glas Cointreau voor me neer en terwijl hij dat deed liet hij zijn vingertoppen even in mijn nek rusten, onder mijn haar, waar niemand het kon zien. Heel even maar. Ik voelde iedere individuele vingerafdruk, ieder lijntje en half maantje werd opgenomen door mijn huid. Ieder zenuweind was geconcentreerd op die paar centimeters huid, van het bovenste knobbeltje van mijn wervelkolom tot mijn haargrens.

'Ik moet je zien,' fluisterde hij. 'Ik kom gauw.'

Ik weet wat ik had moeten doen. Ik weet het nu en ik wist het toen. Tot nog toe was er niets onherstelbaars gebeurd. Maar ik had hem ook nodig. Ik had het nodig vastgehouden te worden, en aangeraakt en bemind, en ik had het nodig aan Luca herinnerd te worden. Ik had het nodig te genezen.

Ik bleef nog een half uur. Ik dronk nog een glas Cointreau. Ik speelde 'Ik zie ik zie wat jij niet ziet' met mijn neefje en nichtje. Toen ik in de schemering terugliep naar mijn auto, keek ik over mijn schouder en zag ik dat iemand me nakeek vanachter de ramen boven. In mijn lichtbenevelde staat wist ik niet zeker of het Marc was of Nathalie.

10

Ik wachtte op hem. Ik wachtte en hij kwam niet.

Hoe langer ik wachtte, hoe meer tijd ik zonder hem doorbracht, hoe moeilijker het werd om aan iets anders te denken.

Dagen later, toen ik het niet langer uithield met mezelf en naar afleiding snakte, ging ik op weg naar een prettig ogend café een paar straten verderop, dat ik een tijdje geleden had gezien. Maar bij het oversteken keek ik niet uit en was ik bijna voor een auto gestapt. De bestuurder liet zijn raampje zakken, schold me uit voor stom wijf en stak zijn vinger naar me op. Hierdoor voelde ik me zo leeg en trillerig dat ik me alleen nog maar kon omdraaien om zo snel mogelijk naar de flat terug te gaan.

Ik deed de tv aan, haalde mijn dekbed van het bed en ging op de bank liggen. Als Luca er geweest was, was er niets gebeurd. Luca zou gekeken hebben of ik veilig kon oversteken. Hij paste altijd op me, alsof ik iets kostbaars was, een kunstvoorwerp van porselein of glas. Ik was slordig geworden wat mijn eigen veiligheid betrof omdat ik gewend was dat mijn man op me paste en het gevaar op een afstandje hield.

Er was een quiz op tv. Een verschrikkelijke, saaie quiz. Ik had die quiz de afgelopen weken zo vaak gezien dat ik precies wist wat de blonde presentatrice ging zeggen. Ik praatte met haar mee als een mantra en na een poosje viel ik in slaap. Dat was een verademing, want op die manier hoefde ik niet meer aan de boze automobilist te denken. Ik weet niet hoe lang ik sliep, maar ik werd gewekt door mijn telefoon. Toen ik hem opnam, zag ik dat het Marc was die belde.

'Ik sta buiten,' zei hij.

Ik kwam overeind, met het dekbed om me heen gewikkeld, en liep naar het raam aan de voorkant. Toen ik de vitrage opzijschoof kon ik hem op de stoep zien staan. Hij stond te roken en keek omhoog. Zelfs vanaf deze afstand was het duidelijk te zien dat hij zenuwachtig was. Ik deed het raam open en gooide de sleutels naar beneden. Even later hoorde ik voetstappen op de trap en ging de deur open.

'Jezus,' zei Marc. 'Het zou toch geen kwaad kunnen als je af en toe eens iets opruimde?'

'Ook goeiemorgen,' zei ik. Ik ging weer op de bank zitten, onder mijn dekbed, als een herstellende patiënt. Mijn opluchting was zo groot dat ik bang was hem mijn gezicht te laten zien. Ik wilde niet dat hij zag hoezeer ik naar hem verlangde. Ik kende zijn stemming, Luca was vroeger net zo, als hij een moeilijke, stresserige periode had. Dan was hij humeurig, greep het minste of geringste aan om ruzie te maken en ik wist dat ik rustig en geduldig moest zijn tot de boze bui overgedreven was.

'Wat een troep.' Marc pakte met een vies gezicht een koffiebeker waar, dat wist ik, schimmel in zat van de vensterbank, rook eraan en zette hem weer terug.

'Ik ruim morgen wel op,' zei ik.

Marc bleef slechtgehumeurd rondsnuffelen, pakte spullen van me op en zette ze weer neer. Het hinderde niet. Ik had geen geheimen voor hem.

Hij bromde en ruimde oppervlakkig wat op. Ik bleef op de bank zitten met mijn dekbed om me heen geslagen, en wachtte.

Na een poosje liep Marc naar me toe, bukte zich, veegde een lok haar uit mijn ogen en stopte hem achter mijn oor. Ik keek hem aan en zag dat hij milder gestemd was. Mijn adem ging sneller en mijn huid werd warm. Het verlangen was puur fysiek geworden. Het concentreerde zich in mijn buik. Het richtte zich op zijn lieve gezicht dat zo dichtbij was.

'God, wat ben je mooi,' fluisterde hij.

En het gebeurde weer. Natuurlijk. We bedreven de liefde. Het was echt liefde: puur, zacht, teder en dringend en na afloop voelden we ons beter, allebei. We voelden ons beter dan na de eerste keer, we waren iets meer genezen, een beetje gezonder.

Hij keek heel lang naar me, liet zijn vingers over mijn gezicht glijden alsof hij het zich wilde inprenten. Toen ging hij weg om wijn te halen bij de slijter en een afhaalmaaltijd bij de Thai. Ik wist dat hij terug zou komen. Dit keer vond ik het niet erg om alleen achter te blijven.

Soms als ik met Luca was voelde ik me zo tevreden (niet uitzinnig gelukkig of duizelig van de emotie of smoorverliefd: gewoon tevreden) dat ik het gevoel had dat ik het niet erg zou vinden als ik op dat moment dood zou gaan. Zo'n gedachte kwam bijvoorbeeld in me op als we samen in de auto zaten, op de terugweg van de supermarkt, of als hij voetbal zat te kijken op tv en ik de *Heat* zat te lezen: kleine momenten van gewoon, alledaags leven die helemaal niet belangrijk waren, maar waarin alles oké was en waarin ik me helemaal veilig voelde. Hoe langer we bij elkaar waren, hoe tevredener ik werd. Ik was een gelukkig mens.

Nu Luca er niet meer was, waren het niet de strandwandelingen bij maanlicht, de sieraden die ik voor mijn verjaardag kreeg of andere extravaganties en geheime genoegens die ik miste. Ik miste die alledaagse momenten en de volmaakte rust.

Die avond zaten Marc en ik naast elkaar, we aten rode curry uit aluminium bakjes, dronken wijn en keken tv. Langzaam werd het donker in de kamer.

Luca was er niet meer, maar ik stond niet – zoals de meeste avonden – aan de rand van een afgrond in een duizelingwekkend diep ravijn van angst naar beneden te kijken. Ik voelde me veilig, echt veilig.

Het was de eerste keer dat we naar bed gingen en de hele nacht samen bleven. Ik weet niet waar Nathalie was, ik heb het hem niet gevraagd. Ik was gewoon dankbaar voor de warmte en Marcs lijf naast me in bed. Ik genoot van het gewicht van zijn arm om mijn middel, het gekriebel van zijn lichaamshaar tegen mijn billen, zijn warme knieschijven die zich in mijn knieholtes drukten. Hij viel net zo in slaap als zijn broer, hij hield zijn adem even in en liet hem dan in een reeks snurkjes ontsnappen en daarna werd zijn ademhaling zwaar, als van een klein kind. Ik wist dat ik niet met Luca in slaap viel, maar toch voelde ik me bijna tevreden.

11

Het weekend dat de klok vooruitgezet werd, hadden we even respijt van de winter. De lucht werd warmer, je kon buiten lopen zonder je schouders op te trekken tegen de kou, je kon muziek horen op straat door ramen die op een kier openstonden en in de tuinen van Watersford werd wasgoed te drogen gehangen. De vogels en insecten kwamen uit hun schuilplaats tevoorschijn, en ik ook.

Ik wist dat ik iets moest hebben om de tijd te doden tussen de keren dat ik Marc zag. Ik ben nooit het type geweest dat genoeg heeft aan zijn eigen gezelschap. De afgelopen weken waren de enige periode in mijn hele leven dat ik alleen had gewoond, en ik had er schoon genoeg van. Die zwarte verdriethond begon me op mijn zenuwen te werken. Trouwens, mijn hersens hadden ook behoefte aan activiteit. Tot op zekere hoogte was het prima om overdag tv te kijken, maar op een gegeven moment heb je genoeg Paul O'Grady en *Cash in the Attic* gezien. Mijn huid zag er slecht uit omdat ik te veel binnen zat, mijn spieren verslapten, mijn haar was droog van de cv, mijn ogen waren zwaar en dof, en ik vond het moeilijk om me te concentreren. Ik was bezig het soort mens te worden dat ik helemaal niet wilde zijn.

Dus toen de zon begon te schijnen beschouwde ik dat als een goed voorteken. Ik nam een bad, waste mijn haar en liep toen de zevenhonderd meter naar het café.

Toen ik binnen was, gedroeg ik me als een normaal mens. Ik ging aan een tafeltje bij het raam zitten, waar de ontbijtbordjes van de vorige gasten nog stonden, bestelde roerei met gebakken tomaten op geroosterd brood bij een vriendelijke man met de schouders van een bodybuilder, een sigaret achter zijn oor en een vettige voorschoot. Het licht stroomde binnen door het glazen dak en op de radio klonk 'Brimful of Asha'.

Ik haalde een exemplaar van de *Watersford Evening Echo* uit het rek naast de deur en bladerde naar het katern waarin de vacatures stonden, terwijl ik op mijn ontbijt wachtte. Er stond geen enkele baan in die toegespitst was op mijn opleiding en ervaring, maar, hield ik mezelf voor, ik had toch schoon genoeg van public relations. Er stonden een paar secretaressebaantjes in waar ik een cirkel omheen zette, en een vacature voor een onderzoeksassistent met goede typevaardigheid bij de vakgroep geschiedenis van de universiteit van Watersford.

Tegen de tijd dat ik de telefoonnummers in mijn mobiel had gezet, was mijn ontbijt klaar. De man bracht me een kop thee en het eten en dat smaakte zo goed dat het een trek opwekte waarvan ik het bestaan vergeten was. De eieren waren romig en gepeperd, de tomaten zoet en heet. Ik voelde me zo gewoon dat ik er zelfs in slaagde een kort, banaal maar goedgehumeurd praatje te maken met een jonge vrouw met een baby die aan het tafeltje naast dat van mij op haar vriend zat te wachten.

Ik betaalde en bedankte de man, die zei dat hij hoopte dat ik nog eens langs zou komen, en toen liep ik het café uit, de warme ochtend tegemoet. Het leek me jammer om niet te profiteren van mijn pas herwonnen daadkracht, dus draaide ik me in een plotselinge ingeving om en liep in de richting van het centrum over de trottoirs van Watersfords buitenwijken, die nogal chic en lommerrijk zijn. Een bus kon ik nog niet aan.

De universiteit van Watersford heeft geen centraal gebouw. De verschillende vakgroepen zijn verspreid over de stad gehuisvest, maar de meeste zitten vlak bij elkaar in het buurtje bij de kathedraal. Het is een van die universiteiten die zich erop laten voorstaan dat ze bezocht wordt door het soort studenten dat wel het talent maar niet het verlangen heeft om naar Oxford of Cambridge te gaan. Het is een van die universiteiten waarvan hoogleraren geciteerd worden in de *Guardian* en waarvan studenten vredesactivisten worden, of rockzangers, of tv-ecologen.

Ik liep langs de straten de heuvel op naar het centrum, en toen ik de buitenwijken eenmaal achter me had gelaten, hoefde ik alleen maar in de richting van de toren van de kathedraal te lopen. Zelfs het lopen voelde goed. Het was een plezierig gevoel om de benen te strekken en een ander doel te hebben dan de slijter of de begraafplaats. Ik had het algauw zo warm dat ik mijn fleecetrui uittrok en hem om mijn middel knoopte, en mijn armen met opgestroopte mouwen voor het eerst in ruim zes maanden aan de elementen blootstelde. Ik moest even denken aan Luca, zoals hij voor me uit langs het jaagpad vlak bij ons huis had gelopen, vorige zomer. Zijn zweet kleurde de rug van zijn grijze T-shirt donker als een blauwe plek tussen zijn schouderbladen. Hij bleef staan bij de schutssluis die uitkwam op de Theems en keek uit over het water, zijn handen in zijn zij. Ik kwam bij hem staan en hij pakte mijn hand. Onze blote onderarmen lagen tegen elkaar aan.

Hij wees naar de zwarte ribben van een oude schuit die in het ondiepe gedeelte van de rivier door het water omhoog staken en waarin afval en stokken waren blijven steken. Toen ik in de richting keek die zijn vinger aangaf, bukte hij zich en kuste me. Het was de dag nadat we het slechte nieuws van het fertiliteitscentrum hadden gekregen. De arts was aardig geweest, maar had er geen doekjes om gewonden. Hij zei tegen ons dat mijn lichaam niet deed wat het moest doen, en dat ik nooit zwanger zou kunnen worden en dat hij noch iemand anders daar iets aan kon verhelpen. Hij gaf ons een paar folders en zei dat we de opties die ons nog openstonden moesten overwegen. In het verleden had ik me al eens afgevraagd hoe ik me zou voelen als ik dit te horen zou krijgen. Ik had een emotioneel bloedbad verwacht. Maar nu het werkelijk zo was voelde ik me leeg en droog en wonderlijk onaangedaan. Toen we het ziekenhuis uitliepen kwamen we langs een stel met hun armen vol met kind en bloemen en ik voelde niets. Geen jaloezie, niets. Ik wilde onze kinderen, die van Luca en mij, en niet die van een ander. We bleven staan bij de automatische deur die toegang gaf tot de parkeerplaats van het ziekenhuis.

'Zal ik deze maar weggooien?' vroeg Luca. Ik knikte en hij gooide de folders in de vuilnisbak.

We voerden die avond geen rustig gesprek over eiceldonatie, zoals de arts had aangeraden. In plaats daarvan gingen we naar Camden naar een pub waar we tot in de kleine uurtjes dansten en dronken. Ik weet niet meer hoe we thuis zijn gekomen, maar ik weet nog wel dat we nog een fles wijn hebben opengetrokken en samen een beetje huilden om de kinderen die we nooit zouden hebben. De volgende ochtend liepen we langs het kanaal en voelden we ons weer goed. Allebei, denk ik. Luca wist dat ik er niet meer over wilde praten. Luca was altijd goed in dat soort dingen.

Ik liep weg van de herinnering, en ging de stoep op van een mooi oud gebouw waarin de universiteitsbibliotheek gehuisvest was. Een groep studenten zat op de traptreden te roken. Ze zagen er idioot jong uit, alsof ze nog in de schoolbanken thuishoorden. Ik vroeg me af of ze zich realiseerden hoe gelukkig ze moesten zijn met hun intelligentie en hun vrijheid en met het feit dat ze leefden, of dat ze hun dagen vergooiden door een gevoel van angst en onzekerheid.

In de koele, donkere, stille bibliotheek vertelde een receptioniste met blauwgrijze haren me de weg naar de geschiedenisfaculteit. Die was vlak om de hoek, een groot achttiende-eeuws pand dat eens het huis van een rijke koopman moest zijn geweest. Ik ging naar binnen en vroeg om een sollicitatieformulier voor de vacature van onderzoeksassistente. Het meisje achter de balie gaf me een pen en zei dat ik het direct kon invullen, dus ging ik op een houten stoel zitten en deed wat ze zei. Het verbaasde me dat iedereen me net zo behandelde als ze voor de dood van Luca hadden gedaan, ik vond zelf dat ik een volkomen ander iemand was, maar niemand scheen iets vreemds aan me op te merken.

'Hebben er veel mensen gereageerd?' vroeg ik aan het meisje.

Ze schudde haar hoofd. 'Ik zou dit eigenlijk niet moeten zeggen, maar het is een heel saai baantje en het wordt waardeloos betaald,' zei ze. 'Je verdient meer als je in een van de clubs in de stad gaat podiumdansen.'

'Ze zouden me waarschijnlijk betalen om níét op het podium te gaan,' zei ik.

Ze lachte. 'Daar moet je niet van uitgaan,' zei ze. Ik wist niet of ik dat nu als een compliment moest opvatten of niet.

'Dus ik hoor het nog? Van dat baantje?'

'Ik denk dat de professor je meteen belt, als hij een gesprek wil.'

'Wat voor type is het?'

Het meisje haalde haar schouders op en trok een gezicht. 'Gaat wel. Oud. Een beetje een griezel.'

'O. Oké.'

Onderweg naar huis was ik zo tevreden over mezelf dat ik Marc op zijn mobiel belde. Er werd bijna direct opgenomen.

'Hallo, met mij,' zei ik vrolijk. 'Raad eens waar ik ben?'

'Met wie spreek ik?'

Het was Marc niet. Het was Nathalie.

Hij had zijn mobiel natuurlijk op de bar laten liggen.

Ik hing meteen op en bad God dat ze mijn stem niet had herkend.

12

Mijn moeder, Lynnette en ik woonden vroeger in een van die smalle stenen herenhuizen die je overal in Noord-Engeland aantreft, en vooral in Portiston. Het was, en is nog steeds, best een deftig huis, hoewel het tegenwoordig, volgens Lynnette, een investeringsobject is van een homoseksueel uit Londen die twee miljoen pond heeft verdiend door het te kopen en het vervolgens te verhuren. Mijn moeder genoot van de status die het huis haar verleende. De buren en mensen als Angela Felicone dachten dat ze het huis had gekocht van geld dat ze van haar overleden echtgenoot had geërfd. Omdat het zo'n deftig huis was, bleek daar min of meer uit dat haar overleden echtgenoot een succesvol man was geweest, een ondernemer.

Het huis dat van mijn moeders tante was geweest, was degelijk gebouwd maar niet zo goed geïsoleerd. Het had grote schuiframen, een klein voortuintje waar mijn moeder potplanten had neergezet die in een kansloos gevecht waren met de zilte wind en het weerbarstige klimaat, en een lange smalle achtertuin met een waslijn en reepjes grond aan weerszijden van het gras die mam haar 'borders' noemde. Het lukte haar niet er iets te laten groeien, behalve een paar taaie heidestruikjes, en na een paar jaar gaf ze het op. Zelfs onkruid deed het er niet.

Lynnette en ik hadden allebei een kamertje boven, onder de dakbalken. Tussen onze slaapkamers bevond zich de badkamer. Op de eerste verdieping had mam haar slaapkamer en een grote voorkamer die zij als woonkamer gebruikte en waar wij helemaal niet mochten komen. Er was beneden nog een kleine zitkamer, met daarachter de eetkamer en een smalle keuken.

Het huis was ingericht door de overleden tante, wat betekende dat we beschikten over degelijk meubilair dat voor de eeuwigheid was gemaakt. Mijn moeder was voortdurend bang dat de meubels beschadigd zouden worden hoewel ik me niet kan voorstellen dat iemand het erg had gevonden als er wat mee was gebeurd.

Gewoonlijk mochten we alleen aan de tafel in de keuken iets eten of drinken, en dan nog alleen maar als het zeiltje eroverheen lag. Bij speciale gelegenheden, zoals kerst, werden we bevorderd tot de eetkamer, maar over het algemeen hield mam de deur op slot om zowel het stof als de kinderen buiten te houden. Lynnette en ik hebben allebei tot onze grote vernedering tot ver in onze tienerjaren met een zeiltje over onze matras moeten slapen. Vanwege één nachtelijk ongelukje toen ik zes was. Volgens mijn ontdane moeder was de matras daardoor dermate doordrenkt, dat haar slaap nog jaren daarna af en toe verstoord werd door een zweempje urinelucht.

Mam was ook bijzonder gebrand op goede manieren. Lynnette en ik wisten precies hoe je iets netjes moest vragen en ook dat het beleefd was om te zeggen dat je geen tweede portie van het toetje wilde, ook al had je er echt nog wel trek in. Lynnette zou nooit een volwassene een brutaal antwoord geven, of wat dan ook doen waarmee ze de aandacht op zich vestigde. Ik wist heel goed hoe ik me behoorde te gedragen, maar ik vergat die regels om de haverklap, zodat mams geduld tot het uiterste op de proef werd gesteld.

'Wat is Lynnette toch een schattig meisje,' zei Angela Felicone tegen mijn moeder als ze de koffie en ijsjes afrekende bij de ouderwetse kassa op de glanzende marmeren counter van Marinella's. 'Had ik maar zo'n dochtertje.'

Angela, de charmante, beschaafde Angela, sloeg haar ogen ten hemel terwijl haar zonen achter haar rondrenden, gilden, elkaar uitdaagden, lachten, schietgeluiden maakten, deden alsof ze doodgingen, vochten, over de vloer rolden en de serveersters voor de voeten liepen. Ik vond dat jongens heel wat meer lol hadden dan wij meisjes.

'Ik begrijp niet waarom ze die jongens niet wat meer onder de duim houden,' zei mijn moeder. 'Daar zullen ze nog problemen mee krijgen, let op mijn woorden.'

Maar ze kregen er geen problemen mee, met geen van de jongens. Het enige kind in Portiston dat van het rechte pad af dwaalde, was ik.

Lynnette was vier jaar ouder dan ik. Net als ik had ze donker, steil haar, grijsgroene ogen, sproeten in haar gezicht en op haar armen, en haar tanden stonden een beetje scheef. Maar in tegenstelling tot mij verloor ze nooit wat, brak ze nooit wat en bedierf ze niets. Lynnette maakte nooit ruzie, huilde nooit en was nooit onaardig. Zonder daar haar best voor te doen was ze populair. Ze ging om met een groepje vrolijke sportieve meisjes, ze was goed op school en excelleerde in muziek. Ze was aardig en slim en mooi en lief, en dat is ze nog steeds.

Ik weet zeker dat mam het meest van haar hield. Hoe kan het ook anders? Ik zou ook meer van haar hebben gehouden als ik in mijn moeders schoenen had gestaan. Wie niet?

Tegen de tijd dat ik ook op middelbare meisjesschool van Watersford kwam, was Lynnette daar al de sterleerling. Toen ze drie jaar later achttien werd, werd ze verkozen tot schoolleidster. Ze speelde in het schoolorkest en in plaatselijke orkesten en in de regionale finales van de jonge-musicus-van-het-jaar-wedstrijd van de BBC werd ze twee keer tweede. Ze had aanbiedingen van verschillende universiteiten, onder andere Oxford, maar ze ging naar Londen.

Vergeleken bij Lynnette stelden mijn prestaties weinig voor.

Ik had astma waardoor ik geen hockey of korfbal op een aanvaardbaar niveau kon spelen, en bovendien had ik een hekel aan teamsporten. Ik was ook helemaal niet goed in muziek. Ik heb een poosje pianolessen gehad, maar ik werd voortdurend vergeleken met mijn getalenteerde zusje. Ik was te lui om die saaie toonladders en etudes te oefenen, ik wilde 'Clair de Lune' en 'The Entertainer', maar ik bracht het nooit zover dat ik dat een beetje fatsoenlijk kon spelen.

Bovendien was ik niet slim. Niet zo slim als Lynnette. Ik was geslaagd voor het toelatingsexamen voor het vwo, maar ik zat altijd bij de groep die de laagste cijfers haalde. Ik heb nooit ergens een prijs voor gewonnen en mijn leraren maakten zowel aan mezelf als aan mam duidelijk dat ze mij niet naar de universiteit zagen gaan.

Toch, toen ik nog maar een jaar of twaalf, dertien was, wist ik dat ik iets had wat Lynnette niet had, iets belangrijks. Ik had iets wat jongens leuk vonden. Ze keken naar me. Ze botsten zogenaamd per ongeluk tegen me op. Ze trokken aan mijn haar en plaagden me en pakten spulletjes van me af zodat ik moest vechten om ze terug te krijgen. Ik protesteerde, ik deed mijn beklag, maar ik wist dat ze dit deden omdat ze me leuk vonden, en ik genoot van de aandacht, en de aandacht gaf me status onder de meisjes. Daarom bedacht ik subtiele manieren om die aandacht aan te moedigen. Ik sloeg de band van mijn rok een slag om zodat hij korter werd. Ik knoopte mijn mouwen op, ik deed kersenrode lipgloss op mijn lippen en ik maakte mijn wimpers met mascara dikker. Ik gaf brutale antwoorden aan leraren. Ik had altijd kauwgum in mijn mond.

Mam wist wat er aan de hand was. Eerst zei ze niets rechtstreeks, ze keek alleen maar toe en maakte zich zorgen, maar toen de maanden verstreken maakte ze me duidelijk dat ze de manier waarop ik me gedroeg en hoe ik eruitzag ongezond en ongewenst vond. Ze zei dat ik een schandvlek was, dat ik, als ik mijn gedrag niet intoomde, de familie een slechte naam zou bezorgen en uiteindelijk eenzaam en alleen achter zou blijven en dat er geen mens van me zou houden. Maar ik vond dat dit mijn enige kracht was, een talent dat gevoed en ontwikkeld moest worden. Dus dat deed ik.

Inmiddels had mam een vriend. Hij heette meneer Hensley en wij moesten hem oom Colin noemen, ook al was hij geen echte oom, zoals ik maar al te graag opmerkte. Mam had hem via de kerk leren kennen en er was geen saaiere man te bedenken. Ik vond hem zo ontzettend saai dat het me nu nog moeite kost om me bijzonderheden van hem voor de geest te halen, behalve dat hij een smal gezicht had, slechte tanden, rossig, dunnend haar, een uitstraling van grijzigheid, en dat hij me altijd een ongemakkelijk gevoel gaf. Hij was kennelijk niet erg op me gesteld, en dat was wederzijds.

De zomer voordat Lynnette naar de universiteit ging was ik vijftien, en mijn beste vriendin was Anneli Rose, die ik al kende vanaf de kleuterklas in Portiston. We waren dikke vriendinnen, zo dik dat we beweerden dat we altijd wisten wat de ander dacht. We konden elkaar aan het lachen maken, alleen maar door elkaar even aan te kijken en we maakten de leraren en de ijveriger kinderen in onze klas dol met ons gefluister en gegiechel en de briefjes die we elkaar stuurden. God weet waarover we het hadden, ik weet het allemaal niet meer, maar we hadden altijd wel iets om over te praten.

Anneli was net zo geliefd bij de jongens als ik. We hitsten elkaar op. We waren één grote puberale tweelingact van lippen, heupen en ellebogen. Ik was een van de eerste meisjes in mijn klas die een zuigzoen hadden en ik werd door allerlei jongens mee uitgevraagd. Ik ging met ze naar de film of naar de snackbar. We zaten handje in handje en soms liet ik me zoenen, maar ik vond nooit iemand echt heel leuk. Omdat ik zo veel vriendjes had, heb ik me waarschijnlijk wel een soort reputatie verworven, maar ik was niet promiscue, niet als die arme meisjes die seksuele gunsten ruilden voor aandacht van de jongens en daarmee aanzien bij de meisjes.

Bij de disco aan het einde van het schooljaar, waar de meisjes en de jongens van de twee middelbare scholen van Watersford eindelijk met elkaar mochten omgaan, stonden Anneli en ik geen seconde langs de kant. Ik danste met een heleboel verschillende jongens. Ik schuifelde op Whitney Houston met een jongen die Aiden Tracey heette. Hij was stomdronken. Zijn adem was heet in mijn oor en er zat een staaf in zijn broek die tegen mijn buik drukte. We zoenden. Hij smaakte naar Camelsigaretten en bier. Hij vroeg of ik met hem mee naar buiten ging, maar ik zei nee.

Op instigatie van meneer Hensley keurde mijn moeder alles af wat ik zei, wat ik droeg en wat ik deed. Algauw waren er zo veel regels over wat ik wel of niet mocht doen, dat ik een expert werd in het verzinnen van uitvluchten.

Omdat mij verboden was om make-up bij de drogisterij in Portiston te kopen, stalen Anneli en ik het na schooltijd op de cosmetica-afdeling bij Wasbrook's in Watersford. (Winkeldiefstal is door al die veiligheidspoortjes zo veel moeilijker geworden voor de hedendaagse tieners. Soms vraag ik me af hoe ze het redden.) Tijdens de busrit terug naar Portiston bekeken Anneli en ik boven in de bus verlekkerd onze buit. Als er niemand thuis was, bij haar of bij mij, experimenteerden we met de make-up om ons zo volwassen en verleidelijk mogelijk op te maken.

Als Anneli's vader ons dan zo opgedirkt zag, zei hij lief: 'Waarom smeren jullie die rommel op je gezicht? Jullie zijn mooi genoeg van jezelf.'

Meneer Felicone zei hetzelfde, maar poëtischer. Toen hij ons zag zitten bij een tafeltje bij het raam in Marinella's en hij ons onze Peche Melba's bracht terwijl we onze lippenstift bijwerkten, zei hij dat het geen zin had een lelie te vergulden. We lachten erom, zoals tieners dat doen.

Op een dag liepen we tegen de lamp. Meneer Hensley zag ons uit een bus stappen, gekleed in ruime, maar bijna transparante blouses van kaasdoek en afgeknipte spijkerbroeken die zo kort waren dat je de randjes van onze onderbroek kon zien. We hadden ons haar in een hoge paardenstaart gebonden en we hadden allebei gaatjes in onze oren laten prikken, nadat we het meisje bij de kapper ervan hadden overtuigd dat we zestien waren. We waren naar Watersford geweest waar een paar veel oudere jongens ons meegenomen hadden naar een pub en ons op een cocktail hadden getrakteerd die uit cider en Cherry Brandy bestond en die merkwaardig genoeg als 'een vluggertje' op de kaart stond. Ze hadden om onze telefoonnummers gevraagd. Het was ontzettend spannend geweest en we waren zo door het dolle heen vanwege ons succes dat we bij het uitstappen vergeten waren onze degelijke rokken tot op de knie weer over onze shorts aan te trekken.

Meneer Hensley was ontsteld. We moesten op de achterbank van zijn beige Morris Minor gaan zitten en hij reed ons naar mijn huis terwijl hij ons op een lange preek trakteerde over de gevaren van ons 'lichtzinnige' gedrag. Wij giechelden gegeneerd en waren als de dood dat we door een bekende gezien zouden worden.

Anneli's ouders werden erbij geroepen en ons gedrag werd onder de loep genomen in een lang, bijzonder gênant gesprek en vervolgens kregen we allebei voor de rest van de zomer huisarrest. We moesten iedere avond om acht uur binnen zijn, en we mochten niet alleen weg uit Portiston.

Lynnette toonde weinig begrip toen ik stond te razen dat het oneerlijk was. 'Hoor nou eens,' zei ze, 'je hoeft hier nog maar een paar jaar te wonen. Doe gewoon wat ze zeggen en hou je rustig, en als je achttien bent kun je dragen wat je wilt, je kunt gaan en staan waar je wilt, je kunt doen wat je wilt en je kunt de hele nacht wegblijven, als jij daar zin in hebt.'

'Maar dat duurt nog meer dan drie jaar!'

'Echt, die zijn zo voorbij.'

'Maar stel dat ik doodga voor mijn achttiende, dan heb ik mijn hele leven verspeeld zonder lol te hebben.'

'Je gaat niet dood.'

'Dat kan toch best?'

'Jij gaat niet dood.'

'Maar stel dat ik wel doodga?'

'Dat gebeurt niet!'

'Zou toch best kunnen?'

Ik stelde voor dat ik dood zou zijn (maar niet verminkt), gestorven aan een niet nader omschreven ziekte. Ik zag mezelf op mijn eigen bed liggen, boven op de roze nylon sprei, in mijn Minnie Mouse-nachtjaponnetje, mijn enkels bij elkaar, mijn teennagels blauw gelakt, een mooi, schitterend blauw, mijn armen gevouwen over mijn borst en mijn donkere haar uitgespreid op het kussen, zodat mijn nieuwe gouden oorknopjes goed uitkwamen. Het was zo'n aandoenlijk beeld dat ik ervan moest huilen. Wat zou mijn moeder spijt hebben dat ze naar die verschrikkelijke, rattige meneer Hensley had geluisterd en mij gevangen had gehouden in dit saaie, vreugdeloze huis in dit saaie stadje.

Ik schreef in gedachten de overlijdensberichten in de krant. Ik ontwierp mijn eigen begrafenis als een prachtige artistieke productie die aan de rouwenden zou laten zien wat een genie er verloren was gegaan. Ik zou 'Desiderata' laten voorlezen door Lynnette en Anneli zou ballet kunnen dansen. Ik wilde dat al mijn lievelingsnummers gedraaid werden, op dat moment onder andere 'Do You Really Want to Hurt Me?' van Culture Club en 'Like a Virgin' van Madonna. Die zouden allebei, dacht ik met een huivering van plezier, mijn nabestaanden aan het denken zetten. Ik zag mijn moeder al snikken in haar zakdoek. Meneer Hensley stond er gekweld, beschaamd, somber en lijkbleek bij. Lynnette moest steeds denken aan ons laatste gesprek: 'Maar stel dat ik voor mijn achttiende sterf...' 'Dat gebeurt niet.' Ha! Net goed!

Toen dacht ik dat het de allersaaiste zomer van mijn hele leven zou worden. Als ik er nu op terugzie, was het een van de meest betoverende zomers die ik ooit heb meegemaakt.

13

Ik zat donderdagmiddag tv te kijken toen mijn telefoon ging. Het was een nummer uit Watersford dat ik niet herkende maar het bleek van de secretaresse van de faculteit geschiedenis te zijn. Ze vroeg zich af of het me schikte om aanstaande woensdag om drie uur een sollicitatiegesprek met de professor te hebben. Ik vroeg haar of ze even wilde wachten terwijl ik mijn agenda raadpleegde. Ik legde de telefoon neer, liep drie rondjes door [illegible] [illegible]m weer op en zei: 'Ja, prima, woensdag ben ik vrij.'

Nadat ik had opgehangen, nam ik een kussen in mijn armen en danste in mijn pyjama de flat door. Toen had ik de behoefte iemand het goede nieuws te vertellen. Ik durfde Marc niet nog eens te bellen, dus belde ik Lynnette. Die was nog steeds gekwetst, ten eerste omdat ik vierhonderdvijftig kilometer verderop was gaan wonen zonder haar te raadplegen, en ten tweede omdat ik niet de moeite had genomen haar te laten weten dat alles goed met me ging en dat ik niet op mijn buik in de rivier dreef.

Ik zette mijn vrolijkste stem op en informeerde naar Sean en haar.

'Nou, we zouden het allebei een stuk prettiger vinden als je hier bij ons was, Liv,' zei Lynnette. 'Je zou niet in Watersford moeten zitten. Het is daar niet goed voor je.'

'Maar...'

‘Niks te maren. De Felicones zijn niet je echte familie, dat zijn wij. Wij houden van je, we missen je en we willen dat je bij ons bent.’

‘Dat willen we niet,’ hoorde ik Sean op de achtergrond plagend roepen.

‘Maar Luca is hier,’ zei ik rustig.

‘Liv, Luca is daar helemaal niet. Luca is in jouw hart. Hij is waar jij bent. En hij zou willen dat je weer in Londen zat. Dat weet jezelf net zo goed als wij.’

‘Hmm,’ zei ik neutraal. ‘Ik heb ook goed nieuws, ik heb een baantje.’

‘O?’

‘Nou ja, ik heb het nog niet echt, maar ik ben uitgenodigd voor een gesprek. En dit is de eerste baan waarnaar ik gesolliciteerd heb.’

‘En hoe zit het dan met je echte baan?’

‘Wat?’

‘Je echte baan. Je baan bij Bluefish Public Relations, op Canary Wharf. De baan waar iedereen je kent en om je geeft.’

Ik wist niet wat ik moest zeggen. Ik had nooit echt ontslag genomen, ik had niet meer gesproken met iemand bij Bluefish (ze hadden geprobeerd contact met me op te nemen, maar ik had de telefoon niet opgenomen en hun brieven en mails niet beantwoord). Lynnette, zoals bleek, had dit al vermoed.

‘Ik heb vorige week nog met Amber gesproken,’ zei ze. ‘Zij heeft me gezegd dat ze je graag terug heeft, als je eraan toe bent.’

‘Bemoei je er niet mee.’

Aan de andere kant van de lijn ademde Lynnette rustig uit. ‘Liv, dit is geen bemoeien. Het is alleen zo dat...’

‘Dat jij weet wat goed voor me is?’

‘Nee, nee...’

‘Ik ben geen klein kind meer, Lynnette. Maar door jou voel ik me wel zo, wist je dat? Jij praat achter mijn rug om met mijn baas, je maakt verontschuldigingen voor me...’

‘Nee, Liv, zo zit het niet. Ik heb alleen...’

'Jij hebt altijd al gevonden dat ik niks kan.'

'Liv, dit verdien ik niet.'

'Er gebeuren zo veel dingen die mensen niet verdienen,' zei ik. 'Ik weet er alles van.'

'Hoor nou eens wat je zegt,' zei Lynnette. 'Je lijkt...'

Maar ik kreeg niet te horen hoe ik leek. Ik brak het gesprek af.

Angela belde me op. Ze klonk gespannen. Ze vroeg of het goed met me ging. Ik zei dat het prima ging. Ze vroeg me, tussen neus en lippen door, of ik Marc de afgelopen tijd nog gezien had. Ik zei tegen haar dat ik hem sinds die keer bij Marinella's niet meer gezien had. Ik had helemaal niet het gevoel dat ik loog. De man die drie of vier keer per week naar mijn flat kwam was niet dezelfde man die met Nathalie in de flat boven Marinella's woonde.

'Waarom vraag je dat?' vroeg ik.

'Nergens om,' zei ze, met een gespannen lachje.

Marc nodigde me uit voor een familie-etentje op paaszondag in Marinella's. Ik zei tegen hem dat ik het een heel slecht idee vond. Hij zei dat het een nog slechter idee zou zijn als ik niet zou komen, omdat de mensen zich zouden afvragen waarom ik wegbleef. Ze zouden zich afvragen of ik iets te verbergen had.

'O,' zei ik.

'Het zal prima gaan,' zei Marc. 'Stefano en Bridget vliegen vanaf Londen en ze zullen het heel erg vinden als jij er niet bent. Pa heeft tegen mama gezegd dat ze Luca teleurstelt als ze jou niet het gevoel geeft dat je welkom bent. Als zij haar best kan doen, dan kun jij dat ook. Je moet komen. Al is het niet voor jezelf, dan toch in ieder geval voor Luca.'

'Voor Luca?'

'Ja.'

De restaurants in Portiston waren op de vingers van één hand te tellen, dus ook al stond de traditionele zondagse rosbief bij Marinella's niet op de kaart, toch was het een populaire plek om naartoe te gaan, zowel voor toeristen als voor de autochtone bevolking. Het was altijd een prettige ervaring om daar op zondag te eten. Het eten zelf was lekker, de ambiance was warm en gezellig. Op paaszondag was het altijd bijzonder druk: de eerste grote feestdag van het jaar, en ook de dag die onofficieel het begin van het zomerseizoen inluidde, en daarom een dag om te vieren.

Het was de traditie in de familie Felicone om op feestdagen allemaal een handje te helpen. Zonen, schoondochters, zelfs de kleinkinderen die oud genoeg waren, hielpen mee achter de bar, in de keuken en in het restaurant. Dat maakte het allemaal erg gezellig, en als de drukte van het lunchuur voorbij was en de laatste gast vertrokken, sloot Maurizio af en ging de hele familie aan tafel om samen te eten. Het waren altijd geweldige feesten geweest, zelfs voor een zwart schaapje als ik. Maurizio wist hoe hij het gezellig kon maken, hij was een gulle, aardige gastheer en hij was dol op zijn familie.

Maar nu was alles anders. Luca was er niet. Ik had nooit helemaal bij de rest gepast en nu was mijn positie nog zwakker dan voorheen. Ik was voor het familiefeestje uitgenodigd, dus ik wist dat ik moest aanbieden om met de lunches te helpen. Uiteindelijk belde ik Maurizio om te vragen of ze wat extra hulp konden gebruiken in de keuken of het restaurant. Ik wilde niet aan het eind van de middag aan komen zetten om erachter te komen dat Nathalie en Angela zich de hele dag de benen uit het lijf gelopen hadden en alleen maar af en toe hadden stilgestaan om een hatelijke opmerking aan mijn adres te maken omdat ik niet eens mijn hulp aangeboden had. Desondanks hoopte ik van ganser harte dat hij het aanbod af zou slaan.

Maurizio reageerde alleraardigst.

'Wat lief van je, Olivia,' zei hij. 'Maar je hebt al een hele tijd niet bij ons bediend.'

'Ik kan afwassen,' zei ik opgewekt, terwijl ik heel goed wist dat hij me dat niet zou laten doen.

Maurizio kuchte zachtjes en zei: 'Wacht even, Olivia', en toen hoorde ik dat hij met Angela in het Italiaans overlegde. Ik kon het niet volgen, hoewel ik de woorden '*bambini*', '*Nathalie*' en '*poveretta*' (arm meisje) oppikte. Angela's stem klonk schril, die van Maurizio diep, kalm en geruststellend.

Toen kwam Maurizio weer aan de lijn. 'Het zou ons het beste helpen als jij op de kinderen zou willen passen, zodat Nathalie beneden in het restaurant Marc kan helpen,' zei hij. 'Vind je het erg om te babysitten?'

'Helemaal niet,' zei ik, 'maar wat vindt Nathalie ervan?'

'Laat Nathalie maar aan mij over,' zei Maurizio.

Ik hing op en wenste dat ik niet gebeld had. De zwarte hond, die aan mijn voeten naar mijn kant van het gesprek geluisterd had, zuchtte veelbetekenend en sprong op mijn schouder. Mijn wervelkolom boog zich, mijn schouders klapten naar elkaar toe door het gewicht van het beest en toch werd ik gesust door zijn kin op mijn sleutelbeen, en zijn zware ademhaling. Zonder Luca was ik de enige die niet door ouders, broers, levende echtgenoten of kinderen met de familie verbonden was. Ik kwam helemaal niet in aanmerking om daar te zijn.

Er leek in mijn flatje geen einde te komen aan de zaterdagavond voor Pasen. Het mooie weer was verdrongen door een regenbui van Atlantische omvang.

Ik had me ingeschreven bij de openbare bibliotheek van Watersford en een stapeltje boeken geleend omdat ik schoon genoeg had van de tv, maar ik had mijn concentratievermogen zwaar overschat. Ik had het, besefte ik, bij lichte kost moeten houden. Een detective misschien, of een gezellig chicklitboek. Maar ik had de detectives links laten liggen omdat ik bang was op een pathologisch-anatomische beschrijving te stuiten van verwondingen als die van Luca, en wat de chicklit betreft, ik dacht niet dat ik een boek aankon met een 'ze leefden nog lang en gelukkig'-plot met een hoop misverstanden en orgasmes erin.

In plaats daarvan had ik een paar literaire romans meegenomen waarvan ik nog wat op kon steken, maar waarvoor ik noch de energie noch het verlangen had ze te lezen.

De boeken waren niet alleen als alternatief voor de tv maar ook voor de alcohol bedoeld, maar om kwart voor tien die zaterdagavond, dat nu of nooit moment waarop ik of wél naar de slijter of niet naar de slijter ging, trok ik een van Luca's grote regenjassen aan en ging eropuit om een fles merlot en een fles gin te halen, ter vervanging van de fles die ik die ochtend als reactie op een verschrikkelijke kater door de gootsteen had gespoeld. De vrouw achter de kassa herkende me en probeerde een praatje met me aan te knopen. Ik vond het verschrikkelijk dat ze mij als vaste klant beschouwde. Het zou toch onderdeel van haar training moeten zijn om met beleefde afstandelijkheid om te gaan met mensen die overduidelijk niet zonder alcohol konden, wat voor excuus ze daarvoor ook hadden. Om haar de mond te snoeren vroeg ik om een reep chocola.

Ik weet niet wat er mis was, maar ik voelde me niet goed. Het was, zoals Marc al had gezegd, een rotzooi in de flat. Omdat hij zo klein was, was er weinig voor nodig om de sfeer van gezellig tot claustrofobisch te doen omslaan. Ik kon de ramen niet opendoen vanwege de wind en de regen en ik voelde me astmatisch en benauwd.

Sylvia Plath had helemaal gelijk met haar gezegde dat er weinig klachten in het leven zijn die niet te verhelpen zijn met een warm bad. Dus stak ik een stuk of wat waxinelichtjes aan en zette ze in de piepkleine badkamer. Ik goot liters lavendel- en kamilleolie in het bad en draaide de warme kraan open terwijl ik op zoek ging naar een cd met iets wat me gegarandeerd zou doen ontspannen. Ik schoof Sigur Ros in de cd-speler, maar toen ik de temperatuur van het bad controleerde, was het water ijskoud. De waakvlam van de geiser was uitgegaan.

Ik had de wijn inmiddels op en was begonnen aan mijn eerste

glas limonade met gin. Ik ving een glimp van mezelf op in het raam: ik zag eruit als een gekkin, een geest, mijn haar was een warboel, mijn kleren waren slordig, en ik had zulke donkere wallen onder mijn ogen dat je het in het beslagen raam kon zien. God, wat zag ik eruit! Ik ijsbeerde door de flat. Ik dronk mijn glas leeg. Ik kon mezelf niet langer verdragen.

Voor het eerst voelde ik bittere woede, en die woede was tegen mijn man gericht.

Er zat niets anders op dan mijn jas en laarzen aan te trekken en naar de begraafplaats te gaan. Buiten sloeg de wind om mijn benen en de knieën van mijn spijkerbroek waren algauw doorweekt door het water dat van mijn jas af stroomde. Mijn haar plakte tegen mijn schedel en gezicht en elk stukje huid dat bloot was voelde ijskoud aan, maar het kon me niet schelen, want vanbinnen gloeide ik. Ik liep met grote passen door de donkere straten. Het gele licht van de straatlantaarns weerspiegelde in de plassen waarin de wind golfjes blies. Het natte asfalt weerspiegelde het maanlicht dat af en toe tevoorschijn kwam. Vanaf de heuvel stroomde het water omlaag, het borrelde in de overvolle goten. Toen ik bij de begraafplaats aankwam zag ik de bomen krom staan, gegeseld door de elementen. Ze kraakten en kreunden alsof ze levend werden gevild.

Het hek zat natuurlijk op slot, een hangslot aan een dikke ijzeren ketting, maar zelfs dat rammelde in de wind. Ik liet me niet uit het veld slaan. De muur om de begraafplaats was niet meer dan twee meter hoog en verderop langs de weg stond een bushalte met een bank. Ik was zo kwaad dat het helemaal niet moeilijk was om me vanaf de rugleuning van de bank tot boven op de muur op te trekken, als iemand die zich uit een zwembad hijst. Ik merkte niet eens dat er glasscherven bovenop gestoken zaten.

Aan de andere kant moest ik springen, maar daarna was ik dan ook waar ik wezen wilde. Op de bovenverdieping van de portierswoning brandde licht. De portier en zijn vrouw gingen kennelijk naar bed. Misschien stonden ze hun tanden te poetsen, misschien zouden ze straks vrijen. Ik wenste ze in stilte alle goeds toe, baande me een weg over de graven die tussen de muur en het hoofdpad lagen, en toen rende ik de heuvel op naar Luca's graf terwijl ik naar hem schreeuwde en krijste, omdat ik wel wist dat mijn stem in het lawaai van de storm verloren zou gaan.

'Klootzak!' gilde ik. 'Je hebt gezegd dat je nooit bij me weg zou gaan! Dat heb je beloofd, Luca! Dat heb je mij beloofd. Egoïst! Je zei dat je voor me zou zorgen en moet je nou eens zien! Kijk dan wat je me hebt aangedaan! Kijk dan!'

Er is geen verlichting op de begraafplaats. De doden hebben geen licht nodig. Toch zag ik heel goed waar ik liep. Af en toe werden de wolken door de wind weggeblazen van de ijzige halve maan, en was het pad verlicht. En terwijl ik de heuvel opliep, werd mijn woede minder. Hoe verder ik de heuvel op ging, hoe rustiger ik me voelde. Ik kon de doden om me heen voelen, echt waar. Ik werd door hen omringd, door die vriendelijke, bezorgde doden, ze waren in de lucht als fluisteringen die ik niet helemaal kon horen en vage gedaantes die ik net niet kon zien. Er liggen honderddertigduizend mensen begraven op Arcadia Vale en die lieve schimmen waren door mijn nachtelijke geraaskal gestoord en nu waren ze gekomen om hun solidariteit met mij te tonen. Ik vond het bijzonder rustgevend.

Ik strekte mijn handen uit zoals je dat doet als je een warme, stille zee in loopt en je handen door het water laat slepen. Ik liep tussen de dode mensen, ze liepen naast me mee naar het graf van mijn man.

Luca was een van de doden. Luca was niet alleen.

De volgende ochtend werd ik gewekt door de schrille klank van de wekker van mijn mobiel. Ik leunde uit het bed om hem uit te zetten en bezeerde mijn hand aan het nachtkastje. Achter mijn rechteroog, in de oogzenuw, boorde de made van een migraine zich een weg en ik vond het heel moeilijk om mijn ogen open te doen om de mobiel te lokaliseren die ik op de grond gestoten had.

Toen ik het ding oppakte, deed mijn hand weer pijn. Ik kneep mijn ogen samen en zag dat er lelijke wonden op mijn handpalm zaten. Hetzelfde gold voor mijn andere hand. De wond in mijn rechterhand was zo diep dat hij waarschijnlijk gehecht zou moeten worden.

Er zat bloed op de kussens. Er zat bloed op de lakens. Naast het bed lagen mijn doorweekte, gescheurde, modderige en bebloede kleren in een smerig hoopje op mijn natte laarzen. De vorige nacht was dus geen droom geweest. Ik wist niet meer dat ik thuis gekomen was, maar blijkbaar had ik het op de een of andere manier gered. Ik was waarschijnlijk nogmaals over die muur geklommen. En over minder dan twee uur moest ik bij Marinella's zijn om op mijn neefjes en nichtjes te passen.

Ik stak de waakvlam van de geiser aan en liet het bad vollopen terwijl ik een ketel water opzette. Ik slikte twee ibuprofen met een glas water, nam een bad, maakte mijn handen zo goed mogelijk schoon en behandelde de wonden met een desinfecterende spray. Mijn knieën zagen er ook niet uit, maar die kon ik verbergen onder mijn lange, roze met witte zigeunerrok. Ik deed een katoenen truitje aan met mouwen die zo lang waren dat ze tot over mijn handen vielen, met daaronder een uitgewassen oud T-shirtje en een bleekblauw vestje over het truitje.

Ik droogde mijn haar en maakte het wat gladder met straighteners. Ik bedekte de schrammen op mijn gezicht met foundation, smeerde een kunstmatige gezonde teint op mijn wangen, camoufleerde de donkere wallen onder mijn ogen, gebruikte oogdruppels om het oogwit wat helderder te maken, krulde mijn wimpers, poetste mijn tanden, stifte mijn lippen, sprayde mondverfrisser in mijn mond, tipte parfum op mijn polsen en hals, deed een paar zilveren oorringen met kleine glazen kraaltjes in en een hippie-ketting om. In de spiegel leek ik wat minder op de gestoorde vrouw die ik gisteravond was geweest en meer op de Olivia Felicone van vroeger. Ik beloofde mezelf, op dat moment en op die plek, dat ik zoiets nooit meer zou laten gebeuren. Luca was bij de doden, en daar moest ik hem laten.

Voor ik wegging nam ik een diazepam om het trillen te doen stoppen en de opkomende paniek te onderdrukken.

Onderweg naar Portiston luisterde ik naar de radio-uitzending van een paasdienst in een of andere kathedraal. Het stuur deed pijn aan mijn handen, dus stuurde ik met mijn vingers, schakelde met mijn vingertoppen, maar soms vergat ik het en greep ik de pook beet waardoor de pijn van mijn handpalmen tot in het binnenste van mijn hersens schoot. Ik oefende om op normale toon te spreken.

'Wil je me de boter aangeven, Maurizio? Wanneer gaan jullie skiën, Carlo? Ik help je wel even, Angela.'

Op de stoel naast me lag een bos nogal treurig ogende lelies die ik de dag daarvoor gekocht had maar vergeten was om in water te zetten, en een Gelukkig Pasen-kaart voor Angela en Maurizio in een gele envelop. Ik had de kaart niet ondertekend omdat ik het niet kon verdragen om er niet 'Veel liefs van Luca en Olivia' op te zetten, zoals ik altijd had gedaan. Dus schreef ik alleen: 'Ik hoop dat het een mooie dag wordt' en drie x'jes.

Bij Marinella's was iedereen gelukkig bijzonder gestrest vanwege de voorbereidingen voor de lunchgasten die in groten getale verwacht werden, terwijl ze tegelijkertijd ongebruikelijk veel ochtendgasten moesten bedienen. Op mij lette niemand. Er was onverwachts een Magical Mystery Touringcar langsgekomen, ingehuurd door de Watersfordse afdeling van de Vereniging voor Huisvrouwen. De touroperator had er niet aan gedacht om van tevoren te bellen om te vragen of Marinella's in staat was om vierenvijftig toeristen van verfrissingen te voorzien, maar omdat het een feestdag was en omdat Angela en Maurizio het verschrikkelijk vonden om mensen weg te sturen, hadden ze de bezoekers met open armen ontvangen.

Marc stond een bestelling op te nemen bij een tafel met twaalf man toen ik het restaurant binnenkwam. Over zijn schouder had hij zwierig een servet geslagen terwijl hij de bestelling in zijn notitieblokje noteerde. Mijn maag trok een beetje samen van verlangen, wat me verbaasde. Ik dacht terug aan de honderden keren dat ik als tiener bij Marinella's werkte en zowel Marc als Luca als ober bezig had gezien, net zoals nu. Marc was nu zwaarder, breder en behaarder, hij had het profiel van een man, niet van een jongen, dikkere polsen en een zwelling boven zijn heupbeen en zijn haargrens trok zich een beetje terug, maar hij was nog steeds Marc, de tweelingbroer van Luca. Hij was iemand die ik al zo lang kende. Hij ving mijn blik toen ik langs hem liep en ik probeerde naar hem te glimlachen, maar ik weet niet of ik daarin slaagde.

Ik liep door het restaurant naar achteren, zei in de keuken Maurizio en Fabio glimlachend goedendag en ging de trap op naar de flat. Ik klopte aan en Emilia, de zesjarige dochter van Stefano en Bridget deed open.

'Hoi, lieverd,' zei ik. 'Hoe is het ermee?'

'Hoi, tante Liv,' zei Emilia. Ze ging op haar tenen staan om me te kussen. 'Wat heb je met je handen gedaan?'

Ik lachte verontschuldigend. Ik had geoefend op deze vraag. 'Ik ben uitgegleden en van de stoep voor mijn huis gevallen,' zei ik. 'Stom, hè!'

'Arme tante,' zei Emilia. 'Was je dronken?'

'Emmie!' zei Nathalie, die uit de zitkamer kwam. Haar gezicht was rood en stond strak. Ze was wat slanker geworden. Dat kon geen kwaad, dacht ik.

'Maar, tante Nat, je hebt zelf gezegd...'

'Hou je mond!' Toen tegen mij: 'Weet je zeker dat je dit aankunt?'

'Natuurlijk.' Ik glimlachte en deed mijn jasje uit.

'Als er iets gebeurt...'

'Dan ben je beneden,' zei ik opgewekt.

Nathalie kneep haar ogen dicht.

'Ik tolereer je alleen maar omwille van Maurizio,' zei ze. 'Verbeeld je maar niet dat het ergens anders om is.'

Ik zuchtte en streelde Emilia's haar.

'Als je mij niet in je huis wilt hebben, Nathalie, dan ga ik toch weer?'

'Ik wil je hier inderdaad absoluut niet hebben,' zei ze op bijna sissende toon. 'Niemand wil je hier. Wist je dat? Zelfs Maurizio mag je niet, hij duldt je alleen omdat hij medelijden met je heeft.'

Ik beet stevig op mijn onderlip, en haalde licht mijn schouders op, waarmee ik hoopte duidelijk te maken dat het me niet zo veel kon schelen. Ik bedacht even hoe bevredigend het zou zijn om deze zielige trut te laten weten dat ik met haar man naar bed ging, maar ik deed het niet. Natuurlijk niet.

Nathalie wendde zich van me af en streek haar haren glad voor de spiegel voor ze voor haar nichtje neerhurkte.

'Emilia, als er iets misgaat, kom je me meteen halen.'

Emilia knikte plechtig.

Bij de deur draaide Nathalie zich nog eenmaal om voor haar afscheidsschot.

'Even voor de duidelijkheid, Liv: Marc kan je ook niet uitstaan. Hij vindt je zielig. Hij veracht je.'

'Zegt hij dat?' vroeg ik vriendelijk.

'Ja,' zei Nathalie. 'Dat zegt hij.'

Ik sloot de deur achter haar en weerstond de aandrang om een obsceen gebaar te maken. Gelukkig maar, want toen ik me omdraaide naar Emilia zag ik dat ze bezorgd naar me opkeek alsof ze bang was dat ik iets raars zou doen.

'Ik denk van niet,' zei ik. 'Kom mee, Em, waar zijn je neefjes en nichtje?'

Ik bracht een paar aangename uren door op het kleed in de zitkamer van Nathalie en Marc, terwijl ik mens-erger-je-niet met de kinderen speelde en Ben rondscharrelde en schattig en grappig was en probeerde mee te doen. Ik begon me behoorlijk ontspannen te voelen. De diazepam deed netjes zijn werk en ik dacht dat de dag misschien toch nog goed zou verlopen.

Tussen de middag aten we opgewarmde pasta en Ben deed een middagdutje terwijl de kinderen en ik op tv naar *Shrek* keken. Af en toe stak een lid van de familie Felicone zijn hoofd om de hoek van de deur, waarschijnlijk om te controleren of ik niet dronk of de kinderen aan het vermoorden was.

Tegen het vallen van de avond kwam Nathalie weer boven. Ze zag er doodmoe uit, haar haren piekten uit haar knotje, haar schort was vuil en haar handen kleefden, en ze liep meteen door naar de badkamer om zich te wassen en op te knappen voor het familiediner. Marc kwam even later. Hij stormde de huiskamer binnen en bromde naar de uitgelaten kinderen en vervolgens knielde hij voor me neer om mijn handen aan een inspectie te onderwerpen (Nathalie moest gekletst hebben). Hij keek me aan en ik haalde mijn schouders even op.

'Vraag maar niets,' fluisterde ik.

Ik had er alles voor over gehad al ik even alleen had kunnen zijn met deze man.

Marc hield mijn blik gevangen. Toen keek hij opzij, naar de vier kinderen die allemaal om ons heen zaten en naar ons keken.

'Bah! Wat stinkt hier zo?' zei Marc, meester in het afleiden. Zijn blik gleed over de verzamelde kinderen. 'Ben jij het, Kirsty?' Hij snoof in haar richting. 'Neeeee... Ben jij het, Billy? ... nou, nee. Dan moet het Emmie zijn?... Nee, het is Emmie niet. Maar wie is het dan? Nee toch! Toch niet Olivia?'

'Het is Ben!' riepen de kinderen, ze sprongen op en neer, buiten zichzelf van het lachen. Ben, die genoot omdat hij in het middelpunt van de belangstelling stond, gierde het uit.

Marc tilde Ben op, draaide hem ondersteboven en rook aan zijn billen.

'Baaaah!' riep hij terwijl hij overdreven met zijn handen wapperde. 'Dit wordt een heel vies karwei, Liv. Waarom ga jij niet vast naar beneden iets drinken, dan zien we je zo.'

'Goed,' zei ik. Toen ik de flat uitliep stonden alle kinderen om hem heen om de onwelriekende inhoud van Bens luier te inspecteren.

14

Omdat we niet met de bus weg mochten (en onze ouders hadden er geen enkel probleem mee om onze zakken, slaapkamers en geheime bergplaatsen op geld te doorzoeken, om er zeker van te zijn dat we inderdaad niet naar Watersford gingen), waren Anneli en ik gedwongen om ons zonder een cent dood te vervelen in Portiston. We hebben één keer geprobeerd om naar de stad te liften, maar de eerste auto die stopte werd bestuurd door een grote vrouw met een blozend gezicht en een bloemetjesjurk met donkere zweetplekken onder haar oksels die ons vroeg of we wel wisten dat we iets heel gevaarlijks deden en zomaar opgepikt konden worden door een vreemde man in een witte bestelbus die ons verschrikkelijke dingen aan zou doen. Het tweede voertuig was een witte bestelwagen, bestuurd door een echte griezel met een heel grote kwijlende hond en een pornoblaadje op de vloer. Dus zagen we er verder van af.

We hadden geen geld, dus brachten we een aantal weken op het strand door. Soms was het warm genoeg om te zonnebaden. Dan trokken we ons T-shirt en onze spijkerbroek uit (de afgeknipte spijkerbroeken waren in beslag genomen, samen met onze bikini's en andere aanstootgevende kledingstukken) en gingen we in ons gênante zwarte schoolbadpak op een handdoek liggen, waarbij we onze look wat probeerden op te peppen met roze zonnebrillen met hartvormige glazen die we gratis bij een tienerblad hadden gekregen. We smeerden Ambre Solaire op elkaars rug en benen. Ik kan die heerlijke kosmopolitische lucht nog oproepen en dan voel ik weer die prettige vettigheid van onze handen en de warmte van Anneli's huid onder mijn vingers. En dan lagen we daar, naast elkaar, de enige mensen op het strand, en we kauwden Wrigley's Spearmint en luisterden naar Anneli's draagbare radio waarmee de wereld naar het strand van Portiston werd gebracht en waardoor we er weer aan herinnerd werden hoeveel we misten.

Na een paar weken op het strand gelegen te hebben, wisten we ons geen raad meer van verveling. We hadden geld nodig en de enige manier om aan geld te komen was een baantje nemen. Je kon als tiener maar op twee plekken werken in Portiston. Bij de krantenkiosk, waar ze af en toe een vacature voor jongens en meisjes hadden om de krant te bezorgen. Of bij Marinella's. Marinella's bevond zich letterlijk op steenworp afstand van het strand dus trokken we onze kleren aan en gingen er naar binnen. Tenslotte, redeneerden we, was ongeveer de helft van de jongens van Portiston daar klant, ook al waren ze zo stom dat we ons niet zouden verlagen met ze te praten, al waren ze de allerlaatste jongens ter wereld.

Angela was een ontzagwekkende vrouw. Ze had haar eigen maatstaven, waaraan niet te tornen viel. Dus toen er twee kauwgumkauwende, enigszins groezelige tieners, in spijkerbroek en boven de navel dichtgeknoopte katoenen blouse op espadrilles met sleehak haar restaurant binnen kwamen wankelen en om een baantje vroegen, wierp ze ons een uiterst vernietigende blik toe en zei: 'Het spijt me, nee.'

'Maar er hangt een kaartje bij de krantenkiosk dat u op zoek bent naar serveersters,' zei Anneli terwijl ze haar zonnebril omhoog duwde.

'Klopt. Maar dit is een beschaafde gelegenheid met beschaafd personeel.'

We begrepen wat ze wilde zeggen.

'Maar zo zien we er niet altijd uit,' zei ik. 'We komen van het strand.'

'Ja, Olivia, dat hoef je mij niet te vertellen,' zei Angela.

We waren die zomer gek, maar niet dom. We gingen naar mijn huis, we wisten dat er niemand thuis was, en namen om de beurt een bad en wasten ons haar. Mijn kleren lagen bijna allemaal op de vloer in mijn kamer, of in een prop onder in de kast. Het was onmogelijk te achterhalen wat vies of schoon was. Maar gelukkig was het in de kamer van Lynnette een heel ander verhaal. Ze had een hele serie nette rokken en schone blouses. Allemaal netjes gestreken en aan hangertjes gehangen. Anneli en ik pasten ze allemaal. De kleren die we niet leuk vonden of die niet pasten, gooiden we op Lynnettes bed.

Al snel had ik een witte katoenen blouse met een kraagje en manchetten en een wijde zwarte rok met een patroon van margrietjes gevonden. Anneli droeg een beige blouse met ruches langs de voorkant en een iets kortere strakke rok. We hadden allebei een nieuwe panty zonder ladder aan uit een pakje dat we in Lynnettes ondergoedlade hadden gevonden, en Anneli, die dezelfde schoenmaat had als Lynnette, had een paar lage pumps van zacht leer geleend. We droogden elkaars haar met de föhn van Lynnette en kamden het uit tot het steil was en glansde. We maakten ons bescheiden maar effectief op. We hielden ons haar uit ons gezicht met Lynnettes schuifspeldjes.

'Nu zien we er als serveersters uit,' zei Anneli tevreden, terwijl we hand in hand voor de spiegel van Lynnette stonden. Achter ons leek het of er een bom ontploft was. Overal lagen kleren, lades waren opengerukt en leeggehaald, make-up slingerde rond. Maar Anneli en ik zagen eruit zoals we eruit moesten zien. We gingen terug naar Marinella's en kregen de baan.

15

Beneden had het personeel de zaak gesloten, de rolluiken laten zakken en de ruimte klaargemaakt voor ons feestmaal.

De tafels waren aan elkaar geschoven zodat er één lange tafel was gevormd, gedekt met witte linnen tafellakens, verse bloemen, gele servetten en sfeerlichtjes in glazen. Flessen wijn waren over de tafel verdeeld, die voor achttien personen gedekt was, kleine Ben meegerekend. Het zag er minder ordelijk uit dan gewoonlijk. Dat kwam omdat we zonder Luca een oneven aantal plaatsen hadden.

Ik begroette Carlo en Sheila en hun tieners. Carlo is de conservatieve broer. Hij is heel anders dan de anderen, zowel wat uiterlijk betreft als qua persoonlijkheid. Hij is net zo lang als Stefano, maar hij is zwaarder en dikker. Hij heeft een andere botstructuur dan de rest, zijn ogen rusten op kussentjes vlees, er is geen duidelijk onderscheid tussen zijn kin en het begin van zijn hals, en zijn lichaam is dik en vadsig. Carlo heeft een administratieve baan bij de politie. Luca zei altijd dat hij de man was die bonnen stuurde aan mensen die de pech hadden gehad geflitst te zijn terwijl ze een paar kilometer te hard reden op wegen waar een paar kilometer te hard rijden het enige verstandige is wat je kunt doen. Luca kreeg altijd erg veel bonnen voor te hard rijden. Carlo is een absolute conformist. Het is onvoorstelbaar dat hij en Sheila, een muizige onderwijzeres, voorstandster van strenge tucht en al net zo eenzelvig en seksueel geremd als hij, erin geslaagd zijn twee kinderen te maken. De kinderen zijn, tot nu toe, modelkinderen. Luca was er altijd van overtuigd dat dit niet eeuwig kon duren.

'Lauren ziet er wel volmaakt onschuldig uit, maar ze pijpt waarschijnlijk jongens voor geld achter de fietsenstalling en als Andrews hormonen gaan opspelen, dan zullen we nog eens wat beleven!' had hij met kerst gezegd. Ik heb hem berispt, want de kinderen zijn lief en aardig, een stuk leuker dan hun ouders.

'Jawel, maar hoor nou eens, Liv, het is niet normaal als tieners lief en aardig zijn, ze moeten voortdurend knorrig en egoïstisch zijn,' zei Luca.

'Zoals jij, bijvoorbeeld?' zei ik en ik gilde toen hij naar me uithaalde. We bevonden ons op dat moment in de logeerkamer bij Angela en Maurizio. We kleedden ons om na het traditionele kerkbezoek met de hele familie op tweede kerstdag. Dat was nog maar vier maanden geleden. Het was de laatste keer, afgezien van de begrafenis, dat de familie bij elkaar was geweest.

'Olivia?' Het was Fabio, die voor me stond, zijn gezicht gesloten als altijd.

Ik schudde zachtjes mijn hoofd om de herinnering aan Luca te verjagen, en glimlachte naar Fabio, hoewel ik hem niet aanraakte. Fabio heeft een soort stoornis waardoor het moeilijk voor hem is met andere mensen om te gaan. Hij vindt het niet prettig om aangeraakt te worden, behalve als hij dat zelf wil.

'Hoi, Fabio. Hoe gaat het met je?'

'O, nou, ach...' zei Fabio.

'Zit ik naast jou?'

'Mama heeft een tafelindeling gemaakt.'

'Natuurlijk.'

Alsof ze ons gehoord had, klapte Angela in haar handen. 'Kom, jongens, ga zitten. Vooruit.'

Er werd zachtjes gelachen: Angela's organisatorisch talent was legendarisch. Maurizio, aan het hoofd van de tafel, zette zijn Marlon Brando-stem op en klaagde dat hij zich net de Godfather voelde. Het was een oude grap en het maakte dat alles weer gewoon leek.

Ik was aan Maurizio's rechterhand geplaatst, en naast mij zat Stefano. Lauren zat tegenover me, met Nathalie aan haar linkerkant. Marc zat aan mijn kant van de tafel, maar aan het andere uiteinde. Ik kon hem niet eens zien.

We zeiden een kort dankgebed en werden uitgenodigd de grote borden met bruschetta door te geven, bereid door Fabio. Deze grote, lieve jongen was op zijn zevende al van school gegaan omdat zijn onderwijzers hem als 'debiel' betitelden, maar hij was een genie in de keuken. De belangrijkste journalist van de *Watersford Evening Echo* had een keer gebeld en gevraagd of ze een interview mocht doen met de man die zij de 'Rick Stein van Portiston' noemde, en Maurizio had steeds uitvluchten moeten verzinnen omdat hij niet wilde dat zij zou ontdekken wat er met Fabio aan de hand was. Stel je de krantenkoppen eens voor! Soms, vaak eigenlijk, maakte ik mezelf bittere verwijten over al die kleine wreedheden die ik Fabio toen ik nog klein was had toegebracht.

Ik nam een hap van mijn bruschetta met mozzarella en rode pepers, en ik proefde geluk. Even vergat ik mezelf en genoot ik er gewoon van onderdeel te zijn van deze lawaaierige familie rond de tafel. Toen legde Maurizio zijn hand op mijn pols en was ik weer de gewone Olivia.

'Sorry, Olivia, ik wilde je niet aan het schrikken maken. Ik wil alleen weten: wat drink je, rood of wit?'

Ik keek op. Vanaf de overkant van de tafel hield Nathalie me in de gaten.

'Geef mij maar water, Maurizio. Goed?'

Hij schudde zijn hoofd. 'Nee, vandaag is dat niet goed. Ik sta erop het genoegen te mogen smaken om met een van mijn vier favoriete schoondochters iets te drinken. Als je je zorgen maakt dat je nog naar huis moet rijden, blijf dan vannacht hier logeren.'

Nathalie trok een 'over mijn lijk'-gezicht.

Maurizio hield in iedere hand een fles en zwaaide ze voor me heen en weer.

'Rood dan maar, alsjeblieft.'

'Goede keus, lieverd. Goede keus.' Maurizio pakte mijn glas en schonk het vol. 'En, Olivia, je ziet er bijzonder lief uit vandaag, als ik dat zo zeggen mag.'

Ik hief mijn glas. 'En jij Maurizio, kletst weer eens uit je nek.' Dat hoorde Nathalie. Ik zag dat haar gezicht vertrok, maar Maurizio lachte en knuffelde me even.

Ik leunde voor Stefano langs om mijn glas te heffen naar Fabio die de loftuitingen die hem van alle kanten van de tafel werden toegezwaaid in zich op zoog. Aan het andere eind zat Angela, rustig en duidelijk tevreden omdat de hele familie zijn uiterste best had gedaan er te zijn. Kennelijk had ze besloten het smetje dat ik was te negeren.

De kinderen waren al snel vergeten dat dit een gelukkige maar ook verdrietige bijeenkomst was omdat die arme oom Luca er niet meer was, en terwijl de wijn vloeide en het eten werd verorberd, werd het geroezemoes van stemmen rond de tafel steeds luider en scheen iedereen, zelfs Nathalie, zich te ontspannen.

Ik was blij dat ik naast Stefano zat. Hij is de intellectuele broer, een lange, magere man met een grote neus, een grote glimlach en een groot hart; hij lijkt absoluut het meest op zijn vader. Stefano is docent aan de universiteit van Londen en omdat ze in de buurt woonden, hebben Luca en ik veel tijd doorgebracht met hem, Bridget en de kinderen. Bridget is ook een schat. Ze is nu nogal dromerig, met kort, geblondeerd haar en een piercing in haar neus, maar vroeger was ze radicaal. Ze heeft foto's van zichzelf waarop ze als studente bij Greenham Common tegen de kruisraketten demonstreert en ze is meerdere keren gearresteerd omdat ze bijvoorbeeld probeerde te verhinderen dat er bomen werden omgehakt, illegale vluchtelingen werden uitgezet, kalfjes werden getransporteerd, enzovoort, enzovoort. Stefano aanbidt haar, en zij aanbidt hem, en ze hebben ontzettend lieve kinderen. Terwijl de wijn vloeide en het bedienend personeel kleine bordjes pasta met een lichte, verrukkelijke saus ronddeelde, richtten Stefano en Maurizio hun aandacht vrijwel geheel op mij, er in de warme lichtcirkel van die dubbele schijnwerper hoefde ik niet over het verleden te piekeren of me eenzaam te voelen.

Tegen de tijd dat het vlees geserveerd werd, was ik te vol om er zelfs maar een blik op te werpen. Ik plukte wat aan de blaadjes van de begeleidende salade, donkergroen blad, glimmend van de olijfolie met daartussen, als kleine edelstenen, stukjes granaatappel en sinaasappel. Het zag er allemaal prachtig uit. Toen duwde Stefano zijn bril omhoog en vroeg me wanneer ik weer naar Londen kwam.

'We missen je, Liv, je moet weer thuis komen,' zei hij. Ik voelde hoe aan de overkant van de tafel Nathalie verstrakte en haar oren spitste.

Ik draaide een slablad aan de tanden van mijn vork om. 'Nog niet,' zei ik. 'Bovendien heeft het verhuurbedrijf afgelopen week gebeld. Ze hebben huurders voor ons huis gevonden. Ik kan nergens heen.'

'Nou en?' Stefano haalde zijn schouders op. 'Dan kom je toch bij ons? We zullen je uitbuiten als onbetaalde au pair. Je weet hoe erg onze kinderen zijn en niemand maakt ooit de wc schoon. Maar we zouden je graag hebben.'

'Het klinkt bijzonder aanlokkelijk, moet ik zeggen!'

'Kom op, Liv. We hebben een groot huis, je zult je eigen plek hebben, je eigen aandeel in de smerigheid en de rotzooi.'

'Dank je wel, Stefano. Ik vind het heel lief van je, echt. Maar voorlopig moet ik hier blijven.'

Nathalie deed net alsof ze luisterde naar iets wat Lauren zei maar ik kon uit de manier waarop ze haar hoofd hield zien dat ze meer in ons gesprek geïnteresseerd was.

'Tuurlijk.' Stefano perste zijn lippen op elkaar en knikte. 'Natuurlijk, dat begrijp ik best. Maar ooit, Liv, moet je hier een streep onder zetten.'

Ik keek naar mijn bord en knikte.

'We begrijpen dat je moet rouwen,' zei Stefano, 'maar op een gegeven moment wordt het ongezond om in het verleden te blijven hangen.'

Ik dronk mijn glas leeg en schonk mezelf bij.

'In het verleden bestaat geen gelukkig einde, Liv. Je moet door. Je moet vooruitkijken, je moet hier weg.'

Nathalies ogen waren net kleine visjes die alle kanten op schoten.

Stefano boog zich dichter naar me toe en fluisterde in mijn oor. 'Kom mee terug, bij ons wonen, Liv. Wij passen op je. Als je hier blijft, als je doet wat je nu doet... daar help je niemand mee. En Marc al helemaal niet.'

Mijn hart maakte een duikeling. Mijn mond was droog. 'Wat bedoel je?'

'Niets. Ik ben alleen... wij zijn alleen bezorgd. Het gaat helemaal niet goed met Marc. Hij gaat er steeds vandoor... niemand weet waarheen. Hij wil met niemand praten. Jij doet hem aan Luca denken, dat heeft hij tegen ons gezegd. Dat jij in de buurt bent, maakt het alleen maar erger. En met jou gaat het ook helemaal niet goed, lieverd. We maken ons om jullie allebei zorgen.'

Het was dom, het was gênant, maar mijn ogen vulden zich met tranen, die meteen daarna over mijn wangen stroomden. Ik veegde ze met de rug van mijn hand af. Ik schudde mijn hoofd en de tranen vielen op het tafellaken.

Stefano legde zijn koele hand op die van mij.

'Ik heb geprobeerd Luca los te laten, maar ik kon het niet, ik kan het niet,' zei ik.

'Misschien moet je het nog eens proberen.'

Ik knikte. Ik voelde me opgesloten. Het was warm in het restaurant en iemand had het licht gedimd en de karaoke-machine en de discolichtjes aan de andere kant van het vertrek bij de open haard aangedaan. Twee kleinkinderen zongen samen in de microfoon, en brulden met overdreven gebaren 'Anyone Who Had A Heart', tot aanzienlijk vermaak van hun neven en nichten.

'Sorry,' fluisterde Stefano, terwijl hij mijn andere hand met die van hem bedekte. 'Ik wilde je niet van streek maken.'

Ik schudde mijn hoofd. 'Je hebt me niet van streek gemaakt, echt niet.'

Ik hoorde Nathalie duidelijk verstaanbaar op overdreven fluistertoon zeggen: 'Daar gaat ze weer, die dronken del met haar krokodillentranen.'

Lauren, tot wie deze opmerking gericht was, bloosde en keek strak naar haar servet.

Ik voelde Stefano naast me verstijven. Hij leunde over de tafel en zei rustig, maar met nadruk: 'Hou je mond, Nathalie. Laat haar met rust.'

Toen we de tafel afruimden, vroeg Marc aan me wat Stefano gezegd had.

'Hij denkt dat het beter is als ik terugga naar Londen,' zei ik. 'Dat denkt iedereen.'

'Nee,' zei Marc. 'Je moet niet teruggaan, dat kan niet. Niet nu.'

'Hij denkt dat het voor jou moeilijker is, nu ik hier in Watersford ben.'

Marc hield mijn blik gevangen. 'Dat jij hier in Watersford bent, dat is het enige waardoor ik niet gek word,' zei hij. 'Je moet bij me blijven.'

'Rustig maar,' zei ik. 'Ik ga niet weg.'

16

De kamer van de professor bevond zich op de bel-etage van het pand waarin de geschiedenisfaculteit gehuisvest was. Het was een grote kamer, waarschijnlijk was het vroeger de salon geweest. Het hoge plafond was langs de randen bewerkt en onder de grote rozet in het midden hing een kroonluchter die het zonlicht weerkaatste. Aan de wanden hingen afbeeldingen van Watersford door de eeuwen heen. Mijn blik viel direct op een landschap dat geschilderd was in de tijd dat de stad nog maar een klein stadje was en waarop schapen graasden op de plek waar nu het huis van Angela en Maurizio staat.

Na mij binnengeleid te hebben ging de professor aan een groot ouderwets bureau zitten dat lekker vol lag met stapels papieren en boeken. Ook op de vloer lagen overal stapeltjes boeken en papieren. Tegen het bureau stond een bord waarop drie lagen dik memo's, notities en lijstjes waren geprikt met dingen die gedaan moesten worden.

In een hoek van de kamer, vlak bij een van de drie hoge schuiframen, stond nog een kleiner bureau. Een stapel verbleekte kartonnen dossiermappen lag naast een stoffige, grote oude computer.

Ik ging op zijn uitnodiging op een sjofele, uitgezakte en bijzonder gemakkelijke bank van versleten leer zitten. Er stonden een paar vuile bekers op het kleed dat in geen maanden gestofzuigd was, als ik af mocht gaan op de hoeveelheid stofdeeltjes die in het zonlicht dansten.

De professor kuchte, wreef over zijn wang en zei: 'Tja, eh...'

Ik glimlachte. Ik had mijn handen op mijn knieën ineengeslagen en deed mijn best eruit te zien als een echte onderzoeksassistente. De uitstraling die ik nastreefde was die van een intelligente en ingetogen vrouw, een stil water, maar met diepe grond.

'Hebt u belangstelling voor geschiedenis?' vroeg de professor. Het was een knappe man, lang en donker, een paar jaar ouder dan ik, en hij sprak met een Amerikaans accent.

'Ja,' zei ik. Maar ik kon niets bedenken om die bewering te schragen.

'Mooi,' zei hij. 'Dat is meegenomen. Hebt u trek in een kopje koffie, eh, juffrouw...'

'Felicone,' zei ik. 'Mevrouw, eigenlijk. Ja, graag een kopje koffie. Zwart, zonder suiker.'

'U drinkt het puur, mevrouw Felicone,' zei hij.

'Ja,' zei ik.

Ik keek naar mijn handen.

De professor stond op en liep achter me langs naar de deur. Hij stak zijn hoofd om de hoek en vroeg aan het meisje achter de balie of ze koffie wilde zetten. Toen ging hij weer zitten. Hij leek geen flauw idee te hebben wat hij me moest vragen.

'Wat voor onderzoek doet u?' vroeg ik om hem op weg te helpen.

'Ah!' zei de professor. 'Een goede vraag. Ik schrijf de biografie van Marian Rutherford. Kent u haar werk?'

'O ja,' zei ik. Nu bevond ik me op bekend terrein. 'De Amerikaanse schrijfster. Ik ben in Portiston opgegroeid. Ik ken het huis waar ze woonde, en alle historische mijlpalen. Vroeger kwamen hier elke zomer busladingen vol toeristen die de literaire wandeling kwamen maken. Waarschijnlijk komen die nog steeds.'

De professor leunde achterover in zijn stoel, legde zijn vingertoppen tegen elkaar en keek me aan.

'Dus u kent het verhaal?'

'Ik weet dat ze op uitnodiging van haar uitgever naar Portiston is gekomen en verliefd is geworden op het stadje en dat haar bekendste boek, *Emily Campbell*, zich in het stadje afspeelt. Ik weet zelfs de plek waar Emily zich van de rotsen heeft geworpen.'

De professor knikte. 'De protagonist van het verhaal.'

Ik knikte en nam me in stilte voor om 'protagonist' in het woordenboek op te zoeken.

'Hebt u het boek gelezen?' vroeg hij.

'Natuurlijk. Haar andere boeken ook. Maar *Emily Campbell* vind ik het mooist.'

'Ik ook. En kunt u typen?'

'Ja zeker.'

'En vindt u het prettig om de radio aan te hebben als u typt?'

Ik aarzelde even en antwoordde toen naar waarheid: 'Nee.'

'Mooi. Want ik houd er niet van afgeleid te worden als ik zit te werken.'

Op dit moment kwam het meisje van de balie binnen met een blaadje met twee bekers oploskoffie en een schoteltje biscuitjes. Ze gaf me een beker en bood me een koekje aan, maar dat sloeg ik af. De professor nam er wel een, bedankte haar, brak zijn koekje in tweeën en doopte een stuk in zijn koffie.

'Eh,' zei ik, 'als ik die baan krijg, wat zijn mijn taken dan precies?'

'Mijn aantekeningen uittypen. Ze in de computer invoeren. Ik schrijf liever met een pen.'

'O.' Ik glimlachte en knikte.

'Een lastige gewoonte, maar je kunt een computer niet met je mee naar bed nemen, of bij je hebben in de trein, of ermee boven op het klif zitten.'

Ik dacht dat het onbeleefd zou zijn om hem erop te wijzen dat dat met een laptop wel kon.

'Dus ik hoef geen onderzoekswerk te doen?'

'Ik zou toch zeggen,' zei de professor, 'dat als u die advertentie met aandacht leest, duidelijk is dat ik op zoek ben naar een onderzoeksassistent, dus iemand die me assisteert bij mijn onderzoek.'

'Natuurlijk,' zei ik.

'Ik had natuurlijk typiste kunnen zetten, maar ik dacht dat ik daarmee het verkeerde type sollicitant zou aantrekken.'

'Hmm,' zei ik neutraal. Ik nam een slok koffie. Die was gloeiend heet, maar slap.

'Nou, zo te horen beschikt u over alle vereiste kwalificaties voor de baan,' zei de professor. 'Om u de waarheid te zeggen, juffrouw eh...'

'Felicone.'

'... juffrouw Felicone, ik vind sollicitatiegesprekken vervelend. Hebt u zin in de baan?'

'Tja, ja... Ik...'

'Van maandag tot vrijdag, van negen tot vier. Ik heb graag dat u op tijd komt. U krijgt betaald volgens de loonschaal van de universiteit. Ik heb geen idee hoeveel dat is, maar het zal niet veel zijn. U moet uw mobiel uitzetten en ik ben niet erg gezellig. Mensen vinden mij nogal gereserveerd.'

'Dat vind ik niet erg.'

'Mooi. Dan zal ik Jenny vragen alles in orde te maken,' zei hij. Hij stond op en stak zijn hand uit.

Ik stond ook op. Zijn hand was koel en droog. Het was een academische hand, met een huid als de bladzijdes van een veelgelezen boek. Hij zette zijn bril af en lachte me heel even toe.

'Als u me nu wilt excuseren,' zei hij en hij ging weer aan het werk.

Marc en ik reden met mijn auto naar de kust. We hadden een thermoskan met koffie meegenomen, een deken en onze jassen, en reden tot we niet verder konden omdat de weg ophield. We liepen een steil kiezelpad af naar een kleine inham met een kiezelstrandje dat we in het verre verleden ontdekt hadden. Onder het klif bevond zich een grot. De golven schuimden en bruisten, ze klakten tegen de kiezels en wentelden ze om en meeuwen krijsten en doken naar het water en de wolken schoten langs de hemel. Marc en ik gingen op de deken in de ingang van de grot liggen en trokken onze laarzen, spijkerbroek en onderbroek uit en we hadden heerlijke seks en daarna bleef ik op mijn rug liggen en lachte naar de hemel terwijl hij, een beetje bedeesd in zijn schipperstrui en dikke grijze sokken, naast met zat, met zijn brede donkerbehaarde dijbenen naast mijn dunne, bleke benen, terwijl hij met zijn mobiel foto's nam van de zeehonden die op de rotsen lagen te zonnen.

'Vroeger dachten ze dat zeehonden de ziel van de doden waren,' zei Marc tegen me. De wind blies zijn haar uit zijn gezicht. 'Dat komt door het geluid dat ze maken, of door de manier waarop ze op de rotsen liggen.'

'Ik vind dat ze er behoorlijk rond en gezond uitzien.'

'Maar wel verdrietig. Dat komt door die ogen.'

'Ze hebben waarschijnlijk schoon genoeg van de zee. Het is nogal saai als je daar dag in dag uit tegenaan moet kijken.'

'En alleen maar rauwe vis te eten, niks anders.'

'Gadver.'

'En dan dit klimaat.'

'Arme zeehonden.'

'Wat een rotleven.'

Marc draaide zich om en maakte een foto van mij.

Ik veegde het haar uit mijn ogen en deed mijn mond al open om te protesteren.

'Niks aan de hand,' zei hij. 'Ik wis hem zo direct.'

'Wis hem nu.'

'Goed, goed.'

'Marc...'

'Stil maar, is al gebeurd... hij is er niet meer.'

Hij boog zich voorover en kuste me vol en warm op mijn mond. Zijn lippen waren zoutig en droog. Ik ging weer liggen en hij glimlachte en schudde zijn hoofd en stak zijn koude hand tussen mijn benen. Ik rilde. Ik wilde meer. Ik zoog hem in me op.

Deze zoete vergetelheid, deze relatie die wij samen hadden, ik kon wel net doen alsof het een overlevingsstrategie was, maar dat ging niet langer op. Het was meer geworden dan balsem op de rauwe wond van het verdriet, meer dan een manier om elkaar te troosten. Die dag, de dag waarop we naar de kust gingen, voelde ik iets wat ik in geen maanden gevoeld had. Een hele tijd kon ik het gevoel niet thuisbrengen, maar eenmaal in de flat, toen ik het zand uit mijn haar waste, wist ik het. Ik was, een paar seconden in ieder geval, gelukkig geweest.

17

Die eerste zomer dat ik in het restaurant werkte werd ik verliefd op de manier van leven van de Felicones. Ik had die levenswijze altijd al aanlokkelijk gevonden, maar nu werd ik er helemaal door betoverd. Vergeleken bij mijn moeder met haar platte schoenen, dikke enkels, korte peper-en-zoutkleurige haar en verongelijkte gezichtsuitdrukking, was Angela een koningin, een filmster. Ze was klein, elegant en blond, haar nagels zagen er verzorgd uit, ze rook duur en ze glimlachte altijd, zelfs als ze je een standje gaf. Maurizio had een klein baardje en wat hijzelf een 'hoog' voorhoofd noemde, maar eigenlijk werd hij een beetje kaal, net zoals meneer Hensley. Maar in tegenstelling tot meneer Hensley lachte Maurizio veel. Hij zong ook veel, hij kuste veel, en reciteerde vaak gedichten en hij schreeuwde ook vaak, maar dat kon niemand iets schelen omdat die woede-uitbarstingen altijd alleen maar verbaal waren, en nooit langer dan een minuut duurden. Hij prees Anneli en mij uitbundig en met theatrale gebaren. We mochten proeven in de keuken en hij gaf ons bakjes mee naar huis met allerlei heerlijke restjes. Ik was dol op de kookluchtjes, het geroezemoes, de drukte, het geplaag, de muziek op de radio, de aandacht voor details, de levendigheid. Als je in Marinella's was, dan leefde je je leven in kleur.

Thuis was het niet zozeer zwart-wit, maar eerder grijs. Lynnette zou binnenkort naar de universiteit gaan en de gedachte dat ik daar alleen met mam en meneer Hensley zou achterblijven, deprimeerde me. Thuis aten we uitsluitend Engels eten. Dus: wittebrood en boter en Heinz tomatensoep, varkensworstjes vol kraakbeen, en gerechten met gehakt. Af en toe, als traktatie, aten we spaghetti, waar ik dol op was. 's Avonds at meneer Hensley meestal bij ons. Hij stopte zijn servet in zijn boord en liet ons zeggen: 'Heer, wij danken U voor deze spijzen en voor alles wat wij dagelijks ontvangen uit Uw hand.' Hij prees mams kookkunst altijd uitgebreid. Hij wilde niet dat Lynnette of ik iets zei tenzij ons iets gevraagd werd, en hoewel hij toch erg mager was, was hij een gulzige eter die vaak met zijn mond vol sprak. Hij smakte ontzettend als hij at. Ik vond hem afstotelijk.

Ik kon de gedachte niet verdragen dat meneer Hensley met zijn behaarde witte vingers aan de heerlijke hapjes van Marinella's zou komen. Het eten in het bakje dat ik onderweg naar huis niet zelf opat, gaf ik aan de meeuwen.

Toen Anneli en ik bij Marinella's begonnen, studeerde Stefano en Carlo had al een functie bij de politie van Watersford en ging met Sheila, dus de oudste twee jongens zagen we zelden.

Fabio was altijd in Marinella's. Hij bleef in de keuken en concentreerde zich op zijn taarten en toetjes. Hij hoefde maar een keer te zien hoe iets gedaan moest worden, en dan kon hij het recept de rest van zijn leven feilloos maken. Uiteindelijk kreeg hij genoeg zelfvertrouwen om met de hoeveelheden te variëren en te experimenteren met andere ingrediënten, maar toen wij bij Marinella's werkten was hij, een jaar jonger dan wij, nog bezig te wennen aan het idee dat hij 'anders' was dan de jongens van zijn leeftijd met hun luidruchtige haantjesgedrag. Hij moest als een kasplantje gekoesterd en beschermd worden.

Ook Luca en Marc woonden in de flat boven het restaurant en hielpen mee, en dan was er nog een bleek, dikkig meisje die bij de Felicones was komen wonen. Ze heette Nathalie Santo.

Marc vertelde ons dat Nathalies moeder het nichtje en de beste vriendin van Angela was geweest. Ze waren samen naar school gegaan en hun families hadden de vakanties samen doorgebracht. De twee vrouwen hadden elkaar altijd beloofd dat als een van hen iets zou overkomen, de ander de zorg voor de kinderen op zich zou nemen. Nathalie was enig kind. Haar vader was al jaren geleden overleden, en nu was haar moeder aan kanker gestorven. Angela had haar nicht op haar sterfbed en in bijzijn van de hele familie en de priester gerustgesteld. Ze had gezegd dat de Felicones van Nathalie zouden houden, dat ze voor haar zouden zorgen en haar in de familie zouden opnemen. Ze beloofde haar nicht dat Nathalie geen kwaad zou overkomen, dat niemand haar een haar zou krenken en dat zij, Angela, er persoonlijk voor zou zorgen dat Nathalie een goede man zou trouwen. De nicht was gerust. Angela kwam haar beloftes altijd na, dus ze wist dat haar dochter in goede handen was.

Toen ze bij de Felicones kwam wonen, kreeg Nathalie veel aandacht en werd ze met het grootste respect behandeld. Tegen de tweeling was gezegd dat ze heel lief voor Nathalie moesten zijn. Ze mochten haar niet plagen, niet aan het schrikken maken of te druk zijn als ze in de buurt was. Het was vreemd voor hen om een meisje in huis te hebben. Ik denk dat ze nieuwsgierig naar haar waren. Maar Nathalie was slim genoeg om haar ondergoed niet in hun wasmand te stoppen. Ze hield haar geheimen voor zichzelf.

Ik vond het een romantisch verhaal en ik was een beetje jaloers op Nathalie, maar we zagen haar in die tijd niet veel. Toen het nieuwtje dat ze bij hen was komen wonen eraf was, hadden de jongens het niet meer over haar, dus schonk ik weinig aandacht aan het meisje.

Nu ik weet hoe het is om verdriet te hebben, denk ik dat ik wel wat aardiger had mogen zijn.

De tweeling was twee jaar ouder dan Anneli en ik, en ging naar de middelbare school voor jongens. Een aantal jaar hadden we weinig met hen te maken gehad, hoewel we elkaar natuurlijk in de stad tegenkwamen en op schooldagen met dezelfde bus naar Watersford en weer terug reden. Luca was de leider, de extraverte broer vol zelfvertrouwen. Hij was degene die naar de meisjes lachte, die de buschauffeurs van repliek diende, die er op school om bekendstond dat hij altijd in de problemen kwam en zich daar met zijn charme ook altijd weer uitredde. Hij was degene die zijn moeder horendol maakte. Zijn overhemd hing uit zijn broek, zijn das zat scheef, zijn haar was te lang, zijn glimlach te breed, zijn wimpers waren te donker en zijn lichaam was zo snel gegroeid dat hij er nog niet helemaal aan gewend was. Zijn armen en benen waren lang en mager, zijn hals had sterke pezen, zijn adamsappel stak uit. Hij was het stuk van de school.

Marc was korter en minder slungelig, hij kwam altijd twee stappen achter Luca aan, maar hij genoot ervan mee te kunnen liften. Hij was de slimste van de twee, niet alleen met schooldingen, maar ook sociaal. Omdat Luca 'deed' en Marc 'keek' was het Marc die erachter kwam wat oorzaak en gevolg was van dingen die je deed. Hij wist wat mensen dreef. Luca gebruikte zijn charme intuïtief, Marc was gevoeliger. Het was een aardige jongen. De leraren mochten hem. Hij had veel vriendinnen. Veel van die meisjes gebruikten hem alleen maar om bij Luca in de buurt komen.

Die eerste zomer bij Marinella's gingen Anneli, ik en de twee jongens ontspannen met elkaar om. We flirtten een beetje, en plaagden elkaar luchtig. Wij meisjes mochten niet boven komen. Als het mooi weer was gingen we na het werk met de tweeling naar het strand en daar voetbalden of frisbeeden we dan. Anneli en ik deden onze nette kleren uit, trokken onze spijkerbroeken aan en stroopten de pijpen op. We pootjebaadden in de golven terwijl de jongens de bal naar ons gooiden, hem op het water of tegen onze knieën lieten ketsen om ons nat te spatten. We gilden en scholden hen uit. Het was allemaal heel lichamelijk, maar ook heel onschuldig.

Nathalie was ouder dan wij. We hebben ons nooit veel van haar aangetrokken, geloof ik. We vroegen haar nooit of ze mee wilde naar het strand. Het kwam niet bij ons op dat ze eenzaam kon zijn, of ongelukkig. Ze bracht haar tijd gewoonlijk door in Marinella's of in de flat. Angela hield haar dicht bij zich en hielp haar haar verdriet te verwerken. Die twee werden vrijwel onafscheidelijk. Angela vond het beter als Nathalie iets omhanden had om haar af te leiden. Ze leerde haar hoe ze de boekhouding moest bijhouden en hoe ze om moest gaan met het personeel en de leveranciers. Nathalie werd ingeschreven bij een opleiding bedrijfskunde aan de Hogeschool van Watersford, zodat ze uiteindelijk zou kunnen meewerken om de zaak uit te breiden.

Zelfs toen ze helemaal gewend was, sprak Nathalie zelden met Anneli of mij, behalve om ons te vertellen wat we moesten doen, of om ons een standje te geven als we te laat waren, of slordig, of anderszins niet aan de norm voldeden. Achter haar rug om noemden we haar een verwaande trut. Waarschijnlijk probeerde ze alleen maar om Angela een plezier te doen. Waarschijnlijk was ze alleen maar verlegen.

In september moesten we weer naar school en stopten we met ons baantje bij Marinella's. Lynnette ging het huis uit, naar de universiteit. Ik weet niet wie van ons het erger vond dat ze wegging, mijn moeder of ik. We brachten haar samen naar het station van Watersford. We zaten treurig met zijn drieën in de restauratie op de trein te wachten terwijl we thee dronken die zo slap was dat ik als grapje zei dat het water vast geen innige relatie met het theezakje had gehad. Niemand lachte.

Mam bestelde als traktatie een koffiebroodje voor ons, maar het waren niet van die lekkere, zoete, verse broodjes als bij Marinella's. Ze waren uitgedroogd en hard en het gebak viel in brokjes van de verbrande krenten af. Het spul waarmee ze de broodjes geglazuurd hadden, bleef als lijm aan onze vingers kleven.

Lynnette wilde dolgraag weg, maar ze vond het ook verschrikkelijk om te gaan. Ze droeg haar oude lievelingsspijkerbroek, een brede leren riem en een zwart polotruitje, waarin ze zich op haar gemak voelde. Haar haar was strak uit haar gezicht weggetrokken in een vlecht, ze droeg bijna geen make-up, en kabouterlaarsjes met platte hakken. Ze zag er heel lief uit. Als ik te lang naar haar keek, gingen mijn ogen prikken. Ik wilde niet dat ze wegging, omdat ik zo ontzettend veel van haar hield. En ik wilde ook niet dat ze wegging omdat ik niet achter wilde blijven in dat sombere huis, alleen met mijn moeder.

Mijn moeder deed opgewekt. Ze praatte honderduit over de geweldige kans die Lynnette geboden werd, over de mensen die ze zou leren kennen en de boeken die ze zou lezen. En om de haverklap maakte ze een subtiele toespeling op het feit dat zij nooit zo'n kans had gehad. Ik ergerde me wild en zou er in Lynnettes plaats nooit op zijn ingegaan, maar mijn zusje legde opeens haar zachte hand op die van mijn moeder en zei: 'Dat weet ik wel, mam, en je weet dat ik het waardeer dat je zo veel hebt opgeofferd om mij deze kans te geven.'

Mams ogen vulden zich met tranen van dankbaarheid en Lynnette glimlachte en keek verlegen neer op haar half opgegeten koffiebroodje. En ik – onderuitgezakt in mijn stoel en kauwgumkauwend – sloeg mijn ogen ten hemel en dacht met afgrijzen aan de maanden die komen gingen.

Het was voor iedereen een opluchting toen werd omgeroepen dat de trein er aankwam, en we liepen naar het perron en hielpen Lynnette met haar opvallend weinige bagage de trein in.

'Beloof me dat je minstens een keer per week opbelt,' zei mam.

'Doe ik,' zei Lynnette. Ze hing uit het raampje en zag er blozend en opgewonden uit. Ze wenkte me en ik ging op mijn tenen staan om haar wang te kussen. 'Kop op, Liv,' fluisterde mijn zusje. 'Vergeet niet dat alles anders wordt. Wat er ook gebeurt, zelfs als het erg naar wordt, vergeet dan niet dat dat nooit lang duurt.'

'Ik wil niet dat je weggaat,' huilde ik. De tranen rolden over mijn wangen.

'Kom op, zeg,' zei Lynnette. 'Je hebt nu onbeperkt toegang tot mijn kamer, mijn kleren en mijn platen. Dat wilde je al jaren.'

'Nee,' zei ik snikkend. 'Nee, ik dacht dat ik dat wilde, maar...'

Lynnette voelde een scène aankomen en legde haar vinger op haar lippen. 'Schrijf me, Liv. Vertel me alles wat er gebeurt. En alsjeblieft, doe geen domme dingen.'

'Dat beloof ik,' snifte ik. Ik stapte achteruit om plaats te maken voor mijn moeder. Ze stapte naar voren om haar lievelingsdochter nog één keer te omhelzen.

Ik meende wat ik gezegd had. En een tijdje heb ik die belofte inderdaad ook gehouden.

18

Mijn eerste werkdag aan de universiteit kwam ik ruim op tijd. En bovendien had ik er zin in, wat voor mijn doen heel wat betekende. De zaterdag daarvoor had ik de bus naar het centrum Watersford genomen en een strakke bruine rok voor mezelf gekocht die tot mijn enkels kwam en geweldig stond met laarzen, en een paar V-halstruitjes. Bruin was in de mode, was mijn overweging, maar het had tegelijkertijd iets stoffigs en academisch. Ik had mijn haar glad gekamd en mijn nagels heel lichtroze gelakt en in mijn handtas zaten praktische zaken als een portemonnee en een pakje papieren zakdoekjes.

Ik wist dat ik geluk had gehad met dit baantje aan de universiteit, en ik wilde het niet verpesten. Een gewone kantoorbaan, met al het bijbehorende geklets en kantoorpolitiek had ik niet aangekund en ik was al helemaal niet toe aan een baan waarbij ik klanten te woord zou moeten staan, of waar anderszins van me verwacht zou worden dat ik aardig deed. Deze baan had als voordeel dat ik een kamer deelde met maar één ander persoon, en dat was bovendien iemand die zelf had gezegd dat hij weinig toegankelijk was. Het werk leek me doodeenvoudig. Het mocht dan geestdodend zijn om iedere dag andermans teksten over te typen, maar het ging in ieder geval over iets waar ik iets vanaf wist, en wat me interesseerde. Ik had de benodigde formulieren ingevuld en ingeleverd bij de universiteit, en mijn salaris zou regelrecht op mijn bankrekening worden gestort. Ik had het geld niet nodig, maar het gaf me voldoening dat ik het tij gekeerd had en me bevrijd had van die verraderlijke lusteloosheid die me sinds Luca's dood bevangen had.

Ieder kind in Watersford heeft ergens tijdens zijn schooltijd wel gehoord van Marian Rutherford en haar invloed op de negentiendeeeuwse literatuur en de gelukkigen onder ons die uit Portiston kwamen werden tot vervelens toe bij iedere voorkomende gelegenheid met het talent van mevrouw Rutherford om de oren geslagen. Ieder jaar wordt er in augustus een literair festival gehouden, waarbij bewonderaars uit de hele wereld bijeenkomen om Rutherfords voetsporen te volgen, een glaasje wijn te drinken met schrijvers, dichters, gepensioneerde politici en allerhande beroemdheden, en om te luisteren naar lezingen over haar werk. Ik heb Luca meer dan eens voorgesteld om een keer zo'n festival bij te wonen, omdat ik echt graag meer wilde weten over de enige echt beroemde dochter van Portiston (of liever gezegd, geadopteerde dochter). Maar Luca zei altijd dat hij aan mijn motieven twijfelde. Hij was ervan overtuigd dat ik alleen maar naast types als Jo Brand en Alan Davies wilde staan, die ik toentertijd geweldig vond. Misschien had hij wel gelijk. Dat had hij meestal.

Ik stond om tien voor negen op de onderste trede van de stoep die naar de deur van het gebouw van de vakgroep geschiedenis leidde. Ruim voor Jenny, die om negen uur de deur kwam opendoen.

'Wat ben je vroeg,' zei ze.

'De professor heeft me gevraagd stipt op tijd te komen,' antwoordde ik.

'Die vuile ouwe hypocriet! Hij is hier zelf zelden voor tienen. Kom binnen, dan zet ik een kop thee.'

Ik voelde me niet echt op mijn gemak terwijl ik daar in de ontvangsthal zat en thee dronk met Jenny, die zei dat ze de hele nacht op een feestje was geweest en zich brak voelde, terwijl ik eigenlijk zou moeten zitten typen. Maar de deur van de kamer van de professor zat op slot en dus ik moest wel op hem wachten.

Jenny was twintig. Ze had heel kort haar en een vriend die Yusuf heette en medicijnen studeerde, maar eigenlijk liever diskjockey was. Zelf werkte ze 's avonds in een sushibar om wat extra's te verdienen. Ook had ze een ontstoken navelpiercing, en het was het soort meisje dat altijd wel iets te zeggen heeft, wat haar tot prettig gezelschap maakte. Ze deed me alle bijzonderheden van haar leventje uit de doeken, vertelde over de ruzie met het meisje met wie ze een flat deelde, omdat dat meisje haar beste Kookai-truitje voor de zoveelste keer had geleend en haar toen had bezworen dat dat niet zo was, maar Jenny had het in de wasmand gevonden dus loog die trut. En zo ratelde ze maar door en ondertussen dwaalde ik af naar een plekje in mijn gedachten waar ik samen met Luca kon zitten wachten. Terwijl ik daar zat te dagdromen begon Jenny over de professor en ik luisterde met een half oor. Ze was niet bepaald dol op hem, hoewel zijn gebreken mij betrekkelijk onschuldig voorkwamen. Hij was 'een beetje een knorrepot', en hij had geen gevoel voor humor (volgens Jenny), en hij was nogal teruggetrokken.

'Het schijnt,' zei ze, 'dat hij vroeger anders was, maar toen is zijn vrouw bij hem weggegaan of ze is gestorven of zo, en toen is hij helemaal gek geworden. Je krijgt de kriebels van hem, weet je wel? En ik ben niet de enige hoor, je hebt zo'n stuk of vier, vijf voorgangsters gehad, en ze hebben het geen van allen langer dan een paar weken uitgehouden. De laatste is maar drie dagen gebleven.'

'Hij leek me heel aardig,' zei ik, en ik vond het erg volwassen van mezelf dat ik me niet met Jenny's geroddel inliet. Ik kreeg echter niet de tijd om te genieten van mijn volwassenheid, omdat op dat moment de professor verscheen, met zijn slechte humeur in een soort zwarte wolk om hem heen die hij me verzocht te negeren, omdat het heel gewoon was voor een maandagochtend.

Hij deed de deur van zijn kamer open, waar zich sinds mijn vorige bezoek nog meer stapels papier leken te hebben opgehoopt (misschien had hij toen opgeruimd in verband met het sollicitatiegesprek), en toen vroeg hij of ik wist hoe ik met de computer om moest gaan. Het leek me een vrij eenvoudige pc en in een paar seconden had ik gecontroleerd of de stekker in het stopcontact zat en had ik de aan/uit-knop gelokaliseerd.

'Lukt het?' vroeg de professor terwijl de computer zichzelf tot leven wekte met dezelfde soort mechanische bokkigheid die mijn auto ook vertoonde, de enkele keer dat ik ermee uit rijden ging.

'Ik geloof van wel,' zei ik.

Ik klikte op de gebruikersnaam 'assistente' en er verschenen warempel een aantal files op het scherm met 'Rutherford' in de titel.

'Waarmee zal ik beginnen?' vroeg ik.

'Pak er daar maar een van,' zei de professor en hij wees op een wankele stapel kartonnen mappen op mijn bureau. 'Ze zitten allemaal vol aantekeningen die ingevoerd moeten worden.'

Ik deed de bovenste map open. Er zat een dikke stapel met de hand geschreven vellen aantekeningen in. Het schrift was klein en kriebelig. Er waren heel veel woorden doorgestreept en toegevoegd, en het stikte van de verwijzingen met sterretjes en cijfers, waarbij hetgeen waarnaar verwezen werd soms bladzijden verderop stond en soms helemaal nergens te vinden was. In de bovenste map zaten een stuk of veertig vellen. Er lagen zeven mappen op het bureau.

Ik keek even naar de professor. Hij zat aan zijn eigen bureau, met zijn rug naar me toe – een houding die een gesprek onmogelijk maakte – streek over zijn kin en las een getypt stuk. Ik nam aan dat het het werk van een van zijn studenten was. Hij leek er volkomen in op te gaan. Ik bleef kijken en zag dat hij met een potlood tegen zijn tanden tikte, en zich toen over het bureau boog om een of andere opmerking in de kantlijn van het stuk te plaatsen. Hij was kennelijk vergeten dat ik er was.

Ik begon de aantekeningen over te typen.

Alleen al het handschrift ontcijferen was een hele klus. Het drong vrij snel tot me door dat ik, als ik zelfs maar één map wilde afkrijgen, mezelf een bepaalde marge aan fouten moest toestaan en af en toe maar naar een woordje moest gokken. Het was niet waarschijnlijk dat de professor zich nog woordelijk zou herinneren wat hij had opgeschreven en hij zou toch echt geen tijd of zin hebben om honderden pagina's door te nemen om te controleren of ik het wel goed had gedaan. Zolang ik maar zorgvuldig was wat betrof data, plaatsen en namen, kon ik het met de algemenere informatie wat minder nauw nemen, dacht ik.

Het was puzzelwerk en al snel ging ik er helemaal in op. Ik concentreerde me dusdanig dat ik helemaal vergat waar ik was en ik merkte zelfs niet dat Jenny de deur opendeed en koffie bracht.

'Hoe gaat het?' vroeg ze zachtjes, terwijl ze een beker op mijn bureau zette.

'Prima,' fluisterde ik terug. 'Ik vind het leuk werk.'

'Maar voor hoe lang...' zei ze.

De professor schraapte zijn keel. 'Juffrouw... eh...'

'Mevrouw. Mevrouw Felicone.'

'U hebt recht op een pauze. Misschien wilt u liever in de tuin zitten als u uw koffie drinkt?'

'Nee, ik zit hier prima, dank u wel,' zei ik.

Ik had net gelezen dat Marian Rutherford op Arcadia Vale begraven was, in een graf met een witte grafsteen, versierd met guirlandes van lelietjes van dalen en klimop. Het lelietje symboliseerde reinheid en de klimop onsterfelijkheid en vriendschap. Het was, volgens de professor, een elegante en esthetisch verantwoorde gedenksteen die paste bij het karakter van degene aan wie hij gewijd was. Ik wilde er graag meer van weten.

Er heerste een prettige stilte tussen ons. Eigenlijk verliep de samenwerking tussen de eenzelvige professor en zijn diepbedroefde typiste heel goed, totdat vlak voordat mijn werkdag ten einde was de mobiel in mijn handtas overging. Ik was vergeten dat ik hem bij me had. Het leek een eeuwigheid te duren voordat ik erin geslaagd was hem het zwijgen op te leggen en in die eeuwigheid had de professor van zijn woede blijk gegeven door middel van een serie kleine handelingen, zoals het op zijn bureau gooien van het stuk waaraan hij zat te werken, het afnemen van zijn bril, gezucht, overeind komen en door de kamer ijsberen.

'Het spijt me heel erg,' zei ik. 'Het zal niet meer gebeuren.'

'Als u daar maar voor zorgt. Ik vind die dingen bijzonder irritant.'

'Het spijt me, echt,' zei ik.

'Ik wil niet vervelend zijn,' zei de professor, terwijl hij zijn bril afzette en in zijn ogen wreef, 'maar ik kan me niet concentreren als het risico bestaat dat er elk moment een telefoon over kan gaan.'

Ik glimlachte. 'Oké.'

'Dan zie ik u morgen weer, juffrouw... eh...'

'Zegt u maar Olivia,' zei ik.

19

De volgende zomer gingen Anneli en ik weer bij Marinella's werken. Deze keer hingen Angela en Maurizio geen advertentie op om serveersters te werven. Ze vroegen ons gewoon terug, wat we erg leuk vonden. Het gaf ons het gevoel dat we deel van de familie uitmaakten. We hadden ons de laatste weken op school erg verheugd op een zomer in het gezelschap van Luca en Marc. Zij zaten nu in de zesde en waren daardoor in onze ogen nog geweldiger. Maar toen we ons in de eerste week van de vakantie bij Marinella's meldden, was de tweeling er tot onze teleurstelling niet. Angela en Maurizio waren bang dat ze hun Italiaans en gevoel voor de Italiaanse cultuur kwijtraakten en hadden ze naar Napels gestuurd om kantoorwerk te doen in het *agriturismo*-bedrijf van een neef van Maurizio.

Het was erg jammer, want Anneli en ik hadden net een schitterend plan ontwikkeld. We hadden bedacht dat we allebei met een van de tweeling zouden uitgaan, er verliefd op worden en ermee trouwen. We zouden op dezelfde dag in dezelfde kerk trouwen en de receptie samen geven. We zouden allebei boven Marinella's komen wonen en in twee kamers naast elkaar elk met een van de tweeling slapen. We zouden niet alleen vriendinnen zijn, we werden schoonzusjes van elkaar. We konden samen feesten geven. We konden samen kinderen krijgen. Het zou allemaal fantastisch zijn. We zouden altijd bij elkaar blijven met onze geweldige tweelingmannen.

Maar de tweeling zat in Napels en wij zaten in Portiston terwijl de zure Nathalie ons opdroeg wat we moesten doen. Ze was nog iets dikker en lelijker geworden dan het jaar daarvoor. Ze was nog maar twintig, maar wij vonden dat ze eruitzag als een volwassen vrouw, een volwassen vrouw die saaie kleren droeg, zich niet opmaakte, geen tv keek of naar popmuziek luisterde. Een vrouw die geen belangstelling had voor mode of roddelpraat of voor andere dingen waarmee Anneli en ik het zo druk hadden. Ze vormde een barrière tussen ons en de Felicones. Toch was er één ding heel duidelijk. Angela en zij stonden elkaar nog meer na dan het jaar daarvoor. Bijna als moeder en dochter.

20

'Waar heb jij gezeten?' Marc kwam de flat binnen en bracht een golf aprilwarmte met zich mee. Hij nam me als de held uit een oude Broadway-musical in zijn armen. Ik liet hem begaan en ontspande in zijn omhelzing.

'Ik heb je gemist,' fluisterde ik in zijn oor.

'Maar waar zat je dan? Ik heb je steeds gebeld.'

'Ik heb een baantje.'

'Nou, gefeliciteerd.'

'Ik dacht dat je het leuk zou vinden.'

'Als ik ervan geweten had, had ik het ook leuk gevonden. Wat voor baantje is het?'

'Ik werk bij de universiteit. Als typiste.'

'Had je me dat niet eerder kunnen vertellen?'

'Ach, Marc, dat gaat toch niet,' zei ik, terwijl ik hem van me af duwde. 'Ik kan je toch niet bellen? Ik weet niet wanneer jij alleen bent. Ik weet niet of Nathalie misschien opneemt. Ik heb geen enkel recht je te bellen.'

'Je bent de vrouw van mijn broer. Je mag me bellen wanneer je maar wilt.'

'Nee, het is verkeerd,' zei ik. 'Want ik ben niet alleen maar je schoonzusje, toch?'

Marc hield zijn hand op in het 'hou op'-gebaar. Ik haalde diep adem en zweeg. We staarden elkaar een paar seconden aan.

'Ik heb je steeds gebeld,' zei Marc, 'en je nam niet op.'

'Ik moet m'n mobiel op mijn werk uitzetten,' zei ik, enigszins gepikeerd. 'Ik ben om vier uur klaar. Als je me na die tijd belt, neem ik wel op.'

We wisten allebei dat in de zomermaanden om een uur of vier de gasten bij Marinella's binnenstromen en dat tijd en privacy rond dat tijdstip kostbaar worden.

'Hoe is het met je?' vroeg ik zachtjes. Hij zag er slecht uit. Hij was mager geworden, zijn ogen waren hol en de huid eromheen opgezet en donker.

Marc wreef met zijn handpalmen in zijn ogen en haalde zijn schouders op. Het gebaar drukte zo veel wanhoop uit dat ik direct naar hem toe liep en mijn armen om hem heen sloeg en hem tegen me aandrukte.

'Het hindert niet, lieverd,' fluisterde ik. 'Alles komt goed.'

'Nee, dat gaat niet gebeuren,' zei hij, terwijl hij me wegduwde. 'Het komt helemaal niet goed, het is helemaal verkeerd. De wereld is verkeerd, mijn leven is verkeerd.'

'Heb je vanmiddag vrij?' vroeg ik.

Hij knikte.

'Laten we dan naar ons strandje gaan.'

We reden naar de kust. We liepen over de kliffen waar kleine bloemetjes hun kopjes ophieven naar de zon, alsof ze niet konden geloven dat die echt scheen. Hoewel de wolken nog langs de hemel joegen, was de zee schitterend blauw en honderden kleine, witte meeuwen scheerden krijsend over het water in de diepte en maakten me duizelig. De brem, kromgebogen in de zeewind, stond in bloei en als ik mijn ogen sloot zodat ik door mijn wimpers keek, was de hele wereld blauw en groen en geel.

Op het pad boven langs het klif bleven we staan en zoenden we, en de wereld werd weer goed. Marc glimlachte naar me.

'Als we met z'n tweeën zijn, alleen jij en ik,' zei hij, 'dan is alles draaglijk. Dan heb ik het idee dat het zin heeft om door te gaan.'

'Dat weet ik.'

'Als jij er niet bent, dan doe ik niets anders dan Luca missen.'

'Ik denk,' zei ik voorzichtig, 'dat wij voor elkaar de lege plek invullen waar Luca zou moeten zijn.'

'Ik denk,' zei Marc, 'dat het wat ingewikkelder ligt.'

We daalden de uitgehakte treden in de rotsen af naar ons strandje. Er waren andere mensen geweest. Bij de ingang van de grot zagen we dat er een vuurtje gestookt was en binnen lagen lege bierblikjes. We bedreven de liefde met grote tederheid. Op het eiland staarden de mistroostige zeehonden met hun droevige ogen naar het vasteland waar wij hand in hand zaten, twee mensen die er op dat moment niet erg veel toe deden, behalve dan voor elkaar.

21

De derde en laatste zomer dat Anneli en ik bij Marinella's gingen werken, ontdekten we dat Luca en Nathalie officieel een setje waren. Ze gingen samen uit. Ze hadden op het jaarlijkse gala van Portiston en de plaatselijke middenstandsvereniging een acceptabele foxtrot gedanst. Ik kon niet geloven dat Luca kon foxtrotten. De gedachte stond me tegen. Toen we getrouwd waren, is het me nooit gelukt hem zover te krijgen dat hij vertelde wat er op die avondjes uit met Nathalie is voorgevallen, maar ik durf te wedden dat de relatie zich maar heel langzaam ontwikkelde.

Ik weet het niet zeker. We hebben er nooit over gepraat omdat het een deel van zijn leven was dat Luca liever vergat, maar ik weet zeker dat Angela erachter zat. Ze kan Luca natuurlijk niet hebben gedwongen om met Nathalie uit te gaan, maar ze heeft waarschijnlijk zo op hem ingepraat dat hij dacht dat het een goed idee was. Nathalie was goed in zaken en alles wees erop dat Luca een getalenteerd kok was. Samen hadden ze de potentie om een net zo succesvolle en sterke combinatie te vormen als Angela en Maurizio. Als Luca met Nathalie zou trouwen, dan zouden alle beloftes die Angela aan haar nicht had gedaan, nagekomen zijn. Haar lievelingszoon en de aangewezen erfgenaam van Marinella's zou een echtelijk en zakelijk partnerschap vormen met haar bijna-dochter. Het was perfect. Luca hield niet van ruzie en Angela gaf nooit op. Als zijn moeder tegen hem zei dat hij Nathalie mee uit moest nemen, dan was het onmogelijk om dat te weigeren zonder het hele huishouden op stelten te zetten. En misschien mocht hij Nathalie graag. Misschien dacht hij een tijdje dat hij niemand anders wilde dan Nathalie. Dat hij met een oudere vrouw uitging gaf hem zeker meer status in de pikorde van de tienerjongens, hoewel zijn ego dat helemaal niet nodig had en er toch weinig met haar te beleven was.

Angela stelde zich zeer beschermend op ten opzichte van Nathalie. Nathalie was anders dan de andere meisjes in Portiston, en Angela legde de schuld daarvan bij die andere meisjes. Wij werden beoordeeld naar de hoge morele maatstaven die Nathalie zichzelf oplegde, en schoten dus tekort. Vrij vroeg in de zomer van dat laatste jaar werden Anneli en ik in het kantoortje van Angela ontboden en kregen een preek. Angela had ons in de gaten gehouden. Ze keurde de manier waarop we ons buiten het werk gedroegen af en gaf ons een standje omdat we uitdagend arm in arm langs de boulevard liepen, en genoten van de aandacht die we trokken, hoewel iedereen die naar ons keek op een boze blik getrakteerd werd. Ze zei tegen ons dat we niet langer bij Marinella's mochten werken tenzij we ons leven beterden. We bezorgden de zaak een slechte naam.

Anneli en ik hadden ons oorspronkelijke plan om met de tweeling te trouwen al lang opgegeven. Wat had het voor zin luchtkastelen te bouwen als Luca al bezet was? Ik vermoedde dat Anneli nog steeds een beetje verliefd was op Marc. Ze deed net of dat niet zo was, maar ik zag dat ze steeds door haar wimpers heen naar hem keek, en toen we een keer cider op de boulevard hadden gedronken, schreef ze zijn naam met kiezels op het terras voor Marinella's. Ik ging op dat moment met een negentienjarige jongen die Georgie heette en op wie ik een heel klein beetje verliefd was. Georgie zat op de toneelschool in Manchester en werkte in de vakantie bij de veerpont naar Seal Island, die van zijn oom was.

We werkten die laatste zomer harder dan ooit. We liepen ons de benen uit het lijf om *gelati* te brengen, getoaste broodjes (niemand in het Verenigd Koninkrijk had in die tijd nog van panini's gehoord), koude drankjes en potten thee aan de gasten die binnen en buiten zaten. Er stonden lange rijen bij de counter waar we soms mochten invallen als Luca of Marc er niet was om een van de twaalf verschillende smaken ijs in de heerlijk verse en zoete zelfgebakken horentjes te scheppen.

Zodra er een tafeltje vrijkwam, moesten we het afruimen, de kruimels eronder wegvegen, het menu weer neerzetten en de wachtende klanten naar de vrije stoelen leiden. We verdienden goudgeld aan fooien. Zelfs bij slecht weer was het druk in het restaurant. Als het regende, kwam iedereen die daar kans toe zag binnen voor thee met taartjes. De mensen die niet meer naar binnen konden omdat het te vol was, gingen dicht opeengepakt onder de grote groen-rood-witte luifel op het terras zitten waar ze enige beschutting vonden. Aan het eind van de dag deden onze voeten pijn, maar we voelden ons door de bank genomen heel goed.

Op wat Maurizio 'de laatste dag van de zomer' noemde –, de laatste zaterdag voor de school weer begon, was er een feestje voor de familie, het personeel en de leveranciers van Marinella's.

Het restaurant ging om zes uur 's avonds dicht en wij mochten naar huis om ons om te kleden.

Ik ging met Anneli mee om ons voor het feestje op te tutten. Mijn moeder was al in de rouw vanwege het naderende vertrek van Lynnette naar de universiteit en de grijze meneer Hensley was bij haar en maakte het allemaal nog erger. Ik kon die blikken van stil verwijt niet verdragen. Het was makkelijker en veel leuker bij Anneli.

In haar kamer, een chaos van roze en geel bloemenfeebehang bedekt met posters van Duran Duran, maakten we elkaar op en probeerden ieder kledingstuk uit Anneli's garderobe uit op zoek naar outfits waarin we er hetzelfde en toch weer heel anders uitzagen.

Uiteindelijk trok Anneli een schattige afgeknipte spijkerbroek aan met een strak zwart truitje en ik nam een rok die van leer leek, een zwart haltertruitje en een heel oud opengewerkt vestje. We mikten op het soft-punk effect. We spoten kwistig met parfum; ik weet het merk niet meer maar het rook lekker naar sorbet, zoals snoephartjes smaakten. We zagen er allebei goed uit, en zo roken we ook.

'Liv, ik wil je wat vertellen,' zei Anneli, terwijl ze mijn haar met een strijkijzer gladstreek. Ik lag in een ongemakkelijke houding, mijn hoofd op een handdoek op haar roze kleed en de rest van mijn lichaam opgekruld in de foetushouding, zodat ze er gemakkelijk bij kon.

'Je bent verliefd op Marc!'

'Oké, klopt.'

'Ik wist het, ik wist het!'

'Zo kan-ie wel weer, Liv.'

'Jawel, maar ik wist het toch! Super. Jullie passen super bij elkaar.'

'Maar wat moet ik nu?'

'Je moet het tegen hem zeggen.'

'Echt?'

Het strijkijzer kwam akelig dicht in de buurt van mijn oor terwijl Anneli haar gezicht boven dat van mij hield om te zien of ik het meende.

'Ik denk dat hij jou ook leuk vindt,' zei ik. 'Ik heb gezien dat hij naar je keek als hij dacht dat het niet opviel.'

'Meen je dat? Echt? Keek hij echt naar me?'

'Anneli, je brandt mijn wang.'

'O! Had je het maar niet gezegd! Nou weet ik niet wat ik tegen hem moet zeggen.'

De kamer begon naar verschroeid haar te ruiken. Anneli streek met haar hand over haar werk. 'Je haar ziet er geweldig uit, Liv. Prachtig.'

Ik bekeek mezelf in de spiegel boven Anneli's wit met gouden kaptafel. Mijn haar zag er inderdaad goed uit. Ik knuffelde mijn vriendin even en toen wisselden we van plek zodat ik haar haar kon strijken.

We konden niet weg zonder Anneli's ouders gedag te zeggen. Ze zaten tv te kijken. Anneli's moeder glimlachte flauwtjes naar ons, wenste ons veel plezier en zei dat we voor twaalven thuis moesten zijn. Haar vader keek naar me en zei: 'Is dat een rok, Olivia, of een gordijn?'

'Ha, ha, pap, heel grappig hoor!' zei Anneli. Ze bukte zich en kuste hem op zijn wang. Ze straalde echt van de voorpret. 'Tot vanavond.'

Het feestje in Marinella's was al volop bezig. Er was nog geen karaoke in Portiston, maar de geest van karaoke moet daar geboren zijn. Maurizio stond op het podium bij de open haard in het restaurant met een microfoon in zijn hand en zong keihard mee met Gene Pitney terwijl hij de tekst met handgebaren kracht bij zette. Hij zwaaide naar ons toen hij ons zag, en wij zwaaiden terug terwijl we naar de bar liepen.

Het restaurant was vol. Er waren nog wat jonge mensen die net als wij in Marinella's werkten of die vrienden van de familie waren, maar de meeste gasten waren ouder. Besnorde vertegenwoordigers van de brouwerij stonden naast gladgeschoren werknemers van de bank. De mevrouw van de vis danste met de leverancier van de handdoekautomaten in de toiletten. Iedereen genoot.

Luca en Nathalie zaten stijfjes naast elkaar aan een van de tafeltjes, als een echtpaar dat voor een ouderwetse foto poseerde. Luca zag er ongebruikelijk netjes uit. Eerst herkende ik hem zelfs niet. Hij droeg een donkere broek en een gesteven overhemd dat openstond aan de hals, bij zijn adamsappel. Zijn haar was gekamd en op de een of andere manier platter gemaakt. Hij leek een beetje op zijn broer Carlo, griezelig braaf. Nathalie droeg voor deze gelegenheid eindelijk iets vrouwelijks. Het was veel te ouwelijk voor haar, een ruim mantelpakje in groen en zwart. Aan haar voeten prijkten zwarte schoenen met puntige neuzen en een brede hak. Ze praatten niet met elkaar. Ze zaten daar maar en keken naar het feestje.

Marc had lol. Hij danste met Fabio en een paar kinderen van de krantenkiosk verderop in de straat, maakte dezelfde overdreven gebaren als zijn vader en zong de tekst geluidloos mee.

Tot onze ergernis stond Angela achter de bar waarmee alle hoop op een alcoholisch drankje de bodem in werd geslagen. Gelukkig had Marc deze complicatie voorzien.

Toen hij klaar was met zijn dans kwam hij buiten adem en lachend naar ons toe. We stonden even over koetjes en kalfjes te praten en toen schonk hij een scheut drank uit een fles die hij uit de kelder gepikt had in ons glas. Ik weet niet wat het was, maar ons hoofd ging er van tollen. Even later riep Maurizio de mannen in het huis op om op de dansvloer te gaan staan, waar ze hun sokken en schoenen uit moesten doen en hun broekspijpen tot op de knie opstropen. Anneli en ik lagen in een deuk toen de zakenmannen van Portiston en alle jongens Felicone dat inderdaad deden. Toen zei Maurizio dat de beste surfer een prijs kreeg en hij speelde 'Surfing USA'. Alle winkeliers, alle leveranciers, de accountant, de advocaat, ja zelfs de dominee was er en met hun harige, benige, witte mannenkuiten die bloot onder hun broek uitstaken, stonden ze daar te zwaaien en te balanceren alsof ze echte surfers waren. We deden het bijna in onze broek. Ik keek toevallig even naar Nathalie, maar zij lette er helemaal niet op, ze was in gesprek met Angela.

Toen het afgelopen was vroeg Maurizio aan de aanwezige vrouwen wie de prijs toekwam en Anneli en ik sprongen op en neer en riepen: 'Marc! Marc!'

'Hé! En ik dan?' vroeg Luca terwijl hij naar ons toe sprong, zijn hemd uit zijn broek, zijn das scheef en zijn haar weer gewoon slordig.

'Sorry,' zei ik met lichte minachting. 'Maar je broer was gewoon beter.'

Luca hief zijn handen in het Italiaanse gebaar wat verwarring en ongeloof uitdrukte op en sprong weer terug naar Nathalie, met zijn schoenen in de hand. Marc liet ons zijn prijs zien, een fles zonnebrandolie.

‘Bedankt voor jullie steun,’ zei hij. Hij leek een beetje verlegen.

Anneli keek naar haar voeten en draaide een lok haar om haar vinger.

Ik was vast een beetje dronken. ‘Waarom vraag je Anneli niet of ze met je wil dansen?’ vroeg ik.

‘Liv!’

‘Toe dan,’ zei ik. ‘Ze wil vast wel.’

Marc bloosde en trok zijn schoenen weer aan. Maar hij vroeg haar inderdaad en ze zei ja en ze gingen hand in hand de dansvloer op. En zo begon het tussen Marc en Anneli.

Ik keek naar Luca. Hij zat tussen Nathalie en Angela in en dronk bier uit een flesje. Ik ving zijn blik op maar toen keek hij weg.

Ik had genoeg van het feestje. Ik haalde mijn jas en glipte naar buiten en haalde Georgie af na het laatste veer. We zaten in het donker op de kiezels. Hij rolde een joint en hield hem voor mijn lippen en ik inhaleerde en het brandde achter in mijn keel en toen ging hij liggen en zong ‘Stairway to Heaven’, terwijl ik hem pijpte en me verbaasde over de schittering van de lichtjes in mijn inktzwarte gedachten.

22

Iedere dag leerde ik wat meer over Marian Rutherford en helemaal niets over de professor. Maar toch vond ik het prettig om samen met hem in die grote kamer te zitten. Het was stil, maar toch aangenaam. Alleen mijn vingers op het toetsenbord maakten geluid, en soms klonk er geritsel als hij een bladzijde omsloeg van de scriptie of het boek dat hij zat te lezen. We voelden ons op ons gemak met elkaar, als een oud, getrouwd stel dat al sinds jaar en dag niets meer te bespreken heeft. Soms kwam hij 's ochtends alleen maar om de deur open te maken en dan ging hij naar een college of een werkgroep met zijn studenten. Op andere dagen, als hij geen afspraken had, liet hij me binnen en dan ging hij weer weg om thuis te werken. Hij zei dat hij zich daar beter kon concentreren. Ik stelde me een groot oud huis voor, vervallen, met boeken van vloer tot plafond, een paar schurftige katten in de vensterbank en de professor schrijvend aan zijn bureau, als een figuur uit een boek van Dickens.

Het werk gaf mijn dagen zin en omdat het zo lastig was om het handschrift van de professor te ontcijferen, moest ik me concentreren en dat betekende dat er in mijn gedachten geen plaats meer was voor iets anders. Ik vatte mijn baan op zoals ik vroeger een avondcursus opgevat zou hebben: als een welkome afleiding van de werkelijkheid en als ontspanning. Ik kan heel snel typen, maar het kostte me een eeuwigheid om die aantekeningen door te werken. De professor vroeg me nooit naar mijn vorderingen en keek ook nooit waarmee ik bezig was. Ik weet zeker dat hij de computer ook niet controleerde als ik er niet was. Ik was blij dat hij mij vertrouwde.

Als de professor er niet was, kwam Jenny vaak bij me zitten praten. Ze trok haar benen op de leren bank onder zich en begon me over Yusuf te vertellen en de sushibar en haar kleptomane huisgenote. Ze kon goed vertellen en ik genoot van haar gezelschap. En het mooiste was dat ze niet in het minst in mij geïnteresseerd was. Ik geloof niet dat ze veel meer over mij zou kunnen vertellen dan mijn voornaam.

Er stonden talloze drukken van de verschillende boeken van Marian Rutherford in de kast in het kantoor, maar ik durfde ze niet te pakken. In plaats daarvan ging ik naar de centrale bibliotheek en leende ze een voor een om in mijn flat te lezen. Ik begon met *Emily Campbell*, dat ik op school gelezen had, of eerlijk gezegd grotendeels níét gelezen had. Een paar jaar geleden had ik het al een keer herlezen, toen ik een exemplaar in het tweedehandsboekenstalletje op de markt bij ons huis in Londen had gevonden. Het verhaal speelt zich af in Portiston, en er wordt geen enkele poging gedaan het stadje of de belangrijkste plekken erin onherkenbaar te maken. De heldin, Emily Campbell, geboren en getogen in de stad, was een aantrekkelijk, eigenwijs en egoïstisch meisje, dat verscheurd werd tussen haar verlangen om te ontsnappen aan wat zij zag als de verstikkende banden van haar leven, en het verlangen om te leven en te sterven tussen de mensen die ze kende en van wie ze hield. Dit conflict werd gesymboliseerd in het karakter van de twee mannen die van haar hielden: de knappe, trouwe, maar weinig ambitieuze Jude McCallistair en de gedreven, maar enigszins foute John Perriman.

Zoals in alle goede tragedies is het een fatale zwakte in Emily's eigen karakter – haar onvermogen om weloverwogen in plaats van impulsief te handelen – die tot haar eigen ondergang leidt. Ik wil de plot niet verklappen, maar het is algemeen bekend dat je in de zomer lange rijen toeristen ziet die een foto willen laten nemen van zichzelf op het klif boven Portiston, waar Emily zich op bladzijde 414 vanaf wierp, haar dood tegemoet.

Wat ik niet wist, tot ik de aantekeningen van de professor begon over te typen, was dat je in het echt van dat punt op het klif in de achtertuin kunt kijken van het huis van Andrew Bird. Hij was de vriend en uitgever van Marian Rutherford, en de reden waarom ze naar Portiston is gekomen.

De professor en ik praatten af en toe kort over koetjes en kalfjes, maar verder ging onze relatie niet. Dat vond ik niet erg, want het was vredig om samen met hem in die kamer te zitten, beiden schuilend onder ons eigen parapluutje van anonimiteit, maar ik wilde wél met hem over *Emily Campbell* praten. Er bleven wat losse draadjes over in het verhaal die me ergerden, en ik vroeg me af of me niet iets ontgaan was. Ik wilde een geschikt moment afwachten, een koffiepauze waarin hij niet verdiept zou zijn in zijn werk, om het onderwerp aan te snijden. Ondertussen wachtte ik, met de bedoeling om meer over de professor zelf te weten te komen, tot de dag waarop hij tegen me zei dat hij thuis zou werken en voor de middag niet terug zou komen, en Jenny zich toevallig ziek meldde. ('Ik kots alles eruit, schat, heb de hele avond Bacardi gedronken, zeg maar dat ik ongesteld moet worden, dan stelt hij verder geen vragen.') Nu ik dus alleen was op de beletage van de faculteit geschiedenis, maakte ik van de gelegenheid gebruik om de inhoud van zijn bureau door te nemen.

23

Tegen de herfst waren Anneli en Marc min of meer een stel, hoewel ik vond dat de relatie wel erg langzaam op gang kwam. Ze hielden elkaars hand vast, ze zoenden (zonder tongen), maar meer ook niet. Marc had om geen enkele seksuele gunst gevraagd. Hij was, zo berichtte Anneli, de volmaakte heer. En dat vond ze prettig. Want ondanks onze voorliefde om ons als verleidsters te kleden, was Anneli in wezen een ouderwets meisje dat zich had voorgenomen om pas tot het uiterste met iemand te gaan als ze er zeker van was dat die iemand de ware was. En daar was ze met Marc niet zeker van.

Marc en zij waren naar de film geweest, en in de weekends zochten ze elkaar op. Ze draaiden platen op de kamer die Marc met Luca deelde, of ze keken bij Anneli thuis tv met haar ouders. In de schoolbus zaten ze soms, niet altijd, naast elkaar, en ze liep met hem, hoewel Marc zijn arm nooit om de schouder van Anneli legde. Dat zou mij, in haar plaats, hebben dwarsgezeten, maar het scheen haar niet te hinderen. Ze wilde bovendien niet dat ik me buitengesloten zou voelen, dus meestal liep ze gewoon met mij.

Anneli was een heel goede vriendin.

Ik vroeg haar een keer of ze van Marc hield, en toen zei ze: 'Ach, Liv, dat weet ik niet.'

'Hoe kun je dat nu niet weten?' hield ik vol. 'Of je houdt wel van hem, of niet, maar dat moet je weten.'

'Nou, hou jij dan van Georgie?'

'Zo'n relatie hebben wij niet.'

'Nou, wij misschien ook wel niet.'

Ik kan tot mijn verdediging aanvoeren dat ik toen pas zestien was, en het meeste wat ik over het leven en seks wist kwam uit tienerbladen die zich, in die tijd, nog helemaal richtten op een romantische visie op het leven.

'Als je het niet weet,' zei ik, 'dan hou je niet van hem.'

'Nou ja, dat maakt toch niet uit!'

'Natuurlijk wel! Als je de rest van je leven met hem door gaat brengen...'

Dit soort gesprekken voerden we vaak. Maar het gesprek dat me het meest is bijgebleven vond plaats aan het begin van het volgende jaar. We hadden kerstvakantie en Anneli en ik hadden afgesproken om in het openbare zwembad van Watersford te gaan zwemmen. Marc kwam ook, met Luca en zonder Nathalie.

Toentertijd heb ik me geen moment afgevraagd waarom Nathalie niet meegekomen was, ik was gewoon blij dat ze er niet was en nam aan dat ze aan het werk was. Het moet een zaterdag geweest zijn. Waarschijnlijk hield ze gewoon niet zo erg van zwemmen. Het zwembad met zijn volle kleedhokjes en lawaaierige kinderen sprak haar vast niet aan. En eerlijk gezegd zag ze er waarschijnlijk niet zo geweldig uit in een badpak.

Luca was weer gewoon zijn eigen drukke zelf nu Nathalie er niet was. Hij brak in de eerste vijf minuten vrijwel iedere regel die er in het zwembad gold. Hij racete uit de kleedkamer, rende langs de rand van het zwembad terwijl hij de herkenningsmelodie van *The Dam Busters* zong en maakte een bommetje vlak bij Anneli en mij in het diepe. We gilden het uit omdat ons haar en onze make-up kletsnat werden van het koude chloorwater terwijl Luca naast ons opdook, zijn hoofd als een hond schudde, waarbij de druppels uit zijn lange zwarte haren weer op ons neer regenden. Marc verviel in zijn gebruikelijke rol van rustige, bedachtzame tweelingbroer. Hij stond aan de kant, zijn armen over elkaar geslagen terwijl hij zijn schouders vasthield, en lachte. Ik weet nog dat me opviel hoe wit zijn voeten waren, zijn smalle enkels en zijn lange, dunne tenen.

We zwommen en stoeiden een tijdje, ergerden de andere zwemmers met ons lawaai en onze aanwezigheid. De jongens zwommen onder onze benen door en kwamen dan overeind, tilden ons op hun schouders op en dan deden ze een wedstrijdje, waarbij we het uitgilden. Soms gooiden ze ons achterover het water weer in, en soms doken ze naar voren. Luca trok aan het rugbandje van ons badpak en liet het terugspringen. Hij had een prachtig lichaam: de breedgeschouderde, een beetje driehoekige lichaamsvorm van de mannelijke atleet, met smalle heupen en slanke benen, als een renpaard. Marc was ook aantrekkelijk, maar hij was donkerder, steviger en kleiner. Onze spelletjes gingen gepaard met veel lichamelijk contact. Het was leuk, het was opwindend, en het was niet helemaal onschuldig. Ik hield me voor dat het maar spelletjes waren, maar als ik op de harde schouders van Luca zat, terwijl zijn natte zwarte haar zich over mijn natte witte dijen uitspreidde zou ik liegen als ik zei dat dat me niets deed. Ik genoot ervan om zo dicht bij Luca te zijn. Ik was heel blij dat Nathalie er niet was. Ze zou toch niet hebben meegedaan.

Anneli en ik gingen er het eerst uit, omdat we het koud kregen. We kleedden ons om in twee badhokjes naast elkaar, stroopten ons natte badpak naar beneden en trokken de droge kleren aan over ons nog steeds klamme lichaam, waardoor het lastig ging. Druppels koud water gleden uit mijn haar over mijn borst. Ik had maar één handdoek en die was te klein en te oud om van veel nut te zijn.

In de kleine cafetaria met uitzicht op het zwembad wachtten we op de jongens. We dronken warme chocola uit de automaat en deelden een bakje patat die we in een gemeenschappelijk bakje ketchup doopten.

'Ik vind Luca erg leuk,' bekende ik.

'Jammer dat hij al bezet is,' zei Anneli.

'Misschien gaat Nathalie hem wel bedriegen, of verhuist ze naar Australië, of gaat ze dood of zo,' zei ik hoopvol.

'Ik denk niet dat ze zo attent zal zijn,' zei Anneli, terwijl ze een patatje in de ketchup doopte. 'Ik geloof dat ze echt van hem houdt.'

'Waarom denk je dat?'

'De manier waarop ze naar hem kijkt. En als ze samen zijn, zit ze altijd naast hem en zo. Ze houdt hem voortdurend in de gaten.'

'Dat klinkt een beetje bezitterig.'

'Het is eigenlijk wel lief.'

Ik haalde mijn schouders op.

'Nathalie is echt wel aardig als je haar leert kennen, Liv.'

'Ja, nou ja, ik ben niet geïnteresseerd in Nathalie,' zei ik. 'En hoe zit het met Marc en jou?'

Anneli zuchtte even en legde het patatje dat ze net gepakt had weer neer.

'Ik denk niet dat ik van hem hou, en ik denk ook niet dat hij van mij houdt.'

'Weet je dat zeker?'

Ze knikte. 'Ik kan me niet voorstellen dat ik boodschappen met hem ga doen, of dat we samen kinderen hebben of samen op vakantie gaan, of dat we samen oud worden.'

Ik sloeg mijn ogen ten hemel. 'Dat is duffe praat voor ouwe mensen, Anneli! Hoe zit het met de seks en zo?'

Ze schudde haar hoofd. 'Nee, daar kan ik me met hem ook niets bij voorstellen.'

'Maar dat wil nog niet zeggen dat het niet kan gebeuren.'

'Ik weet dat het niet gaat gebeuren.'

Ik goot het restje chocolademelk in mijn mond en veegde mijn lippen af.

'Wat ga je doen?'

'Ik ga niets doen. Ik hoef niets te doen. We weten allebei waar we aan toe zijn.'

Anneli was – en is – veel slimmer dan ik. Als ik wat meer op haar geleken had, dan waren de volgende paar maanden van mijn leven niet zo'n hel geweest.

24

'En, heb je nog iets ontdekt?'

'Wat?'

'In het bureau van die gekke professor.'

'Hij is niet gek, Marc, hij is gewoon stil.'

'Altijd een slecht teken.'

We zaten in het café en aten *teacakes*. Buiten onweerde het. De lucht was donkergrijs, hoewel het nog maar vroeg in de middag was, en de regen viel bij vlagen neer als kogels en maakte putjes in de plassen op de stoep en op het wegdek. Af en toe schoot er een bliksemschicht langs de hemel en dan flikkerden de lampen in het café en volgde het gerommel van de donder, als een omgekeerd crescendo, dat de ramen en mijn zenuwen op de proef stelde.

'Ik heb weinig gevonden. Gewoon rommel, allerlei troepjes.'

'Kom op, Liv, je moet toch íéts gevonden hebben waardoor je wat meer over die man te weten bent gekomen.'

Ik schudde mijn hoofd en likte de boter van mijn vingers. Ik schaamde me voor mijn gesnuffel, het leek op verraad, en ik wilde het niet nog erger maken door te praten over wat ik ontdekt had, zelfs niet met Marc. Als ik meer over de professor wist, zou ik misschien kunnen verklaren waarom er, in de rechterbureaula, verborgen onder een bureauagenda uit 1989, een leeg parfumflesje had gelegen, en een oud, lichtblauw, leren babyschoentje en een ansichtkaart met voorop een plaatje van Madrid bij nacht op de achterkant en helemaal niets.

'Gewoon alleen papieren. Normeringen voor tentamens, pennen, schrijfpapier, dat soort dingen.'

'Geen geheim dagboek?'

'Nee.'

'Geen revolver?'

'Nee.'

'Geen voorraadje hasj?'

Ik giechelde. 'Nee.'

'Geen pikante brieven van smoorverliefde studentes?'

'Hou er nou eens over op.'

'Geen dameslingerie?'

'Schei uit, Marc.'

'Ik toon interesse in jouw carrière, meer niet.'

'Ja, ja.'

'En wist je wel dat wat je net zei, dat dat een fraai voorbeeld is van taalgebruik waarbij twee positieven worden gebruikt om een negatief aan te geven? Dat hoorde ik laatst op Radio Four.'

Dit was iets wat Luca ook altijd deed. Steeds had hij iets op de radio gehoord, of op tv gezien, of iets gelezen, of iemand had hem een eigenaardig weetje verteld en dan sloeg hij dat op in zijn geheugen en haalde hij het weer tevoorschijn als het zo uitkwam. Ik vond dat grappig. En schattig.

De bliksem flitste, en even lichtte het gezicht van Marc helderwit op. Ik voelde achter mijn slapen een migraine opkomen. Het leek alsof Marc dat ook voelde, want hij boog zich voorover en streelde mijn slaap en wang heel zachtjes met de achterkant van zijn vingers. Ik sloot mijn ogen en gaf me over aan zijn aanraking.

Hij fluisterde iets. Ik hoorde het niet goed, maar voor ik kon vragen wat hij zei, kwam de bodybuildende kok van het café met twee mokken thee naar ons tafeltje.

'Alles goed, schat?' vroeg hij. De afgelopen weken waren we vrienden geworden, deze gespierde getatoeëerde man en ik. Hij wist niet precies hoe het zat en hij was te fijngevoelig om het me te vragen, maar hij wist dat ik een slechte periode doormaakte. Hij keek zijdelings naar Marc, alsof hij wilde vragen of deze man de oorzaak van mijn problemen was.

'Dit is Marc, mijn zwager,' zei ik.

'Aangenaam,' zei de kok. Hij veegde zijn rechterhand aan zijn schort af en stak hem Marc toe.

'Marc runt een restaurant in Portiston. Marinella's,' bracht ik te berde.

'O ja? Dat ken ik. Aan de boulevard? Dat zal goed lopen,' zei de bodybuilder.

'Niet slecht,' zei Marc.

'Een dubbele negatief, die een positief aangeeft,' merkte ik op.

Marcs gezicht ontspande zich en hij glimlachte. Toen lachte hij hardop. De kok begreep er niets van.

'Sorry,' zei ik. 'Gewoon iets waar we het net over hadden.'

'Ja. Oké, ik kom zo nog wel even langs,' zei hij.

We bleven zwijgend zitten en hielden elkaars hand vast. Buiten stroomde de regen langs de ruiten, die aan de binnenkant beslagen waren, waardoor het lastig was de gezichten te onderscheiden van de mensen die haastig langsliepen, hoofd gebogen, handen in de zakken, op zoek naar beschutting. Ik likte de suiker van mijn lippen die nog gezwollen waren van onze vrijpartij daarvoor. Ik vroeg me af of je dat kon zien. Ik vroeg me af of de kok wist wat er gaande was.

Ik zag dat Marc opkeek om op de klok achter mij te kijken. Hij zou algauw weer weg moeten, om de verplichting te vervullen die hij als alibi voor deze middag had gebruikt. Ik deed net alsof ik het niet gezien had, maar de eenzaamheid overviel me opeens. De thee was koud geworden en bovendien zat er te veel melk in en het onweer dat daarvoor spannend was geweest, was nu alleen maar zenuwslopend.

'God, wat ben ik moe,' fluisterde ik. Ik verlangde naar mijn bed en naar de vergetelheid die de slaap je schenkt, en ik bedacht me, met een plotseling blij gevoel, dat er nog een hoop alcohol in de flat was. Een lekker glas rode wijn wellicht om mee te beginnen, en dan gin met limonade om in slaap te vallen. En ik vroeg me af of de zondagen altijd zo waren verlopen, maar dat was natuurlijk niet zo.

Toen Luca nog leefde was de zondag onze fijnste dag. Het was de luie uitslaapdag, de dag dat we chocoladepasta op geroosterd brood smeerden, de dag waarop we rondslenterden op een marktje of gingen wandelen in een park, de dag dat we elkaars hand vasthielden, de dag dat we voor de tv lagen te soezen. Soms hadden we het er wel eens over hoe het geweest zou zijn als we kinderen hadden gehad. We stelden ons voor dat we hen naar iets leuks of educatiefs zouden hebben meegenomen, maar waarschijnlijk waren we waardeloze ouders geweest. We waren veel te chaotisch en veel te egoïstisch. Diep in mijn hart wist ik dat geen zondag kon tippen aan de zondagen die Luca en ik samen doorbrachten, met ons tweeën en verder niemand. Het enige wat de zondag een beetje bedierf was de gedachte aan maandag. Maar toch dronken we zondagavond wijn, om het weekend te vieren en ons op de week die voor ons lag voor te bereiden. Luca zei altijd dat het zonde was om in het weekend een kater te hebben, dat je die beter tijdens het werk kon hebben, en niet in je vrije tijd.

Luca werkte in een restaurant in Covent Garden. Hij hield van de drukte en de hectiek, het gegrap met de klanten. Hij had er geen last van het omslachtige gedoe dat gepaard gaat met het drijven van een van de weinige restaurants in een kleine kustplaats: het gekonkel, het feit dat je alle namen moet onthouden en moet weten hoe het met iedereen gaat zodat je een beleefd praatje kunt maken. Dat hoefde hier allemaal niet. Luca genoot van de anonimiteit van een grote stad, van de verscheidenheid aan mensen die hij ontmoette, van hun verschillende smaak, taal en manier van doen. Hij kon het goed vinden met de eigenaar en wist precies hoeveel de kostprijs en de marge van ieder gerecht was, en hij had de ambitie om ooit een eigen zaak te beginnen. Een eetcafé, geen restaurant, een gelegenheid waar je tussen de middag een lekker broodje kon krijgen, en soep en salades, en vroeg in de avond een eenvoudige maaltijd, zodat het werkende mensen zou lokken en niet de drinkers. Hij had een oogje op een fish and chips-tent bij ons in de buurt, in Bow, die binnenkort te koop zou komen. Met de Olympische Spelen in aantocht zou dit de perfecte plek zijn voor een eigen zaak, dacht hij. Hij ging het 'Liv's' noemen.

'Liv?'

'Sorry. Wat is er?'

'Het spijt me, maar ik moet weg.'

'Ja, natuurlijk. Natuurlijk moet je weg.'

Ik stond op en haalde mijn jas van de rugleuning van de stoel. Marc hielp me erin, en kuste ondertussen mijn haar.

'Waardeloos is dit,' zei hij.

'Ja.'

'Ik verzin wel iets,' zei hij. 'Ik neem je een weekendje mee weg. Naar een leuke plek. We gaan ergens heen waar we niet de hele tijd over onze schouder hoeven te kijken of de klok in de gaten hoeven te houden.'

'Dat zou fijn zijn.'

Terwijl we naar buiten stapten, het onweer in, keek ik achterom en zag dat de kok ons nakeek. Hij wreef met zijn hand over zijn kin. Ik vroeg me af wat hij dacht toen Marc en ik ieder ons weegs gingen, nadat we onze vingers met moeite van elkaar hadden losgemaakt, vinger voor vinger, alsof we een toonladder speelden op de piano.

25

April ging over in mei, een heerlijke, zachte meimaand waarbij alles op hetzelfde moment groen werd. De zoete lucht van de bloesem van de hagen in de stad was net zo bedwelmend als de zonneschijn. De trottoirs rond de universiteitsgebouwen waren bezaaid met roze bloemblaadjes en de studenten toonden hun navel en de rand van hun onderbroek, net zo onschuldig en optimistisch als de kleine vogeltjes die piepten in hun nestjes onder de dakpannen. Het kantoorpersoneel nam brood mee om buiten in de tuinen van de faculteitsgebouwen op te eten, terwijl de studenten lagen te zonnen, te bellen met hun mobieltje of elkaar zoenden, de vingers tussen elkaars spijkerbroekband gehaakt.

’s Avonds in mijn flat verlangde ik naar een tuin. Ik vroeg me af hoe het zou gaan met het plaatsje achter ons huis in Londen. Dat had vol gestaan met potten. Luca had aardappels verbouwd, pepers, tomaten, basilicum, koriander en courgettes. Ik had fresia’s, geraniums en rozen gekweekt. Het was een tuinbouwkundige scheiding van werk en geslacht: hij deed aan praktische planten, ik aan mooie. Hij verbouwde groentes die hij vervolgens in een gerecht verwerkte. Ik vergat mijn planten water te geven. Als Luca er niet was geweest, waren mijn rozen kapotgegaan aan de luis.

‘Kijk nou toch, Liv,’ zei hij, terwijl hij een jong blaadje van een rozenstruik tussen duim en vinger schoonveegde. ‘Het krioelt er van de luis. Moet je je voorstellen hoe die arme plant zich voelt.'

Zijn vingers waren groen en kleverig van de geplette insectjes. Ik stelde me voor dat ik die roos was, hoe ergerlijk en pijnlijk het moest zijn als die kleine beestjes over mijn jonge blaadjes krioelden en er zich smakkend aan te goed deden. Wat moest dat een afgrijselijke en langzame dood zijn, verschrikkelijk! Ik schaamde me zo dat ik er wat aan ging doen, en het werd een obsessie voor me om de blaadjes schoon te vegen en mijn planten van het ongedierte te bevrijden. In juni stonden mijn rozen er prachtig bij.

Er zaten nu huurders in ons huis. Het was niet waarschijnlijk dat die zich om mijn planten zouden bekommeren. Ik mocht niet verwachten dat ze ze water zouden geven en bemesten en de luis van hun bladeren zouden vegen. Lynnette zou, als ik haar dat vroeg, heus wel langsgaan om de potten op te halen, maar ze zou de planten niet koesteren zoals ik dat had gedaan. Waarom zou ze ook?

Ik had geen tuin, maar ik snakte naar frisse lucht en bloemen, dus ging ik naar de begraafplaats die weelderig in het frisse groen lag. En terwijl ik het pad de heuvel op liep, dansten miljoenen mugjes in wolken voor me uit en de vogels zongen in de bomen alsof het nooit eerder lente was geweest. Ik had zin om in het gras naast Luca's graf te gaan liggen en van de late middagzon te genieten. Het gras was geel van de boterbloemen en daartussen bloeiden kleine paarse bloemetjes die op viooltjes leken. Het zag er warm en vriendelijk en prettig uit. Maar er waren veel mensen op de begraafplaats, levende mensen, en ik dacht dat ze zouden schrikken als ik ging liggen. Dus bleef ik een poosje bij het graf staan terwijl ik hoopte dat de zon door de aarde heen zou dringen tot de plek waar Luca lag. Daarna ververste ik het water in de jampot, gooide de slijmerige resten van de dode bloemen weg en zette er gele tulpen voor in de plaats. Die zouden het wel niet lang houden, dat wist ik wel, maar de gele blaadjes zouden mooi staan op de groenige aarde van het graf. Het totaalplaatje ademde kleur en optimisme uit. Ik glimlachte tevreden. Luca's graf leek een impressionistisch schilderij.

Daarna ging ik naar het café voor een glaasje wijn en wat brood met olijven. Het was druk, allemaal luidruchtige, opgemaakte vrouwen op hoge hakken, high van de haargel en het vooruitzicht van een avondje uit. De kok glimlachte even naar me en schoof me een bruschetta toe.

Af en toe reed ik 's avonds naar Portiston en liep langs het strand, terwijl het zonlicht op zee verbleekte. Ik ging op de kiezels zitten en gooide steentjes in het donker wordende water. Iedere keer dat ik naar Portiston ging was ik van plan bij Marinella's langs te gaan, maar iedere keer kwam ik daar ook weer op terug. Ik kon de gedachte om in de wantrouwende ogen van Nathalie te moeten kijken niet verdragen. Daardoor voelde ik me als ik naar Portiston ging extra eenzaam, maar wegblijven kon ik ook niet.

26

Na haar afstuderen kreeg Lynnette een baan bij een muziekuitgeverij in Londen. Sindsdien kwam ze alleen maar af en toe een weekendje naar Portiston, en ze was veranderd, volkomen veranderd.

Haar bezoekjes werden steeds korter en ik genoot er steeds meer van, en als ze wegging voelde het hoge oude huis leeg en verdrietig aan. Ze had het af en toe over een man, Sean, en ik denk dat mam en ik allebei wisten dat we haar binnenkort voor altijd aan Londen zouden kwijtraken.

Als Lynnette er was, was ons huishouden nog niet bepaald druk, maar het was levendiger en kleurrijker. Ik had iemand om mee te praten en een reden om thuis te komen. Maar als Georgie in de universiteitsvakanties naar Portiston kwam, had ik ook een reden om juist weg te gaan.

Het jaar waarin ik zeventien werd konden we geen genoeg van elkaar krijgen. We hadden een heerlijke tijd. Hij toeterde als het pontveer bijna aan het strand was en dan verzon ik zo nodig snel een of andere uitvlucht en rende naar buiten. Als de auto's het veer afgereden waren, hadden we nog een uur voordat de pont weer terug moest. Terwijl de auto's die erop wilden een rij vormden op de parkeerplaats, trokken Georgie en ik ons achter de oprit naar de pont terug en hadden daar snelle, opwindende seks. We gooiden de condooms op het strand en die bleven daar liggen als een soort bleke, breekbare zeeschepsels, kwetsbaar en slijmerig, die op de kiezels waren gespoeld. God, ik dacht echt dat ik van Georgie hield. Die olieachtige lucht van de veerpont, het spleetje tussen zijn tanden, de manier waarop hij in de golven spuwde, zijn magere dierlijke lichaam, zijn smalle gezicht. 's Avonds wilde hij naar de pub, maar de pubs in Portiston wilden mij niet schenken omdat de eigenaars me allemaal kenden vanaf dat ik drie turven hoog was, en als goede christenen respect hadden voor mijn moeders opvattingen aangaande alcohol. Daarom reed ik dus bij Georgie achter op zijn Yamaha naar pubs op het platteland en zat ik met een glas cider te bibberen op een armoedig caféterras. Ik verlangde naar hem als ik bij hem was en als ik niet bij hem was.

Maar toen was de vakantie van de universiteit voorbij en Georgie ging weg. Na zijn vertrek verviel ik in een humeurig stilzwijgen. Ik miste de seks en de dope en de motor en ik wikkelde me in het met olie besmeurde spijkerjasje dat hij me gegeven had.

Mijn moeder had geen last meer van migraine. In plaats daarvan bracht ze haar dagen door met kerkzaken en meneer Hensley. Ze was lid van verschillende comités en organisaties. Ze hielp met de bloemen en ze organiseerde koffieochtendjes om geld in te zamelen voor een nieuw dak. Nijver maakte ze nieuwe bekleding voor de versleten knielkussens. Minstens één keer per week kwam er een groepje oudere mannen en vrouwen, allemaal ouder dan mam, bij ons thuis om koffie met veel melk te drinken en slappe biscuitjes te eten terwijl ze een lange agenda doorworstelden of vergaderden over het oefenrooster voor een of ander kerkkoor. Meneer Hensley vond het natuurlijk heerlijk dit soort bijeenkomsten voor te zitten, maar waarom het comité hém tolereerde, weet ik niet. Alles aan hem irriteerde me, de manier waarop hij op zijn hielen heen en weer wiegde, zijn broekspijpen die op de knieën glommen en die net even te kort waren zodat je de rossige haren op zijn benige enkels kon zien wanneer hij ging zitten, zijn grote flaporen, zijn rode pukkelige nek, de misselijkmakende manier waarop hij zijn keel steeds schraapte, het slijm weghoestte en in zijn zakdoek spoog, om het vervolgens uitgebreid te bekijken

Ik vond het al vies iets aan te raken wat hij had aangeraakt. Ik wist zeker dat hij het type was dat zijn handen niet waste als hij naar de wc was geweest. Ik stelde in gedachten een lijst op van alles wat meneer Hensley ooit had aangeraakt, met inbegrip van de meubels, en ik vermeed contact met die besmette spullen. Omdat ik niet zeker kon weten of het bestek wel schoon was, at ik alleen nog maar voedsel dat ik zelf had bereid, of dat ik met mijn vingers kon eten. Ten gevolge daarvan viel ik af. Ik wist dat het me wel goed stond, zo mager. Ik verlangde naar Georgie, ik wilde mezelf in zijn ogen weerspiegeld zien.

Mam was, denk ik, gelukkiger dan ze ooit was geweest, hoewel het zonneklaar was dat ze Lynnette verschrikkelijk miste. Iedere keer dat mijn zusje weer wegging, was mam twee dagen bezig haar kamer schoon te maken, de gordijnen en het beddengoed te wassen en het er zo gezellig mogelijk te maken voor als Lynnette weer terug zou komen.

Ik heb nooit echt het gevoel gehad dat ze me weg wilde hebben, maar ik wist dat ze het niet erg zou vinden als ik ook uit huis zou gaan. Toch ging het redelijk. Zolang ik me verstandig gedroeg, het huis niet al te zeer overhoop haalde en haar geen reden gaf zich zorgen te maken over wat de buren zouden denken, ging het prima tussen mijn moeder en mij.

Met het vertrek van Lynnette verdween ook onze dagelijkse huishoudelijke routine. Mam nam niet meer de moeite voor ons tweeën te koken, en daar was ik dankbaar voor: het was een opluchting. Ik voelde me niet tekortgedaan, ik vond het prima om voor mezelf te zorgen, zelf mijn broodjes te smeren, zelf de kaas te raspen en zelf een blikje tomatensoep op te warmen. Ik waste alle keukenspullen af voordat ik begon, om alle sporen van meneer Hensley uit te wissen.

We leidden allebei ons eigen leventje, zij en ik.

Als er geen kerkvergadering bij ons thuis was, was het er stil. Mam luisterde af en toe naar Radio Two (Terry Wogan deed haar glimlachen), maar ze had een afkeer van tieners en van wat zij bestempelde als 'moderne muziek'. Dus vroeg ik nooit iemand mee naar huis en sloop ik op kousenvoeten rond als mam thuis was.

Als ze weg was, was het heel anders. Dan zette ik de radio hard en danste in de huiskamer, ik verzon mijn eigen passen, ik zwaaide en draaide en sprong op meubels en er weer af.

Ik rende de trap op en probeerde allerlei verschillende outfits uit. Ik stak mijn haar op, of naar achteren, maakte er vlechten in, of een knot, of een lus, ik maakte het glad, zette er golven in of kleine krulletjes. En daarna experimenteerde ik met make-up en trok gezichten in de spiegel. Ik keek sexy, pruilend, uitdagend, kwaad, arrogant, verveeld, verdrietig en krankzinnig. En dan rende ik gekleed als een popster de trap weer af en zette de muziek nog harder en danste op retro-punkmuziek terwijl ik ondertussen in de keuken iets te eten klaarmaakte. Ik had altijd honger als ik alleen was, en ik kreeg geen hap door mijn keel als mam en meneer Hensley thuis waren.

Soms lag ik urenlang te telefoneren met Anneli. Op mijn buik op de grond in de gang, mijn benen achter me opgetrokken en met zwaaiende voeten wisselde ik dan geheimen met haar uit. Ik vertelde haar wat ik met Georgie had gedaan en zij was even ontzet als onder de indruk. De relatie met Marc was met wederzijdse instemming omgezet in een nauwe vriendschap, meer niet. Toch mocht ze nog steeds in Marinella's achter de coulissen komen, alsof ze erbij hoorde, en ze vertelde aan mij wat er in de familie allemaal gaande was: dat de plannen voor het huwelijk van Carlo en Sheila steeds vaster vormen aannamen, dat Nathalie en Angela twee handen op een buik waren en steeds zaten te fluisteren en plannetjes uit te broeden. Dat waren heerlijke gesprekken.

Als ik niet op school zat, besteedde ik mijn tijd het liefste aan mijn dagboek. Het was geen echt dagboek, maar een gelinieerd schrift met een blauwe harde kaft. Ik schreef er trouw in. Soms niet meer dan een paar woorden, maar op andere dagen deed ik compleet, geillustreerd verslag van gebeurtenissen, gedachten, gevoelens; ik nam zelfs songteksten op. Als ik geweten had tot wat voor ellende dat zou leiden, had ik het nooit gedaan.

27

'Hoe gaat het? Schiet het een beetje op?'

De professor zag er voor zijn doen bijna vrolijk uit. Hij liet zijn autosleuteltjes tegen elkaar tinkelen en had duidelijk een nieuwtje. Het was woensdagmiddag.

'Het gaat goed,' zei ik. 'Hoe meer ik te weten kom, hoe leuker ik het vind.'

'Zou je het kopen, als het een boek was?' vroeg hij.

'Natuurlijk. En ik zou het al mijn vrienden met kerst cadeau doen.'

'Mooi, mooi.'

'Het wordt vast een bestseller.'

'Je moet het er ook weer niet al te dik bovenop leggen. Waar ben je nu?'

'Nou, het ligt allemaal niet precies op chronologische volgorde, maar ik ben bij het stuk waar Marian Rutherford naar Engeland komt om haar uitgever te bezoeken.'

'Jij komt zelf uit Portiston, toch?'

Ik knikte.

'Zou je het erg vinden om mij daar vanmiddag naartoe te rijden? Ik moet wat foto's nemen van het huis van de uitgever.'

Het was een prachtige dag, zacht en warm, en ik kon moeilijk iets verzinnen wat plezieriger of meer ontspannen zou zijn dan een tochtje naar de kust. Ik wist waar het huis van Andrew Bird stond, ik kon mezelf nuttig maken.

De professor vroeg aan me of ik met zijn auto wilde rijden. Ik verwachtte iets ouds en typerends, maar het bleek een rode Toyota Celica te zijn.

'Wauw,' zei ik.

De professor krabde achter zijn oor, een teken dat hij tevreden was.

'Mijn studenten noemen het mijn MLC Turbo,' zei hij.

'Sorry, maar ik heb weinig verstand van auto's.'

'Mid Life Crisis,' legde hij uit. 'Ik heb hem gekocht toen mijn vrouw bij me weg was gegaan. Ze dachten waarschijnlijk dat ik op de versiertoer wilde.' Hij lachte zachtjes en dat was zo aanstekelijk dat ik ook begon te lachen.

'Ik heb in geen tijden in zo'n auto gereden,' zei ik. Als gevolg van Luca's ongeluk voelde ik me eigenlijk in geen enkele auto op mijn gemak, behalve dan in mijn dierbare Clio.

'Het gaat vast goed, ze rijdt heel lekker, eitje,' zei de professor, terwijl hij zich enigszins onhandig dubbelvouwde om in de passagiersstoel plaats te nemen. 'Als jij rijdt, kan ik er overal zo uit springen om foto's te maken.'

'Sorry hoor, maar dat zal nog niet zo gemakkelijk gaan,' zei ik. 'U ligt bijna.'

Hij glimlachte. 'Nou ja, we hebben toch geen haast?'

Nee, inderdaad. Ik reed zelfs voor mijn doen tenenkrommend langzaam en zeer voorzichtig. Als iemand aanstalten maakte om van de stoep af te stappen en zich op de rijweg te begeven, remde ik meteen af. Maar als het de professor al opviel hoe voorzichtig ik was, liet hij dat niet merken. Hij zette zijn bril op, bestudeerde de papieren op zijn schoot en zei af en toe: 'Hmm, tja...' of iets dergelijks. Tegen de tijd dat we de stad uit waren en op de weg naar Portiston reden, had ik er echt plezier in.

We stopten boven op de heuvel waarvandaan je uitzicht over de stad had. Vanaf dit punt kon je er niet veel van zien, alleen de terminal van het pontveer waar Georgie en ik al die jaren geleden van elkaar gehouden hadden, en de daken van de huizen en winkels in het bovenste deel van de stad en de kerktoren.

'Dit is de enige weg die naar Portiston leidt, dus moet Marian Rutherford hier langsgekomen zijn,' zei de professor. 'Ik moet een foto nemen.'

Hij worstelde zich overeind uit zijn lage stoel en prutste een tijdje aan het fototoestel.

'Olivia,' riep hij toen. 'Heb jij verstand van digitale camera's?'

Soms was ik er vrijwel zeker van dat die onhandigheid in technische zaken van hem gewoon aanstellerij was. Ik kneep mijn ogen dicht en tuurde door de voorruit naar hem.

'Ik krijg hem niet aan de praat,' zei hij hulpeloos.

In een halve minuut had ik hem uitgelegd hoe hij met het ding om moest gaan en toen haalde ik diep adem, snoof de zeelucht op en genoot van het uitzicht beneden op de door zonlicht beschenen golven, en de witte vogels die rond Seal Island in de lucht dansten terwijl hij de foto's nam.

'Hoe lang heb je in Portiston gewoond?' vroeg hij toen we weer in de auto zaten.

'Tot mijn achttiende,' zei ik.

'En daarna ben je naar de universiteit gegaan?'

Ik glimlachte en stuurde de auto door een haarspeldbocht die ik heel goed kende.

'Nee, nee, ik heb niet gestudeerd.'

'O.'

Hij stelde geen vragen meer en het bleef vrij lang stil tussen ons terwijl we naar beneden de stad in reden. Ik was niet van plan die stilte te doorbreken.

'Waar wilt u heen?' vroeg ik toen we de hoofdstraat in reden. 'Het huis van Andrew Bird?'

'Weet je waar het is?'

'Natuurlijk. Ieder basisschoolkind in Portiston weet dat. Echt, professor, het is ongeveer het enige beroemde gebouw in de stad.'

'Je hebt ook nog dat bijzondere art-decorestaurant.'

Ik ging er niet op in.

'Dat staat op de monumentenlijst, hoor. Als we tijd over hebben, kunnen we daar een hapje gaan eten.'

Het huis van Andrew Bird was er een in een rijtje van zes aan de noordkant van het strand. Als Marian Rutherford de oceaan was overgestoken in de verwachting dat de ontmoeting met de man met wie ze jarenlang een literaire correspondentie had onderhouden romantisch zou zijn, kwam ze bedrogen uit. Terwijl we nog in de auto voor het huis zaten las de professor haar eigen beschrijving van haar uitgever voor, die waarschijnlijk een hartaanval had gehad toen zij onderweg was uit Amerika.

'Ze noemde hem een "zielig, krom, bleek, oud schepsel, met een piepende borstkast en troebele ogen, die eerder hing dan zat in een strandstoel in de schaduw van een pruimenboom waar hij van de geur van de rozen kon genieten",' zei de professor.

'Niet bepaald een adonis, dus.'

'Nee. Ze merkte direct dat hij zelfs niet wist wie ze was en haar kennelijk verwarde met het dienstmeisje. Hij schold haar uit omdat ze hem iets vroeg.'

'O, jee,' zei ik. 'Die arme Marian.'

'Ach, ik zou geen medelijden met haar hebben,' zei de professor. Hij deed zijn portier open. 'Als ze niet naar Portiston was gekomen, had ze haar beste werk nooit geschreven en haar grote liefde nooit gevonden.'

'Ik dacht dat ze nooit getrouwd is?'

'Aha,' zei de professor. Hij schonk me een van zijn zeldzame maar prachtige glimlachjes. 'Je hebt het eind nog niet gelezen.'

Het huis waar Andrew Bird gewoond had, had een lange, smalle voortuin, nu grotendeels geasfalteerd, en een blauwe gedenksteen aan de muur naast de voordeur, maar het was nu, net als de buurhuizen, een bed & breakfast. De eigenares verwachtte ons al en liet trots alle Rutherford/Bird-memorabilia zien die ze in de loop der tijd verzameld had. Ze had een aantal waardevolle en zeldzame eerste drukken in een boekenkast met glazen deuren, en een aantal ingelijste foto's die in de lange smalle gang hingen, van beroemde bezoekers van het literaire festival.

Ik dronk in de keuken een kopje thee en luisterde naar haar anekdotes terwijl de professor foto's nam in de tuin waar die twee literaire giganten elkaar voor het eerst zagen. Ik keek door het keukenraam, over de vensterbank heen die vol stond met plastic bloemen en vazen met potloden en andere prullaria. Ik sloeg hem gade terwijl hij daar rondneusde en zich duidelijk kostelijk vermaakte. Hij inspecteerde de inhoud van de bloembedden en keek toen op naar het klif dat boven de tuin uit rees. Ik vermoedde dat hij zich afvroeg of er een plant bij stond die de aankomst van Marian Rutherford had meegemaakt. Ik zag niets wat op een pruimenboom leek.

Toen hij klaar was, reden we het stadje weer in en de professor nam foto's van het schattige huisje waarin Marian, met onderbrekingen, de rest van haar leven gewoond had. Nu was het het Rutherford Museum, naast de snoepwinkel in Church Street, hier had ze haar meest geliefde en bekendste boek geschreven. Dit kostte tijd, want toevallig was het een van de zeldzame dagen buiten het seizoen dat het museum open was. De curator, een vinnige, afschrikwekkende vrouw die mevrouw Scritch heette en die ik me nog uit mijn schooltijd herinnerde, zag ons rondscharrelen en kwam naar buiten, erop gebrand om te weten te komen wat de professor van plan was en om een aantal belangrijke feiten recht te zetten.

'Wacht maar,' zei de professor toen hij weer in de auto zat. Hij wreef tevreden in zijn handen bij de gedachte. 'Wacht maar tot mijn boek uitkomt. Ze zal er helemaal niet blij mee zijn.'

'Gaat u iets schokkends onthullen?'

'Ja,' zei hij. 'Ik moet nog het een en ander natrekken, maar ik geloof echt dat ik iets heb. Moeten we meteen terug, of zullen we even koffie gaan drinken bij dat restaurant? Ik trakteer.'

Ik had gehoopt dat hij het vergeten was.

'Ik rij u er wel naartoe,' zei ik, 'maar ik blijf zelf liever in de auto zitten.'

De professor keek me even van terzijde aan. Hij had natuurlijk allemaal lastige vragen kunnen stellen, maar het enige wat hij zei was: 'Nou ja, we moeten toch eigenlijk terug. Ik moet nog meer onleesbare onzin opschrijven zodat ik jou aan het werk kan houden met het terugvertalen naar normaal Engels.'

Ik glimlachte.

Dat vond ik zo prettig aan hem. Hij liet me in mijn waarde. En ik stelde hem ook nooit vragen.

28

Als Lynnette thuis was, was er veel vraag naar haar als babysitter. Haar reputatie dat ze eerlijk, betrouwbaar en nuchter was, was haar vooruitgesneld. In een klein stadje als Portiston heeft iedereen met iedereen te maken, en alles wat iemand ooit doet of zegt wordt opgeslagen in een soort gemeenschappelijke geheugenbank en kan op elk geschikt moment weer naar boven gehaald worden. Dus toen Lynnette een zaterdagavond op het kleindochtertje van onze buren had gepast en het er prima vanaf gebracht had, werd deze prestatie netjes genoteerd. Al snel werd als iemand een babysit nodig had Lynnette gebeld.

Maar toen ze voorgoed weg was, was het baantje van babysit vacant in de stad. Ik wilde die vacature dolgraag invullen.

Ik had van Lynnette gehoord dat de ouders van Portiston bijzonder blij waren met iemand die lief was voor hun kinderen, maar tegelijk in staat was om ze in bed en in slaap te krijgen voor de ouders weer thuiskwamen. Ik wist ook dat die ouders zich overdreven schuldig voelden als ze op de afgesproken tijd nog niet terug waren. Als ze hadden beloofd dat ze om half twaalf thuis zouden zijn en pas om één uur kwamen aanzetten, dan hadden ze de neiging het dubbele, en soms wel het driedubbele te betalen van wat afgesproken was. En dat soort onverwachte meevallertjes had je voortdurend.

Helaas was mijn reputatie in de gemeenschappelijke geheugenbank lang niet zo geweldig als die van mijn zusje. Iets van haar glorie straalde onvermijdelijk enigszins op mij af, maar toch twijfelde men of ik wel betrouwbaar genoeg was. Maar goed, nood breekt wet en al snel drong het tot de jonge ouders in Portiston door dat een oppas van wie je niet helemaal zeker bent nog altijd beter was dan geen oppas, en zo had ik in de wintermaanden regelmatig werk, voordat Marinella's weer fulltime openging en ik het baantje dat ik het allerleukst vond weer op kon pakken.

Ik had een stuk of drie, vier vaste klanten, maar op één gezinnetje was ik bijzonder gesteld.

De Parkers woonden in een van de grote nieuwe vrijstaande huizen langs de uitgaande weg naar Watersford. Het waren bakstenen huizen, met erkers aan de voorkant, een interne garage en een geplaveide oprit. Zo'n huis was het toppunt van luxe en elegantie. Het lekte niet, het tochtte er niet, het kreunde en kraakte niet en het rook er niet muf, zoals in de oude huizen in de rest van de stad.

Bovendien was het huis van de familie Parker prachtig ingericht. De kleden waren dik en zacht, iets totaal anders dan de stoffige versleten kleden die wij thuis hadden. Hun bankstel was weelderig, zacht en bol, de badkamer was verwarmd en het rook er heerlijk. Ze hadden centrale verwarming zodat je nergens die te warme en te koude plekken in huis had waar ik aan gewend was, je hoefde niet met z'n allen om de haard in de zitkamer te kruipen om het behaaglijk te hebben, het was overal warm. De kinderen konden zelfs midden in de winter nog in hun pyjamaatje rondlopen.

Er waren twee kleine Parkertjes, Jessie en Cal, en de derde was op komst. Het waren echte schatjes, met grote ogen, donkere wimpers en zijdeachtig haar. Ik kwam natuurlijk pas als de kinderen naar bed moesten en al in bad geweest waren en naar babyshampoo en talkpoeder roken. Ze kropen gezellig tegen me aan, ieder aan een kant, op de kussens op die royale bank, in hun flanellen pyjamaatjes, die van Jessie met roze konijntjes en die van Cal met gele eendjes. Met slaapogen, duim tussen hun roze lipjes, keken ze naar de plaatjes in het boek terwijl ik de bladzijden omsloeg en een verhaaltje voorlas. Als ik ze naar boven bracht om naar bed te gaan, protesteerden ze niet. Ze zeurden niet om langer op te blijven, maar hun kamers waren ook zo mooi, warm en uitnodigend, dat dat eigenlijk helemaal niet vreemd was.

Mevrouw Parker was, in mijn ogen tenminste, de verpersoonlijking van het begrip vrouw. Ik wilde net zo zijn als zij, terwijl ik niet echt haar wilde zijn. Ze was klein, had een weelderig figuur en was erg leuk om te zien. Ik kende niemand met zulke goedverzorgde nagels en haar glanzende honingblonde haar zat altijd goed. Ze had een enorme schoenenverzameling en de prachtigste kleren. Je kon je mevrouw Parker bijna niet voorstellen terwijl ze haar oksels schoor of haar wenkbrauwen epileerde, maar dat moet ze toch gedaan hebben, want ze zag er altijd onberispelijk uit. Ze heeft me een keer toevertrouwd dat ze iedere ochtend vóór haar man opstond om zich te wassen, haar tanden te poetsen, en haar haar en make-up in orde te maken.

'Als vrouw moet je nooit tevreden zijn, Liv,' zei ze tegen me. Ik wist niet precies wat ze hiermee bedoelde, maar ik heb haar nooit slechtgehumeurd meegemaakt. Ze was altijd vriendelijk, geduldig en lief. Mevrouw Parker kocht cakejes bij de supermarkt en zette er altijd een paar voor mij neer. Wij hadden thuis nooit zoiets, dus voor mij waren ze het toppunt van beschaving op een bordje. Mevrouw Parker zei altijd: 'Zeg maar Annabel', maar dat deed ik nooit, hoewel ik haar naam vaak over mijn tong liet rollen om te oefenen.

Maar het meest was ik toch onder de indruk van meneer Parker. Hij zal halverwege de dertig zijn geweest en hij was anders dan de mannen die ik kende. De leraren op school waren allemaal lelijk en een beetje onappetijtelijk. Ze hadden haren in hun neusgaten en er liepen dikke aderen over de rug van hun handen. Het waren ofwel bottige, knokige mannen met roos op hun schouders, of het waren bleke vochtige wezens met een buik waar de trui omheen spande. De enige andere volwassen mannen die ik regelmatig zag waren de verschrikkelijke meneer Hensley, Maurizio en de vaders van mijn vriendinnen.

Meneer Parker was heel anders.

Hij had een brede glimlach die hij gebruikte als geschenk voor iedereen die dicht genoeg in de buurt kwam. Hij lachte gemakkelijk en vaak, gooide zijn hoofd achterover en schaterde het uit zodat zijn adamsappel op een fascinerende manier op en neer wipte. Hij had geen last van die walgelijke lichamelijke hebbelijkheden die me afkerig maakte van volwassen mannen, zoals in hun oren peuteren of in hun kruis krabben. En het allerbelangrijkste was dat hij me als hij zich tot mij richtte, het gevoel gaf dat ik de enige persoon op de wereld was.

Ik wist dat hij met iedereen flirtte en ik wist ook dat hij wreed kon zijn. En die combinatie maakte hem juist zo ontzettend aantrekkelijk. Het was het geheim van zijn succes. Ik had hem horen telefoneren, het ene moment nog aardig, het volgende meedogenloos terwijl de klank van zijn stem niet in het minst veranderde. Hij werkte in de muziekindustrie en in de garderobe beneden hing een ingelijste gouden plaat. Er werd gezegd dat mevrouw Parker ooit zangeres was geweest en dat ze in de jaren zeventig een keer een nummer 1-hit had gehad, maar ik ben nooit te weten gekomen of dat waar was. Mevrouw Parker mopperde altijd een beetje op meneer Parker als ze aangeschoten thuiskwamen en hij met zijn charmeoffensief begon.

'Kom op, William, plaag dat meisje nou niet, je maakt haar verlegen,' zei ze, terwijl ze in haar tas naar geld zocht om mij te betalen.

'Maar, Olivia, jij bent toch de beste en mooiste oppas in het hele koninkrijk,' ging meneer Parker dan gewoon door. 'Nee, dat neem ik terug, op het hele noordelijk halfrond.'

'Schei nou toch uit, William. Is tien pond genoeg, Liv?'

'Meer dan. Dank u wel, mevrouw Parker.'

'Nee, het is niet genoeg, niet voor zo'n fantastische oppas als Liv. Geef haar nog een vijfje.'

Ik schudde mijn hoofd en mevrouw Parker sloeg haar ogen ten

hemel en zuchtte, alsof ze genoeg had van dit spelletje. En ik trok de deur achter me dicht en liep de heuvel af naar oud Portiston terwijl die heerlijke bijvoeglijk naamwoorden nog nazongen in mijn hoofd.

Als het regende bracht meneer Parker me in zijn Range Rover thuis, ook al had hij een paar glazen drank op. 'Die klote politie is er op een avond als dit heus niet op uit. Die zitten lekker binnen op het bureau met een kop slappe koffie en de kruiswoordpuzzel uit de *Sun*,' zei hij.

Het was altijd warm in de auto omdat de Parkers er net mee naar huis gereden waren, en het rook bedwelmend naar alcohol en sigaar en het parfum van mevrouw Parker. Ik wist hoe het was om mevrouw Parker te zijn als ik naast hem zat, rechtop in het donker, en de bekende weg in het licht van de koplampen zag. Ik voelde me sexy en volwassen. Ik keek af en toe opzij naar zijn knappe profiel dat blauwig verlicht werd door de lichtjes op het dashboard en vroeg me af wat ik zou moeten doen als hij zijn hand op mijn dij legde. Alleen de gedachte al wond me op. Ik wist gewoon dat hij het op een dag echt zou doen.

In de auto vroeg meneer Parker naar mijn leven.

'Heb je een vriendje, Liv?'

'Ja, hij studeert.'

'En met wie ga je dan als hij weg is?'

'Met niemand.'

'Je hebt dus geen parttime vriendje voor als je echte vriend er niet is?'

'Nee.'

'Waarom niet? Je bent een heel mooi meisje. Ik zou denken dat je ze van je af moest slaan.'

Ik bloosde in het donker en trok mijn rok een beetje naar beneden.

'Het is verkeerd.'

'Jezus, Liv, het mag best verkeerd zijn. Je moet een beetje lol maken zolang je de kans hebt.'

'Maar ik maak wel lol! Er zijn alleen niet zo veel jongens in Portiston, en al helemaal geen knappe jongens.'

'En die lange Italiaanse jongen dan? Ik heb gezien hoe hij naar je kijkt.'

'Luca?'

'Ja, die. Die heeft wel wat.'

Ik giechelde en schudde mijn hoofd. 'Hij is leuk, maar hij heeft al een vriendin.'

Meneer Parker draaide de auto onze straat in en zei: 'Nou en?'

Als ik bij de Parkers oppaste en de kinderen sliepen, sloop ik de grote slaapkamer binnen. Ik kon me geen mooiere kamer voorstellen, met licht abrikooskleurig behang, een iets donkerder kleed en een groot bed waarover een crème zijden beddensprei lag. Tegen één wand stond een grote kaptafel met drie ovale spiegels, er was een inloopkast, met aparte gedeeltes voor meneer en mevrouw Parker, en aangrenzend een badkamer met een enorm verzonken bad en een spiegelwand. Ik draaide de doppen van de flesjes met badolie en parfum naast het bad en rook eraan. Het was de geur van geld en Londen en schitter, de geur van mevrouw Parker met haar smalle enkels en gelakte teennagels en prachtige juwelen.

Ik ging aan de kaptafel zitten en depte mijn wangen met haar poederdons en spoot parfum links en rechts van mijn kaken. Haar lippenstift was rood en glanzend en ik zag er hoerig uit als ik hem opdeed. Ik deed haar oorbellen in mijn oren en trok gezichten in de spiegels, ik speelde dat ik gefotografeerd werd door de paparazzi.

Ik durfde niet echt in het bed te gaan liggen, maar ik ging er bovenop liggen en deed mijn ogen dicht en verbeeldde me dat ik met meneer Parker getrouwd was.

'Kom je naar bed, lieveling?' fluisterde ik. Om de een of andere perverse reden had ik het liefst dat hij in een van zijn wrede stemmingen naar bed kwam.

Ik keek in het laatje van het nachtkastje aan mevrouw Parkers kant van het bed. Daar bevonden zich een roman van Danielle Steel in, wattenschijfjes, een potje Oil of Olaz en een boek over zwangerschap met interessante plaatjes erin van de verschillende ontwikkelingsstadia van de foetus. Ik keek niet in de la van meneer Parker. Ik was een beetje bang voor wat ik daar aan zou kunnen treffen en bovendien vreesde ik dat hij er op de een of andere manier achter zou komen.

Ik was stapelgek op de familie Parker, en dus kwamen ze steeds meer voor in mijn dagboek. Achteraf bezien heb ik onnodig veel bijzonderheden opgeschreven.

Op een avond legde meneer Parker in de auto op weg naar huis inderdaad zijn hand op mijn dij. Hij deed het terloops, op een vriendschappelijke manier, dus ik wist niet zeker of hij er iets mee bedoelde. Ik reageerde niet, maar ik hoorde niets meer van wat hij zei, en het enige wat ik kon voelen waren die sterke, warme vingers die mijn been vastgrepen. Hij parkeerde de Range Rover een klein eindje voor mijn huis en zei: 'Wat dacht je van een zoen?'

Het was heel anders dan zoenen met Georgie. Het was een volwassen, zachte, ervaren zoen die me opwond zoals ik nog nooit was opgewonden, en tegelijkertijd streek hij heel zachtjes met de rug van zijn hand over mijn tepels. Ik maakte een geluidje, ik kreunde een beetje en hij liet me los en zei lachend: 'Je kunt wel een eitje op je bakken!'

Ik begreep werkelijk niet wat hij bedoelde.

Vanaf dat moment ging het verder. En ik schreef het allemaal trouw op in mijn dagboek. Ik verstopte het dagboek onder mijn matras. Het kwam geen seconde bij me op dat iemand anders er wel eens in zou kunnen kijken. Laat staan mijn moeder.

29

'Liv? Met mij.'

'Marc...?'

'Sorry dat ik je wakker heb gemaakt.'

'Wat is er? Is er iets gebeurd?'

'Nee, niet echt. Ik wil gewoon...'

Ik liet mijn hoofd weer op het kussen zakken. 'Marc...'

Door de telefoon hoorde ik het geklik van een wegwerpaansteker omdat achttien kilometer verderop naar het oosten Marc zijn best deed om een sigaret aan te steken.

'Ik kon niet slapen.'

'Nee.'

'Ik droomde.'

'Van Luca?'

'We waren weer kinderen.'

'Was het een prettige droom?'

'Ja, absoluut. We voetbalden op het landje. Luca commandeerde iedereen.'

'Dat deed hij altijd.'

'Ja, soms was het een behoorlijk arrogante klootzak.' Marc nam een stevige trek van de sigaret. 'En in de droom zei ik tegen hem dat ik dacht dat hij dood was maar dat hij er nu toch was en hij lachte en zei tegen mij dat ik niet zo stom moest doen en alles was in orde en gewoon. Dus voelde ik me opgelucht. Ik dacht zijn dood een droom was en toen…'

'Toen werd je wakker?'

'Ja. En ik probeerde Nathalie wakker te maken om met haar te praten maar zij…'

Hij zuchtte diep en zweeg terwijl ik voor me zag hoe de slaperige Nathalie Marc haar norse, stevige rug toekeerde. Ik zag zijn tranen en wist hoe eenzaam hij zich gevoeld had en mijn hart ging naar hem uit, maar ik zei: 'Daar kan ze niets aan doen, Marc.'

'Maar ik moet over hem praten.'

'Het is mijn schuld,' zei ik met brandende ogen.

'Nee, helemaal niet. We zouden samen moeten zijn. Als wij nu samen waren, zou alles veel beter zijn.'

Hij blies de rook weer uit, het klonk beverig. 'Ik hoorde dat je vandaag in Portiston was.'

'We hebben foto's genomen voor het boek van de professor.'

'Waarom ben je niet naar Marinella's gekomen?'

'Dat weet je best.'

'Dan had ik je gezien, dat was tenminste iets geweest.'

Ik wreef over mijn ogen. Ik was doodmoe.

'Volgend weekend,' zei hij en ik zag zijn gezicht voor me, omhuld door rook, zijn donkere diepliggende ogen en de stoppels op zijn kaken. 'Volgend weekend moet ik naar Ierland voor een vrijgezellenavond. Als jij het goed vindt, kunnen we samen weggaan.'

'Het hele weekend?'

'Ja.'

'Ik weet niet, Marc. Stel dat…'

'Alsjeblieft, zeg dat je met me meegaat. Voor mij. Voor Luca.'

'Oké,' zei ik.

We praatten nog even. Marc zei dat hij zich rustiger voelde. We wensten elkaar welterusten, we fluisterden lieve woordjes. Het was zo laat dat ik door mijn raam zonder gordijnen zag dat de hemel al een beetje licht werd. Ik tastte onder mijn bed naar de fles gin, schonk een laag van een paar vingers dik in een glas en sloeg het in één teug achterover. Ik wist dat ik daar morgen op mijn werk last van zou hebben, maar ik wilde mijn schuldgevoel een beetje sussen zodat ik weer kon gaan slapen, in het zalige vooruitzicht van een heel weekend waarin ik me niet alleen zou voelen.

30

Het was aan het begin van het eerste trimester van mijn laatste schooljaar. Op de dag dat mijn achterdochtige moeder mijn dagboek vond en het gedetailleerde en zwaar geromantiseerde verslag las van mijn relatie met William Parker, bezochten Anneli en ik, en de rest van de zesde klas, het plaatselijke beroepskeuzeadviesbureau. Anneli wilde naar de universiteit om medicijnen te studeren. Ze wilde in Afrika voor Artsen zonder Grenzen of zo'n soort organisatie gaan werken. Niemand ging ervan uit dat mijn cijfers hoog genoeg zouden zijn om toegelaten te worden tot de universiteit, maar dat kon me niet schelen omdat ik, geïnspireerd door meneer Parkers betoverende anekdotes over de amusementswereld, vastbesloten was actrice te worden.

De middelbare school voor meisjes van Watersford was een instelling die terecht trots was op haar resultaten op academisch gebied en op haar campagne om gelijke arbeidsrechten te verwerven voor vrouwen. De scholieres werden aangemoedigd om zich in de zakenwereld te begeven en het glazen plafond te doorbreken, nieuwe wegen te bewandelen en te bewijzen dat wij hetzelfde konden als onze mannelijke tegenspelers, maar dan beter. Niemand was bijzonder onder de indruk toen ik, die nooit de minste belangstelling had getoond voor naschoolse activiteiten zoals de toneelclub, aankondigde dat ik een ster wilde worden op het toneel, de film en op tv (maar niet noodzakelijk in die volgorde). Men vond dat niet bepaald een ambitie waarmee je voor de dag kon komen.

Terwijl mam op mijn onopgemaakte bed zat en las wat meneer Parker precies met zijn tong had uitgevoerd, zat ik met juffrouw Keane in een stoffig kantoortje met hoge ramen. Zij probeerde me er op dat moment van te overtuigen dat de amusementsindustrie een wrede, meedogenloze wereld was, en dat het bijzonder moeilijk was er voet aan de grond te krijgen als je de juiste mensen niet kende.

'Je kunt geen cursus volgen om een rolletje bij *Neighbours* te krijgen, Olivia,' zei ze. 'Je zult je van onder af omhoog moeten werken.'

'Dat vind ik prima,' zei ik.

'En alleen mensen met heel erg veel talent halen de top,' zei juffrouw Keane. De onuitgesproken suggestie, die me niet ontging, was dat ik niet tot die mensen behoorde.

'Ik wil je niet ontmoedigen, Olivia, maar het zal heel moeilijk worden. Waarom ga je geen secretaresseopleiding volgen, dan kun je altijd nog via die weg bij de BBC terechtkomen.'

Mam zei ook altijd dat ik een secretaresseopleiding moest volgen. Ook haar negeerde ik.

Ik had niet het flauwste vermoeden wat me boven het hoofd hing toen Anneli en ik die dag van school weggingen. We gingen langs de bakker en kochten allebei een donut en een blikje Coca-Cola voor onderweg naar huis en toen slenterden we naar de bushalte terwijl we etalages bekeken en honderduit praatten. Anneli had een veel constructiever gesprek over haar loopbaan gevoerd dan ik. Juffrouw Keane had haar de adressen gegeven van verschillende grote internationale medische liefdadigheidsinstellingen. Er was zelfs kans dat ze een beurs kon krijgen voor haar universitaire studie. Ik vond het fijn dat zij zo blij was. Ik was trots op haar.

We gingen beneden in de bus zitten. We zaten in de zesde klas, we mochten onze eigen kleren dragen, dus wilden we niet geassocieerd worden met de jongere schooljeugd en vooral niet met dat uitgelaten groepje uit Portiston dat de achterbank van de bovenverdieping van de bus monopoliseerde. Ze zaten met schorre stem op te scheppen, te kletsen en te gillen, terwijl ze hun zakje chips en appel voor na school opaten. Die bus was net een mobiele kantine. Ik beklaag degene die die rotzooi op moest ruimen.

We stapten zoals gewoonlijk uit in Portiston en namen op het kruispunt bij de krantenkiosk afscheid van elkaar met een kleine knuffel. Toen liep ik naar huis.

Zelfs toen ik binnen was, besefte ik nog niet dat er iets mis was.

'Hoi, ik ben er weer,' riep ik, terwijl ik mijn tas bij de voordeur neerkwakte, mijn schoenen uitschopte en mijn jasje ophing.

Ik liep op mijn sokken door de gang naar de keuken en bleef toen stilstaan. Mam zat aan de keukentafel, met een kop thee voor zich. Ze zag er verwilderd uit, met holle ogen en de huid lag strak over haar botten. Ze kneep haar lippen opeen. Naast haar zat mevrouw Parker, hoogzwanger en lijkbleek. Op haar wangen zaten donkere vegen van de mascara en in de asbak voor haar lag een mentholsigaret te smeulen. Meneer Hensley stond bij het raam met zijn rug naar me toe, maar ik kon aan zijn schouders en aan de stand van zijn afschuwelijke kleine hoofd zien dat er iets verschrikkelijks was gebeurd.

Even dacht ik dat er iemand overleden was, maar als dat het geval was, wat deed mevrouw Parker dan in onze keuken? Ik keek van het gezicht van mam naar dat van mevrouw Parker. Ze staarde naar het kopje dat ze vasthield en wilde duidelijk absoluut niet naar mij kijken. Ik had toch niets misdaan? Ik dacht koortsachtig na maar toen zag ik het dagboek op tafel liggen en dat trof me alsof ik een klap in mijn gezicht gekregen had.

'Heb jij in mijn dagboek zitten lezen? Nee toch!' gilde ik tegen mijn moeder, zowel ontzet als woedend. 'Dat is privé. Je hebt het recht niet!'

Natuurlijk was dat achteraf gezien het domste wat ik had kunnen zeggen.

Mijn moeder kwam langzaam overeind. Ze trilde van woede, ik had haar nog nooit zo meegemaakt.

'Hoe kon je, Olivia? Hoe kon je zoiets doen? Een getrouwde man versieren! Ik schaam me diep over je.'

'O, nee,' riep ik, terwijl ik onwillekeurig mijn handen wrong. 'Nee, dat heb ik niet gedaan!'

Op dit moment klonk er een snik en mevrouw Parker legde haar hoofd op haar armen. Haar schouders schokten. Ze jammerde zachtjes. Mam legde een hand op haar rug en streelde haar.

'Schaam je je niet?' vroeg meneer Hensley. 'Kleine, gemene slet!'

'O, nee,' riep ik weer. 'Ik ben geen slet.'

'Hoe kun je het nog ontkennen!' ging hij verder. 'Het staat hier allemaal geschreven. Je hebt je eigen schunnige biecht zelf opgeschreven.'

'Nee.' Ik sloeg mijn handen in elkaar en schudde mijn hoofd. Ik zocht wanhopig naar een uitweg. Ik dacht niet aan mezelf, ik dacht aan meneer Parker en aan wat hij zou zeggen als hij erachter zou komen wat er gebeurd was. 'Ik heb het verzonnen,' riep ik. 'Het is niet waar. Het is allemaal verzonnen.'

'Ik wist dat je dat zou zeggen,' zei mam. 'Maar dat is niet zo. Want alle details kloppen.'

Mevrouw Parker hief haar hoofd op. De tranen hadden vlekken achtergelaten op haar gezicht en ze zei: 'Ik wist dat hij een vriendin had, ik *wíst* het gewoon. Maar ik vertrouwde jou, Olivia, ik ben altijd lief voor je geweest.'

'O, mevrouw Parker,' riep ik, 'ik zou nooit iets doen wat u zou kwetsen. Echt niet.'

'Je bent precies je vader,' zei mam. 'Walgelijk.'

Ik huilde nu, ik was wanhopig. 'Ik heb het allemaal verzonnen! Meneer Parker heeft me met geen vinger aangeraakt! Echt niet!'

Mevrouw Parker deed haar tas open en haalde er een zakdoek uit. Ze veegde haar gezicht af terwijl ze nog nasnikte. Ik keek wanhopig van haar naar mijn moeder.

'Jullie moeten me geloven. Jullie mogen het niet aan meneer Parker vertellen. Hij heeft nooit iets gedaan.'

'Waar het om gaat, Olivia,' zei mevrouw Parker nu iets rustiger, 'is dat mijn echtgenoot een reputatie heeft met domme kleine meisjes zoals jij. Je bent niet de eerste, en je zult ook niet de laatste zijn.'

'O, god!' zei mijn moeder huilend en ze wendde haar hoofd af.

Ik was buiten mezelf. Ik geneerde me kapot dat deze twee vrouwen en meneer Hensley de pikantere delen van mijn dagboek hadden gelezen, maar dat was nog niets vergeleken bij de gedachte dat meneer Parker te horen zou krijgen wat ik precies over hem geschreven had.

'De vorige keer dat ik in verwachting was is het ook gebeurd,' zei mevrouw Parker treurig. 'Toen was het een delletje van kantoor. Het is gewoon onverdraaglijk dat het dit keer iemand is die ik kende en aardig vond en vertrouwde.'

Ik wilde echt mijn verontschuldigingen aanbieden. Ik zou alles willen doen om het goed te maken, maar ik dacht nog steeds dat het het beste zou zijn als ik de vrouw ervan kon overtuigen dat het allemaal verzonnen was. 'Mevrouw Parker, alstublieft,' zei ik en ik keek haar smekend aan. 'Alstublieft, gelooft u me toch. Het is allemaal niet waar.'

Mevrouw Parker schudde alleen triest haar hoofd en snoot haar neus. Mijn moeder legde haar hand zachtjes op haar arm.

'Ik heb ze horen praten over jou en die jongen van de veerpont. Ik heb gehoord dat je het met iedereen doet, maar dat heb ik nooit geloofd,' zei mevrouw Parker.

'Ik doe het niet met iedereen,' zei ik treurig. 'Ik heb het nog nooit met iemand gedaan.'

'Moge God het je vergeven,' zei meneer Hensley.

'Ik vergeef het je nooit,' zei mevrouw Parker.

'Ga naar boven, Olivia,' zei mam met ijskoude stem. 'Ik wil nu niet met jou in één kamer zitten.'

Mijn lot was bezegeld, en mijn reputatie was naar de knoppen.

31

Het plan was als volgt. Ik zou in mijn eentje naar het vliegveld gaan. Iemand van de familie zou Marc afzetten. We zouden elkaar vrijdagavond in de Pret a Manger treffen en samen de vlucht naar Shannon nemen. We zouden een bed & breakfast zoeken en vrijdagnacht en het grootste gedeelte van de zaterdag samen doorbrengen. Zaterdagavond zou Marc zoals afgesproken naar de vrijgezellenavond gaan. Daar kon hij niet onderuit, omdat Nathalie bij de bruiloft zou zijn en er vrijwel zeker over gesproken zou worden. Als zijn vrienden zo dronken zouden zijn dat ze niet meer zouden merken dat hij er niet meer bij was, zou hij ze afschudden en terug gaan naar mij. Dan zouden we nog een hele zondag samen hebben voor we 's avonds weer terugvlogen. Ik zou bij de bagageband moeten blijven wachten totdat Marc weg was voor het geval iemand hem zou komen afhalen. Na een tijdje zou ik ook weg kunnen en op mijn eigen houtje teruggaan naar de flat. Het feit dat ik door niemand afgehaald zou worden, was bijna een reden om überhaupt niet te gaan. Dat ik in mijn eentje van de gate zou komen en langs al die mensen zou moeten lopen die met een verwachtingsvol gezicht op hun geliefden stonden te wachten, dat ik zelf zou moeten uitzoeken welke bus ik moest hebben... het was net zo aantrekkelijk als in de Clio met honderdtwintig kilometer per uur tegen een dikke, stenen muur aanrijden. Een auto-ongeluk van eenzaamheid, zo zag ik het.

Maar aan de andere kant, redeneerde ik, zou een weekend met Marc me met zo veel positieve energie vervullen dat het niet hinderde dat het slot wat minder was. Net zoals in het gedicht waarin wordt gezegd dat de dood de prijs is die we moeten betalen voor het privilege te leven. Dus keek ik de hele week uit naar vrijdag, soms vergat ik even op te gaan in het onleesbare gekrabbel van de professor en soms miste ik zelfs een voetnoot of een wijziging.

Donderdag vroeg de professor, die lang niet zo in zichzelf opging als zijn reputatie deed geloven, aan me of er iets was.

'Nee,' zei ik, 'er is niets.'

'Maar je lijkt een beetje afwezig.' Hij draaide zich om en glimlachte naar me over zijn brillenglazen.

'Ach, het is gewoon... ik ga een weekendje weg.'

'Maar is dat dan erg?'

'Nee, nee. Alleen, ik, ik bedoel wij, we gaan naar Ierland en ik hou niet van vliegen.'

'O,' zei de professor. 'Is dat het.'

Twee minuten later stootte ik een van de mappen met losse aantekeningen van mijn bureau. De vellen papier dwarrelden naar beneden en gleden over elkaar heen tot ze in een hoop op het stoffige kleed lagen als een platte dode vis op het strand.

'O god,' zei ik. 'Wat erg.'

'Er is geen man overboord,' zei de professor.

Ik bukte me en begon de papieren op te rapen, ik stopte mijn haar achter mijn oren en was me bewust van de rode blos van schaamte die zich als een bloedvlek langs mijn nek verspreidde.

'Wat ontzettend stom van me,' zei ik.

'Het hindert niet,' zei hij. 'Het zijn maar papieren, meer niet.'

'Maar nu ligt alles door elkaar.'

'Dat maakt niet uit,' zei de professor. Hij knielde neer om me te helpen. 'Ze lagen niet op een bepaalde volgorde. Het hindert niets in welke volgorde we ze oprapen, ze zullen heus niet meer in de war liggen dan daarvoor.'

'Normaal ben ik niet zo onhandig,' zei ik. 'Ik ben kennelijk zenuwachtiger dan ik dacht.'

'Dat gaat vaker zo als je iets gaat doen waar je niet zeker over bent,' zei hij.

Ik keek hem even van terzijde aan, maar hij keek niet naar mij.

'Toen Elaine, mijn vrouw... toen zij weg was, maakte ik me opeens zorgen over dingen waar ik me nog nooit zorgen over had gemaakt,' zei hij.

Ik hoopte dat hij niet sentimenteel zou worden en me het hele verhaal uit de doeken zou doen. Ik was wel nieuwsgierig naar zijn verdwenen vrouw, maar op een afstandje. Ik wilde niet de vertrouwelinge van de professor worden. Hij praatte gewoon door.

'Het kwam namelijk als een donderslag bij heldere hemel. Ze had op geen enkele manier laten merken dat ze ongelukkig was met mij. Ik wist ook een hele tijd niet waar ze was. Ik wist niet of ze nog leefde of dood was.'

'Wat verschrikkelijk.'

'Ik was zo stuurloos, ik wilde geen mensen meer zien. Maar dat was verkeerd. Mensen hebben mensen nodig, vooral als alle banden zijn losgesneden. Je denkt zelf al snel dat de druk van hun zorgen om jou ondraaglijk is, maar eigenlijk is dat het enige wat je nog op de been houdt.'

Ik knikte.

'Mocht je ooit behoefte hebben aan een luisterend oor...' zei hij.

'Dank u wel, maar het gaat prima met me,' zei ik.

De professor duwde zijn bril weer op zijn neus en even viel er een ongemakkelijke stilte.

Toen schraapte hij zijn keel en gaf me een paar papieren aan. Onze vingers raakten elkaar, en onwillekeurig trok ik mijn hand haastig terug. Ik deed net of er niets gebeurd was maar bukte me weer en draaide mijn gezicht van hem af om de papieren achter me op te rapen.

De professor kwam overeind, stak zijn handen in zijn zakken en speelde met het losse muntgeld dat hij in zijn zak had. 'Misschien moet ik Jenny even vragen een kopje thee te zetten,' zei hij.

O god, dacht ik, zo kan het toch niet verder.

Maar het kwam goed. Hij deed geen pogingen meer het schild te doorbreken. Tegen de tijd dat hij terug kwam met een beker lauwe thee waar zo veel melk in zat dat hij ondrinkbaar was, had ik me in zoverre hersteld dat ik weer bijna helemaal opging in het leven van Marian Rutherford, die op het ene vel een jonge vrouw was die het stadje Portiston verkende en de inwoners leerde kennen wier vriendelijkheid ze 'bedwelmend' vond, en op het volgende blad al lang en breed middelbaar was en aan haar laatste boek werkte.

32

Het verhaal van mijn verhouding met de getrouwde meneer Parker ging weldra als een lopend vuurtje door Portiston. En al bijna even snel begreep ik waarom de gesprekken stokten als ik een winkel binnenstapte en de mensen ineens bijzonder geïnteresseerd waren in een uitstalling enveloppen of gootsteenontstopper.

Toen we aan de zondagse lunch rond de keukentafel zaten en de stemming zo bedrukt was dat je zou denken dat het ons laatste maal was, vertelde meneer Hensley me dat er in de kerk voor me gebeden was. Ik voelde me te vernederd om te vragen of ik met naam en toenaam genoemd was. Zelfs als de dominee aardig genoeg was geweest om me die bijzondere straf te besparen, zou iedereen toch wel geweten hebben wie hij bedoelde. Mam, die binnenkort haar eigen grote biecht zou afleggen, liet duidelijk blijken (hoewel niet met zo veel woorden) dat ze wenste dat ik nooit geboren was. Mijn leven was een dwangbuis van schaamte en ik zag geen uitweg.

Toen kreeg ik, als klap op de vuurpijl, een brief van Georgie die schreef dat hij het jammer vond maar dat hij niet meer terug zou komen naar Portiston om op de veerpont te werken. Hij kon basgitarist worden in een veelbelovende nieuwe band. Hij schreef dat hij van me hield en dat hij me nooit zou vergeten en dat hij op een dag een song zou schrijven, 'Ferry Girl', als herinnering aan onze tijd samen. Ik ging naar de boulevard en keek naar de lichtjes van de veerpont die zijn weg zocht door de golven naar het eiland, en dronk een fles sherry leeg. Toen gaf ik over op de kiezels met hun teer- en zeewierachtige lucht. Ik vroeg me af waarom Georgie me niet gevraagd had naar hem toe te komen, dat zou de oplossing voor al mijn problemen zijn geweest. (Het bleek later dat hij een oogje had op de zangeres van de band. Ze zijn uiteindelijk getrouwd en leefden nog lang en gelukkig, wat fijn was voor hen maar niet zo leuk voor mij, toentertijd, gezien de situatie waarin ik zat.)

Het was niet alleen kommer en kwel. Ik kreeg een ansichtkaart van Lynnette waarop simpelweg stond: 'Niets doet er veel toe, en maar weinig dingen doen er iets toe.'

Anneli weigerde toe te geven aan de druk die op haar werd uitgeoefend om de vriendschap met mij op te zeggen. Ik hoorde haar in het oor van een meisje dat haar neus voor me optrok sissen: 'Je bent strontjaloers omdat geen enkele man ooit naar jou omkijkt.' Anneli's ouders waren ook lief. Haar vader gaf me een (vaderlijke) knuffel en zei: 'Kop op, Liv, over een paar weken hebben ze weer iemand anders om over te roddelen. Dit is nu eenmaal een van de nadelen van het wonen in een provinciegat.'

Om de een of andere reden was hun liefde en begrip moeilijker te verdragen dan de wreedheid van de anderen.

Na enige tijd kreeg mam natuurlijk een brief van school. Meneer Hensley en zij maakten een afspraak met de rectrix. Ik hoefde niet aanwezig te zijn bij het gesprek, maar ik moest in de gang voor de kamer van de rectrix blijven wachten. De secretaresse was lief voor me. Ze bracht een glas water en ze vroeg aan me of ik niet liever in haar kamer wilde zitten dan in de gang waar iedereen langs kon lopen, onder die zelfgenoegzame borden met de namen van succesvolle scholieren. Lynnette werd twee keer in vergulde letters vermeld. Eén keer omdat ze schoolleidster was geweest en een keer omdat ze een prijs voor muziek had gewonnen. Het was mij ook gelukt om op een muur terecht te gekomen, maar in mijn geval betrof het de muur van de wc, en mijn naam stond er in onuitwasbare viltstift op.

Ik sloeg het aanbod van de secretaresse af. Het zou nog erger zijn om bij haar in haar kantoortje te zitten en haar medelijden te moeten verdragen, dan op de gang. De ogen van de secretaresse stonden zo bezorgd, dat ik wist dat er iets ergs zou gebeuren.

Kleine meisjes, van elf en twaalf, liepen in een donkerblauwe wolk van gegiechel en gefluister en kapotte knieën en kleverige vingers langs me heen en ik probeerde moederlijk naar hen te lachen, alsof ik straks de kamer van de rectrix binnen zou gaan om een prijs of zo in ontvangst te nemen.

Uiteindelijk werd ik ontboden. De kamer was enorm groot. Het hoge, door roeden verdeelde raam bood uitzicht op een rozenbed en de lucht van varkensmest die de tuinman rond de rozen had gelegd was het eerste wat me opviel. Het licht viel in rechthoeken door het raam naar binnen en er dansten stofjes in de lichtbanen.

Mam had gehuild. Haar ogen en de randjes van haar neusgaten waren rood. Ze depte haar neus met een verfrommelde zakdoek. Meneer Hensley zat naast haar, zijn gezicht leek uit steen gehouwen, zijn domme harige oren staken af van zijn domme, glimmende hoofd. Aan de andere kant van een groot, oud, houten bureau zat de rectrix. Ik had zelden van dichtbij met haar te maken gehad, omdat ik hier op school weliswaar nooit ergens in geëxcelleerd had, maar me ook nooit ernstig had misdragen. Ze was waarschijnlijk niet ouder dan een jaar of vijftig, maar toentertijd vond ik haar een oude vrouw. De huid van haar gezicht en hals was zacht en kwabbig. Haar zilvergrijze haar zat in een stijf kapsel, als het haar van een vrouw op een oud olieverfschilderij. Het bewoog als een eenheid, niet als duizenden individuele haren. Ik weet absoluut niet meer wat ze precies gezegd heeft, maar het kwam erop neer dat ik van school gestuurd werd. Meneer Parker bleek goed bevriend te zijn met de voorzitter van het schoolbestuur. Hij had een gulle donatie gedaan voor het nieuwe scheikundelokaal. Mijn indiscretie was publiek geheim en kon niet genegeerd worden. Blablabla. Mam snifte en slikte dapper, meneer Hensley keek strak voor zich uit, de rectrix vroeg of ik me schaamde en ik knikte.

Nog maar twee trimesters en dan zou ik eindexamen hebben gedaan. Wellicht had zich dan een aantal deuren voor mij geopend. De rectrix was zo aardig erop te wijzen dat ik als externe leerling mee zou kunnen doen aan het examen, als we privéonderwijs voor mij konden regelen, maar ik denk dat we allemaal wisten dat dat niet zou gebeuren. Mijn opleiding was voorbij.

Op weg naar huis, toen ik in tranen en met opgetrokken knieën op de achterbank zat van meneer Hensleys beige Morris Minor (het toneel van zo veel vernederingen!), vertelde mijn moeder me over mijn vader. Ze vertelde hoe zijn wellust haar eens ten gronde had gericht, en dat ik nu in zijn voetsporen trad.

'Bedoel je dat papa nog leeft?' vroeg ik, geschokt en ongelovig.

'Ik heb geen idee,' zei ze, 'en ik wil het niet weten ook.'

'Je hebt altijd gezegd dat hij dood was! Wat gemeen!'

Meneer Hensley draaide zich om en zei: 'Sla niet zo'n toon aan tegen je moeder.'

Mam keek strak voor zich uit. 'Vanaf het begin wist ik dat het verkeerd met jou zou aflopen,' zei ze. 'Je was zo'n lastige baby, zo'n dwars kind.'

Ik luisterde al niet meer. Ik leunde met mijn hoofd tegen het raampje en keek toe hoe de bladeren aan de struiken langs suisden en slikte alle vragen die in me opborrelden in en nam me voor bij mijn vader te gaan wonen. Ik had geen enkele reden om nog langer in Portiston te blijven. Niets wat me bond.

Van de Parkers heb ik nooit meer iets gehoord of gezien. Iemand heeft me verteld dat ze naar Edinburgh zijn verhuisd.

33

Ik ging naar het café om op mijn taxi te wachten.

'Ga je iets leuks doen?' vroeg de bodybuilder-kok. Ik had alleen een kleine tas bij me, maar ik controleerde steeds mijn handtas of mijn ticket en mijn paspoort er wel in zaten.

'Ik ga een weekendje naar Ierland.'

Hij zette mijn koffie op tafel en krabde met zijn potlood achter zijn oor.

'Een stout weekend?'

Ik glimlachte. 'Nee, helemaal niet.'

'Maar je gaat met je zwager?'

Ik keek naar hem op. Zijn gezicht stond niet veroordelend, en ook niet boosaardig. Hij stelde gewoon een volgens hem voor de hand liggende vraag. Ik keek de andere kant op en roerde in mijn koffie. Die rook heerlijk.

'Gaat me ook niet aan,' zei hij. 'Maar ik vind dat jij niet het type vrouw bent dat het verdient om in haar eentje op een taxi te wachten.'

'Het is nogal ingewikkeld,' zei ik.

'Dat is het altijd.'

Ik concentreerde me op de tijdrovende taak om suiker in mijn koffie te doen en even later kwam de chef terug met een plakje volmaakte strooptaart. Hij zette het voor me neer alsof het een cadeautje was, met een vorkje en een servet. Ik voelde me thuis.

'Mag ik even bij je komen zitten?' vroeg hij.

'Natuurlijk.'

'Heb je er last van als ik rook?'

'Nee.'

Hij haalde zijn shagje vanachter zijn oor vandaan en probeerde het aan te steken. Hij hield zijn handen eromheen en knipte het vuursteentje van de wegwerpaansteker keer op keer af. Toen het eindelijk brandde, inhaleerde hij dankbaar en ik snoof de geur van de tabak gretig op, die net zo vertrouwd was als mijn eigen shampoo.

'Mijn man rookte ook shag,' zei ik.

De kok trok een wenkbrauw op. 'Smerige gewoonte,' zei hij.

'Hij is overleden.'

'Door het roken?'

'Nee, nee. Bij een auto-ongeluk.'

'Shit. Wat erg voor je. Het leven is klote, toch?'

'Soms wel.'

'En waar ga je in Ierland naartoe?'

'Naar Shannon.'

'Het is daar prachtig. Je zult het er fijn vinden. Ze weten wat gezelligheid is, daar in Ierland. Ze zijn niet zo stug als die ellendige types hier.'

Ik zoog het koffieschuim van mijn lepeltje op.

'Mijn man was ook kok,' zei ik.

'Alle super-alfamannetjes zijn kok.'

'Hij ging zijn eigen restaurant in Londen beginnen.'

'Wat voor tent?'

'Nou, een beetje zoals hier. Maar dan meer Italiaans. Hij was niet van plan een Engels ontbijt te serveren.'

'Neem eens hapje strooptaart.'

Ik maakte met mijn vorkje een klein stukje taart los en proefde. Het was goddelijk, boter en gecarameliseerde broodkruimels, met een heerlijk zoete koffienasmaak.

'Vind je hem lekker?'

'Heerlijk.'

'Mooi. Het is prettig om...'

'Wat?'

'O, niets.' Hij drukte de centimeter sigaret die er tussen zijn gele vingertoppen nog over was uit in de glazen asbak.

'Ik wilde zeggen dat het prettig is om je te zien glimlachen en toen bedacht ik dat dat zou overkomen als een goedkope versiertruc.'

Ik kon er niets aan doen. Ik glimlachte weer en nam nog een, dit keer groter, hapje van de taart. De chef stond op en veegde zijn handen aan zijn schort af.

'Zorg dat hij je meeneemt naar de kliffen van Moher, niet vergeten! Tenminste, als je naar County Clare gaat. Ze zijn fantastisch. Je zult het mooi vinden.'

'Oké,' zei ik. 'Dank je wel voor de taart en voor... nou ja, voor alles.'

Hij haalde zijn schouders op. 'Graag gedaan.'

En toen kwam de taxi en ging ik naar het vliegveld voor het clandestiene afspraakje dat het begin vormde van mijn eerste en enige weekendje met mijn geliefde zwager Marc.

34

Het was begin zomer. Ik was net achttien geworden. Het zou de mooiste tijd van mijn leven moeten zijn, maar helaas was er geen nieuw schandaaltje aan het licht gekomen. Ik was nog steeds de paria van de stad. Ik ging naar Marinella's om Angela om een baantje te vragen in de naïeve veronderstelling dat ze bereid zou zijn mijn misstap over het hoofd te zien omdat ik er in het verleden naar genoegen gewerkt had. Het belletje klingelde toen ik de deur openduwde en de eerste die ik zag was Luca, die achter de bar de glazen stond te poetsen.

Hij was twintig, nog steeds slungelachtig, met grote handen en brede schouders en een magere nek en een beetje acne rond zijn kaken. Zijn haar hing tot op zijn schouders, het was zwart en zijdeachtig, en zijn glimlach... o god, daar zou je als meisje een moord voor doen.

'Liv!' riep hij en mijn hart maakte een buiteling omdat het duidelijk was dat hij het fijn vond me te zien. Ik was het restaurant vol hoop binnengestapt, maar toch met de terneergeslagen schuldbewuste houding waarvan ik aannam dat die passend was voor iemand in mijn positie. Nu kikkerde ik een beetje op.

Luca sprong over de bar – als Angela hem gezien had was ze woedend geworden – en na twee passen werd ik in zijn armen opgetild zodat mijn voeten van de grond kwamen.

'*Boy, you have been one naughty girl*,' citeerde hij een van onze favoriete Beatleliedjes.

Ik was zo opgelucht om zijn reactie, en het was zo fijn om iemand te zien die me oprecht goed gezind was, dat ik Luca bleef vasthouden. Ik verstopte mijn gezicht tegen zijn schouder en snoof zijn warme jongemannenlucht op en bleef zo lang mogelijk waar ik was, wat ongeveer een seconde was want Nathalie kwam het restaurant binnen en kuchte nadrukkelijk.

Ik liet Luca los en hij liet mij los, maar hij grijnsde nog steeds een beetje wolfachtig.

'Onze plaatselijke beroemdheid,' zei hij enigszins overbodig tegen Nathalie. Nathalie keek naar me. Geen vriendelijke blik. Haar ogen stonden koud en haar gezicht was uitdrukkingsloos.

'Wat mag het zijn?' vroeg ze, terwijl ze een notitieblokje en een potlood tevoorschijn haalde. Ik keek hulpzoekend naar Luca. Hij beet met zijn hoektanden op een stukje onderlip.

'Eh... ik kwam eigenlijk voor Angela,' zei ik. 'Ik wilde vragen of ik hier weer kan werken.'

Nathalies gezicht bleef strak. 'We hebben op dit moment geen vacatures,' zei ze.

Ik probeerde vriendelijk maar nederig te kijken. Ik wilde nog steeds actrice worden en ik had geoefend.

'Het maakt niet uit wat voor werk, Nathalie. Ik wil alles...'

'We hebben geen vacatures,' zei ze.

'Kom op, Nat,' zei Luca. 'We hebben vast wel iets voor Liv. Ze is een oude vriendin van de familie. Ze heeft hier de afgelopen drie zomers gewerkt.'

Nathalie wierp Luca een vernietigende blik toe. 'Wat doet dat er nu toe?'

'Nou, we moeten in ieder geval aan pa vragen of hij iemand nodig heeft.'

Nathalie sloeg haar ogen ten hemel, heel snel, zodat je niet met zekerheid kon zeggen of ze het wel of niet gedaan had, maar ik vond het niet prettig dat ze Luca op deze manier betuttelde. Al mijn nekharen kwamen langzaam overeind.

'Maak je maar niet druk, Luca,' zei ik liefjes. 'Ik wil het Nathalie niet lastig maken.'

'Wacht even, dan vraag ik het hem zelf,' zei Luca en hij liep naar achteren.

Het was ongemakkelijk om samen met Nathalie in één ruimte te zijn. Ze had iets waardoor ze haar eigen stemming aan haar omgeving oplegde, en de sfeer was nu zo ijzig dat ik bibberde.

'En, hoe is het verder met jou?' vroeg ik.

'Heel goed,' antwoordde Nathalie, terwijl ze het bestek in de bakken bij de counter recht legde. 'Wist je dat Luca me ten huwelijk heeft gevraagd?'

'Nee,' zei ik. 'Nee, dat wist ik niet.' Ik slikte, ik voelde me duizelig. 'Gefeliciteerd.'

'Dank je wel.'

'Wanneer is de grote dag?'

Nathalie streek haar rok glad. 'Met kerst,' zei ze. 'Dan heeft het bedrijf er geen last van en ligt er sneeuw op de heuvels: leuk voor de foto's.'

'Geweldig,' zei ik. 'Echt top.'

Nathalie keek me aan, ze glimlachte niet. Zoals altijd was ze keurig gekleed, in een degelijk, duur pakje. Haar haar was kort geknipt in een boblijn die slecht stond bij haar zware kaken. Haar rok kwam tot net onder de knie. Ze droeg bruine kousen en platte schoenen.

Er zat een ladder in mijn zwarte panty, en ik trok mijn rokje wat naar beneden om die te bedekken. Mijn T-shirt was donkergroen, met een zwarte Blondie-print voorop. Ik kon mijn tepels door de stof heen zien. Nu ik zo dicht bij Nathalie stond, voelde ik me naakt. Ik ging zitten aan een van de kleine ronde tweepersoonstafeltjes bij het raam, sloeg mijn benen over elkaar en steunde met mijn kin op mijn handen. Ik zwaaide met mijn voet heen en weer en tuurde naar de deur, wachtend op Luca.

Al na enkele minuten kwam hij het kantoortje uit, met Maurizio achter hem aan. Nathalie trok zich zachtjes terug, met een tevreden glimlach op haar gezicht. Ze wist wat er zou gebeuren omdat Angela en zij al voorzien hadden dat ik om een baantje zou komen vragen, en zich op deze complicatie hadden voorbereid.

'Olivia, *carina*, wat zie je er weer prachtig uit.' Maurizio kwam naar me toe, legde zijn handen op mijn armen, net onder mijn schouders, en boog zich voorover om me op beide wangen te kussen in een wolk van knoflook en wijn. 'Maar ik heb slecht nieuws voor je,' ging hij verder. Hij trok een tragikomisch gezicht en legde zijn handen op zijn hart. 'Er is geen werk. We hebben te veel zoons om het werk dat gedaan moet worden te doen, dus hebben we geen extra hulp nodig.'

Luca zei: 'Maar, pa, je zegt altijd dat we in het weekend te weinig mensen hebben...'

Maurizio hield zijn hand op. 'Maar je moeder heeft deze week al gesprekken gevoerd voor dat baantje.'

Luca deed zijn mond open, maar voor hij iets kon zeggen stond ik op en trok mijn rok naar beneden. 'Goed, in ieder geval bedankt, Maurizio. Ik neem aan dat jullie me in de zomer ook niet nodig zullen hebben.'

Maurizio maakte het Italiaanse gebaar voor hulpeloosheid: zijn handpalmen open.

Luca trok een ongelovig gezicht, zijn mond overdreven open. 'Liv is een van ons, pa. Dit meen je toch niet?'

'Het hindert niet, Luca,' zei ik. 'Ik begrijp het volkomen.'

Mijn trots lag aan barrels. Ik draaide me om, liep Marinella's uit en vroeg me af of ik ooit nog terug zou komen. Ik was al halverwege de boulevard, en de meeuwen jammerden boven me, de golven kabbelden meelevend aan mijn voeten, ik veegde mijn neus met mijn arm af, toen Luca me inhaalde.

35

Het bed was breed en laag en er lag een lichtgroene chenille beddensprei overheen. De kamer rook naar luchtverfrisser. Er was geen tv en je kon ook geen kopje thee zetten, maar de eigenaar bracht ons een blad met thee en koekjes. We gingen tegenover elkaar op het bed zitten, onze voeten op het praktische kleed, en dronken onze thee als vreemden die door omstandigheden toevallig met elkaar opgezadeld zijn. Wat we natuurlijk eigenlijk ook waren.

We waren weggereden van de luchthaven van Shannon in een gehuurde Ford Focus en ik had naar buiten gekeken naar het Ierse landschap waar we doorheen reden, terwijl Marc achter het stuur zat. We waren bij verschillende bed & breakfasts gestopt, maar ze zaten allemaal vol, behalve deze, een grote moderne bungalow, geschilderd in wat Marc 'Clare-geel' noemde, omdat veel huizen hier die bepaalde tint hadden. De bungalow was zo nieuw dat er nog stapels bakstenen en ander bouwmateriaal op de geasfalteerde oprit lag, waar plaats was voor verschillende auto's.

De eigenaar van de bed & breakfast was een jonge man met een vriendelijk gezicht en aardige manieren die zijn uiterste best deed om ons het gevoel te geven dat we welkom waren. Ik vroeg me af of we zijn eerste klanten waren. Later hoorden we ver weg in de bungalow een baby huilen en vervolgens iemand zingen om hem stil te krijgen, duidelijk omdat de ouders bang waren dat het gehuil ons zou storen. Ik wilde ze gaan vertellen dat ze het kind gewoon konden laten huilen, dat wij het niet erg vonden, maar Marc zei dat dat alleen maar de aandacht zou vestigen op het feit dat we hem gehoord hadden. Dus bleef ik bij de spiegel zitten om me op te maken, warm van verwachting omdat Marc en ik samen uit eten gingen en ik sinds Luca's dood niet meer uit eten was gegaan, terwijl ik er juist zo dol op was, en op het hele gedoe eromheen.

Marc stond onder de douche en warme stoom, geurend naar mijn appelshampoo, vulde de slaapkamer via de openstaande deur. Ik sperde mijn ogen open om mascara aan te brengen, en glimlachte toen ik het resultaat zag. Ik had de laatste tijd zo vaak in de spiegel gekeken, of mezelf toevallig gezien in een etalageruit, en ik had mezelf niet herkend, helemaal niet. Maar vanavond zag ik er weer uit als Olivia Felicone: Olivia met de groene ogen, het bruine haar en de brede mond, de vrouw van Luca Felicone, topkok en naar eigen zeggen seksgod. De man die er nooit genoeg van kreeg tegen mij te zeggen wat een geluksvogel ik was dat ik hem had. Dus toen Marc de badkamer uit kwam, naakt, en zijn haar met een blauwe handdoek droogwreef zei ik: 'Luca, je hebt gelijk, ik ben inderdaad een geluksvogel', en ik merkte niet eens dat de man met wie ik was mijn echtgenoot niet was.

Hij liep naar me toe en kuste me in mijn hals.

'Ik ben het,' fluisterde hij. 'Marc. Sorry.'

Ik slikte.

'Ach, Marc, wat spijt me dat. Ik was even vergeten...'

'Wat was je vergeten?'

'Dat ik niet gelukkig ben.'

'Misschien is dat wel hetzelfde als gelukkig zijn.'

'Ja.' Ik lachte. 'Ja, je hebt gelijk, misschien wel.'

Ik droeg een blauwe blouse en een zwarte broek en de gouden ketting die Luca me met kerst gegeven had. Marc trok zijn gewone versleten kleren aan, zijn spijkerbroek en zijn wijde T-shirt. Hij duwde zijn vochtige haar met zijn vingers een beetje op en zei dat hij zover was. Hij was ook magerder geworden, en daardoor leek hij meer op zijn tweelingbroer. We pasten bij elkaar. In de spiegel leken we net een echt stel.

Marc wilde kunnen drinken, dus lieten we de auto op de oprit staan en liepen het weggetje af naar een pub ongeveer een kilometer terug, waar we langs gereden waren. Er liep een rivier door het dal beneden ons, en lichtjes twinkelden in de huizen en bungalows en pubs zo ver je maar kijken kon. Marc sloeg zijn arm om mijn schouders en hield me warm tegen zich aan. Af en toe kuste hij me op mijn hoofd. Ergens, vaagjes, kwam het even bij me op dat de gevoelens die hij voor me koesterde misschien niets te maken hadden met Luca, maar ik wuifde die gedachte weg alsof het een lastige vlieg was. We waren partners in verdriet, meer niet. We hielpen elkaar door de moeilijkste tijd in ons leven heen.

In de pub werd muziek gemaakt. Twee knappe mannen van middelbare leeftijd speelden gitaar en een jonge jongen sloeg op een drum tussen zijn knieën. Een van de mannen zong en de ander zong de tweede stem en een paar gasten deden mee.

Het was al laat maar we hadden ontzettende honger dus aten we warme sardientjes op toast en ik dronk, omdat ik niet van Guinness hield, whisky en limonade tot mijn hoofd vol muziek en gelach was en ik probeerde Iers te dansen met een man met een enorme buik en een wilde grijze baard. De mensen applaudisseerden en ik viel bijna op de grond van het lachen. Marc keek naar me zoals Luca vroeger naar me keek, met zijn glas in zijn hand en met een geamuseerde, enigszins toegeeflijke uitdrukking op zijn gezicht. Toen hield de muziek op en de man, die slechte tanden en een slechte adem had, wilde op ons toosten dus vroeg hij hoe we heetten en ik zei Olivia Felicone en Marc zei Marc Felicone dus tooste hij op meneer en mevrouw Felicone en dat klopte natuurlijk, dat waren we.

Hij sloeg zijn armen om ons heen, zijn rechterarm haakte hij om mijn hals zodat hij nog een slok op onze gezondheid kon nemen en hij zei: 'Mag datgene waarop jullie het meest hopen, het minste zijn wat jullie krijgen.' En terwijl ik probeerde te begrijpen wat hij daarmee bedoelde, lachte iedereen en we bestelden nog heel wat drankjes en ik heb geen enkel idee meer hoe we die avond thuis zijn gekomen in de bed & breakfast.

36

Luca en ik liepen langs het pad over het klif, door het bos, en we bleven staan op het punt waar Emily Campbell haar dood tegemoet moest zijn gesprongen en keken uit over de zee.

Tegen de tijd dat we bovenaan waren gekomen, was ik buiten adem en had ik het warm. Ik vertelde aan Luca wat er precies gebeurd was. Hoe het was begonnen toen meneer Parker zijn hand op mijn dij had gelegd. Hoe ik in mijn dagboek de waarheid enigszins opgesierd had om het romantischer en betekenisvoller te laten klinken. Ik vertelde hem hoe ik thuisgekomen was en mam en mevrouw Parker in de keuken met het dagboek had aangetroffen en wat ze gezegd hadden. Ik vertelde hem dat ik van school gestuurd was. Afgezien van Lynnette was hij de enige persoon die mijn versie van de gebeurtenissen direct en zonder vragen geloofde. Lynnette had met me meegeleefd en het afschuwelijk gevonden. Maar Luca niet. Integendeel. Toen hij het hele verhaal had gehoord lachte hij zich suf, alsof hij nog nooit zoiets grappigs had gehoord.

'O, wat verschrikkelijk, Liv! Een misdaad in alle bijzonderheden opbiechten en er dan alleen maar voor gepakt worden omdat ze de biecht hebben ontdekt, niet de misdaad!'

'Hou je kop,' zei ik.

'Klassiek!'

'Hou je kop, Luca, het is helemaal niet grappig.'

'Ja wel! Ik doe het zowat in mijn broek.'

'Je bent zielig en walgelijk,' zei ik, terwijl ik me omdraaide, maar dat deed ik alleen omdat zijn gelach aanstekelijk was en ik niet wilde dat hij me zag glimlachen. Ik veegde mijn ogen met de zoom van mijn mouw af en probeerde een beginnend lachje in de kiem te smoren.

'Jezus christus, wat een verhaal! En, hoe was meneer Parker in bed, Liv?'

'Schei uit!' riep ik. Ik draaide me om en wilde hem een klap geven, maar het lachje in de kiem was uitgegroeid tot een stevig plantje: ik legde mijn hand over mijn mond, maar het had al geen zin meer, ik hield het niet meer tegen. We lieten ons samen op de met gras begroeide oever neervallen en rolden over de grond van het lachen.

Toen we uitgelachen waren, lagen we naast elkaar op onze rug en ik keek omhoog naar de stralend blauwe lucht en de witte wolkjes en meeuwen en al mijn problemen verdwenen als sneeuw voor de zon.

'Wat zijn de mensen toch naar,' zei Luca, terwijl hij mijn hand vastpakte. 'Ze maken er hier zo'n drukte over omdat hun eigen leven zo saai en vervelend is. Je hebt ze gewoon stof tot roddelen gegeven.'

'Dat zei de vader van Anneli ook al.'

'Hij heeft gelijk. Over een week of een maand hebben ze het volgende slachtoffer te pakken en dan zijn ze jou helemaal vergeten.'

'Maar hoe moet het met die arme mevrouw Parker?'

'Ze zei toch dat hij het al eerder heeft geflikt en toch is ze bij hem gebleven. Als hij het al eens eerder heeft geflikt, zal hij het nog een keer doen en dat weet zij ook. Dat is haar keus. Wat zij doet heeft niets met jou te maken.'

'Je hebt gelijk!' Ik kwam overeind en keek neer op Luca die zijn ogen dichtkneep tegen de zon. 'Ik maakte me zo'n zorgen over haar, maar je hebt gelijk, dank je wel. Daar zou ik zelf nooit opgekomen zijn.'

Luca keek tevreden. 'Nou ja,' zei hij, 'niet iedereen is even slim.'

Ik glimlachte naar hem. 'Steek die grote neus van je maar niet zo verwaand in de lucht.'

'Je weet wat ze zeggen over jongens met grote neuzen...'

'Hou op, Luca Felicone.'

'Ik zeg gewoon wat ze zeggen.'

Ik schudde mijn hoofd, stond op, veegde mijn rok af en liep toen naar het hek dat langs de rand van het klif stond. Er hing een bordje met het nummer van een telefonische nooddienst, mochten mensen de neiging hebben in Emily Campbells fictionele voetsporen te treden. De zon bescheen mijn gezicht. Vanaf hier zag ik Portiston in de diepte liggen. Wat een gehucht was het eigenlijk. Gewoon een heel klein onbetekenend deeltje van de wereld, meer niet. Een stadje dat voor niemand iets betekende. Ik bedacht dat ik mijn exemplaar van *Emily Campbell* moest opzoeken om te lezen wat ze gedacht had, net voordat ze haar dood tegemoet sprong.

'Mooi hierboven, hè?' zei Luca die vlak achter me kwam staan.

Ik voelde gevaar. Ik had het dierlijke instinct van een tiener voor seks. Ik wist dat hij me wilde zoenen, en meer dan dat. Enerzijds dacht ik, na alles wat er gebeurd was vanwege de seks dat het laatste waar ik behoefte aan had was dat Luca Felicone zijn handen onder mijn T-shirt liet glijden, hoe fijn de gedachte van zijn vingers op mijn borsten ook was. Maar anderzijds vond ik, aangezien iedereen toch al vond dat ik een sloerie was die huwelijken kapotmaakte, dat het er eigenlijk niets toe deed als hij dat inderdaad zou doen.

Op het laatste moment draaide ik me om en keek hem aan, en ik glimlachte alsof ik niet gemerkt had wat er bijna gebeurd was.

'Waarom ga je met Nathalie trouwen?'

Hij zweeg even. 'O. Ze heeft het je dus verteld.'

'Ja, natuurlijk. Ik wist eigenlijk wel dat het er dik in zat, maar...'

Luca zuchtte en keek naar beneden, en zijn gezicht verdween in de schaduw, verborgen onder zijn haar, alleen een stukje oor was nog zichtbaar in die zachte donkere golven, waarin grasprietjes en twijgjes verward zaten. Hij pakte een steentje op en wreef het tussen zijn handen, gooide het toen over het hek. Het haalde het niet tot de zee maar ketste af op de rotsen onder ons.

'Het leek alsof het niet anders kon,' zei hij. 'Ons verloven. Iedereen wilde het.'

'Maar hoe zit het dan met wat jij wilt?'

Hij haalde zijn schouders op.

'Wat wil jij, Luca?'

'O, ik wil naar Londen, mijn eigen zaak beginnen. Gewoon.'

'Maar waarom doe je dat dan niet?'

Hij haalde zijn schouders weer op. 'Dat gaat toch niet! Ze hebben me hier nodig.'

Ik keek naar hem. Voelde hij zich opgesloten in dit stadje? Dat kon toch niet?

'Bedoel je dat je het gevoel hebt dat je niet aan je leven hier kunt ontsnappen?'

'Zou jij weten hoe?' vroeg hij.

Ik schudde mijn hoofd. 'Niet zo een, twee, drie. Maar het moet toch kunnen. Jij vooral moet het kunnen.'

'Carlo en Stefano zijn allebei al weg en pa en ma hebben iemand nodig voor de zaak.'

'Maar dat hoef jij toch niet te zijn?'

'Wie dan wel?'

'Marc? Fabio? Kom op, Luca, er is geen wet die jou voorschrijft hier je hele leven te blijven als je dat niet wilt.'

'Nee, maar mijn familie is er wel, en dat is erger dan de wet.' Hij krabde stevig met zijn beide handen op zijn hoofd, een zenuwticje dat ik me nog herinnerde van toen we kinderen waren.

'Ze kunnen je niet dwingen iets te doen wat je niet wilt.'

Luca plukte een katje van een boom die over het pad heen hing en trok het uit elkaar.

'De laatste jaren heeft iedereen het erover dat Nathalie en ik gaan trouwen en de zaak overnemen. Iedereen. Niet alleen pa en ma. Al die verwachtingen, snap je?'

Ik haalde mijn schouders op.

'Jij weet niet hoe het is om bij mijn familie te horen. Van iedereen wordt verwacht dat ze hun plicht doen. Dat ze doen wat goed is voor de familie.'

'Maar je bent geen gevangene! Je zou naar Londen kunnen als je dat echt wilde.'

'Nee,' zei Luca. 'Nathalie wil niet naar Londen. Ze vindt het hier fijn. Ze zegt dat ze nooit weg wil van Marinella's. Ze zegt dat het de enige plek is waar ze ooit gelukkig is geweest.'

Ik vond dat Nathalie er een rare manier van gelukkig zijn op na hield, maar ik zei niets. Misschien was ze wel gelukkig als ik niet in de buurt was. Misschien was ze dan een stuk gezelliger. We zwegen even. Ik duwde met de punt van mijn schoen tegen een steentje.

'Ik zou met je meegaan naar Londen,' zei ik. 'Als jij niet verloofd was.'

Het bleef even heel stil. Toen zei Luca: 'Ja. Maar wie wil er nu naar Londen met zo'n sloerie als jij!'

'Dat zal je berouwen, Luca Felicone,' riep ik, terwijl ik naar hem uithaalde. We vielen op de grond en ik timmerde op zijn borstkas en toen renden we het hele eind achter elkaar aan de heuvel af naar ons onbetekenende stadje en onder aan de heuvel namen we afscheid. Met moeite.

Ik denk dat ik wist wat er zou gaan gebeuren. Ik denk dat we dat allebei wisten.

37

Het ontbijt de volgende ochtend werd opgediend in een zonnige serre met uitzicht op de vallei die er bij daglicht weelderig groen bij lag. De zomerzon stroomde naar binnen door het glazen dak en bescheen de drie kleine tafeltjes, waarvan er twee al volstonden met de resten van het genoten ontbijt.

Wij gingen aan het derde zitten. Ik dronk het glaasje sinaasappelsap in één teug leeg. Marc lachte en schoof dat van hem in mijn richting.

'Ik drink nooit meer,' zei ik.

'Je had je ook bij de Guinness moeten houden. Ik voel me prima.'

'Als je een kater hebt, heb je geen trek in zelfingenomen gezelschap bij je ontbijt,' zei ik waarschuwend.

Een jonge blonde vrouw met een vriendelijk rond gezicht kwam de serre binnen en wenste ons goede morgen.

'Waar hebben jullie trek in?' vroeg ze.

'Voor mij eieren met spek,' zei Marc. 'En voor Liv een geroosterd boterhammetje met paracetamol.'

'God wat geestig,' zei ik. 'Een kopje thee, graag. Meer niet.'

'Waren jullie gisteravond naar de pub? Geweldig gezellig daar op vrijdag, hè?'

'Liv heeft een eerbetoon aan de Riverdance gebracht,' zei Marc. 'Uniek en onvergetelijk. De vaste klanten zullen haar missen.'

De vrouw lachte en liep weg om het ontbijt klaar te maken. Ik kreunde en verborg mijn gezicht in mijn handen. Mijn vingers roken naar zeep en seks.

'Hoe laat moet je in Limerick zijn?'

'We hebben om vier uur afgesproken. Dus zal ik hier na de lunch weg moeten. We hebben nog een paar uur, we kunnen gaan wandelen.'

'Oké.'

'Gaat het vanmiddag wel, alleen?'

'Natuurlijk.'

'Ik wil niet bij je weg.'

Ik haalde mijn schouders even op, in een 'nou en'-gebaar. Marc pakte over het gebloemde katoenen kleedje mijn hand en kneep er even in.

'Heerlijk om hier met jou te zijn, Liv.'

Even kreeg ik weer dat ongemakkelijke gevoel, maar ik negeerde het. De vrouw kwam binnen met een blad met thee en melk en suiker en we begonnen aan ons ontbijt en was alles weer goed.

38

Ik wist niet hoe ik aan Lynnette moest vertellen dat onze vader waarschijnlijk nog leefde. Ik vond het nog steeds moeilijk te aanvaarden dat iemand zo'n verschrikkelijke leugen had kunnen opdissen, en die iemand was nog wel mijn God- en roddelvrezende, heiliger dan heilige moeder. Het was ook raar dat ze geen enkel berouw leek te voelen van wat ze gedaan had. Ze bleef bij haar overtuiging dat ze de enig mogelijke weg had bewandeld, dat zij degene was die slecht behandeld was, en dat elke goede moeder net zo gehandeld zou hebben als zij.

Later zou ik meer begrip krijgen voor haar situatie, maar op mijn achttiende was ik woedend en verdrietig. Ik had een vader die leefde – tenzij hem ondertussen iets overkomen was – en ik wilde eigenlijk meteen naar hem op zoek gaan. Daarna besefte ik dat als hij contact met ons wilde, hij ons had kunnen opzoeken. Zo moeilijk zou het nou ook weer niet zijn geweest om ons op te sporen. Hij moest toch familieleden van mam gekend hebben, en die hadden hem verder kunnen helpen. Maar stel dat hij gekomen was en mam hem weer had weggestuurd? Stel dat hij te horen had gekregen dat wij dood waren? Er waren zo veel vragen en omdat mam niet met me wilde praten, werden die niet beantwoord.

Omdat ik niet meer naar school mocht, en omdat er in Portiston geen werk voor me was (en zelfs al was dat er wel geweest, dan had niemand me in dienst willen nemen), had ik veel te veel vrije tijd. Anneli werkte voor haar eindexamen, en hoewel ze me nooit heeft weggestuurd, wist ik dat het niet eerlijk was haar met mijn verveling op te zadelen. Soms ging ik de straat op en zwierf rond als een schim, als een boetelinge met bescheiden neergeslagen ogen, maar dat deed ik alleen als meneer Hensley en mam thuis waren en daar tv keken of een van hun vergaderingen hielden. Het huis leek steeds vreugdelozer en grijzer. Het was te stil. Er gebeurde nooit wat. Er veranderde nooit wat. Het was altijd hetzelfde: koud vlees op maandag, gehakt op dinsdag, stamppot op woensdag, worstjes op donderdag, vis op vrijdag, broodjes op zaterdag en een stukje vlees op zondag, meneer Hensleys glimmende pakken, zijn zure houding en mams opeengeknepen lippen en haar onflatteuze kapsel, thuis geknipt, haar al oude gezicht waar geen spoortje make-up of plezier op te bekennen viel. Ze ontzegden zich zelfs het kleinste genoegen. 'Wil je een koekje?' 'Ik zou wel willen, maar ik neem er toch maar geen.' 'Straks na het nieuws komt er een programma dat je leuk zult vinden.' 'Maar kijk dan toch hoe laat het is, bijna tien uur, ik moet echt weg.' Ze waren in een voortdurende strijd verwikkeld wie er het nederigst en het opofferendst was, en wie zichzelf het meest weg kon cijferen. Niemand nam de laatste aardappel uit de pan, want dat komt zo gulzig over. De lekkerste restjes eten werden weggegooid. De zonsondergangen werden misgelopen omdat er moest worden afgewassen en iedere maaltijd leek op een wedstrijd wie er het eerst begon met afruimen. Ze misgunden zich alles wat je als een extravagantie kon beschouwen (en dan heb ik het niet over echte extravaganties zoals vakanties, maar over gewone dingetjes als een reep chocola of een potje handcrème). Mensen die hun geld aan dat soort frivoliteiten uitgaven, werden op geringschattende toon besproken. Er was niets moois in ons huis, alles had praktisch nut. Behalve ik dan, denk ik.

Uiteindelijk kreeg ik mijn leven weer op de rails. Ik solliciteerde naar een baantje bij Wasbrook's, het warenhuis in Watersford, en ik werd aangenomen. Ik vond het er vanaf de eerste dag heerlijk. Van maandag tot en met zaterdag nam ik 's ochtends vroeg de bus die over de enige weg uit Portiston wegreed en me naar de stad bracht. Ik vond het heerlijk om naar de achterkant van het grote gebouw van Wasbrook's te lopen waar de vrachtwagens hun goederen afleverden en weer wegreden, en om door de personeelsingang naar binnen te gaan. Ik vond het heerlijk om 'goeiemorgen' te zeggen tegen de Indiase veiligheidsmedewerker die Garth genoemd werd en me altijd een fruitella aanbood. Algauw associeerde ik mijn werk met een plakkerig gevoel tussen mijn kiezen. Ik hield van de kleedkamer, waar ik mijn eigen locker had en waar het vrouwelijke personeel met elkaar kletste, lachte en roddelde. Het was net of je deel uitmaakte van een vlucht zwaargeparfumeerde vogels. Mijn collega's namen me onder hun gezamenlijke vleugels. Ze wezen me hoe ik mijn haar naar achteren moest binden zodat ik geen problemen zou krijgen, ze vertelden me dat ik mijn nagels niet meer zo schreeuwerig moest lakken maar een eenvoudige zachte tint moest nemen, en ze raadden me aan een paar schoenen met lage hakken aan te schaffen, dat was beter voor mijn voeten. Ze kenden me niet, maar ze leken me te mogen. Tussen de middag in de kantine aten we broodjes kaas met augurk en de vrouwen lachten om de mannen en hadden het over seks en contraceptie en dat soort dingen op een volslagen ongeremde en bijzonder verhelderende manier. Ze vloekten veel. Het waren het soort mensen dat meneer Hensley en mijn moeder 'ordinair' zouden noemen, maar ze waren gul en loyaal en aardig. Op mijn werk, in mijn blauwe rok en vestje en mijn witte blouse, tussen mijn nieuwe vrienden, was ik volmaakt gelukkig. Ik zag alleen op tegen dat ik weer naar huis moest.

Als leerlingverkoopster werd ik in Wasbrook's van de ene naar de andere afdeling overgeplaatst. Ik werd nooit ingezet bij de cosmeticacounters waar de meisjes met de vlekkeloze huid stonden of op andere plekken waar je specialistische kennis nodig had, maar ik pikte van alles over een heleboel dingen op. Algauw kon ik de werking van een mixer demonstreren en gaf ik vol zelfvertrouwen aanstaande ouders advies over de voor- en nadelen van de verschillende wandelwagens. Ik wist welke linten bij welke stoffen pasten, en welke hoeden bij welke handschoenen. Geen enkele vraag bracht me van mijn stuk. Als ik het antwoord niet wist, dan vroeg ik het gewoon aan een collega.

Ik spaarde zo veel mogelijk geld op, maar mam eiste, terecht, geld voor kost en inwoning van mijn salaris, ik moest de bus betalen en ik had geld nodig voor een drankje met mijn vriendinnen na het werk in de White Hart. Ik besefte al snel dat het een eeuwigheid zou duren voor ik geld genoeg had gespaard voor een kamer in Watersford, en die gedachte deprimeerde me. Toen de eigenaar van de White Hart me vroeg of ik een paar avonden in de week wilde komen helpen, nam ik dat gretig aan. Ik hoefde dan niet naar huis, en het was leuk werk. De kroegeigenaar en zijn vrouw waren gezellige, lieve mensen, ik verdiende goed en ik was populair bij de vaste klanten die me voortdurend drankjes aanboden. Ik bedankte hen, deed het geld in een leeg glas dat onder de bar stond en nam het mee naar huis om in mijn spaarpot te stoppen.

In de pub hield ik bewonderaars op een afstandje. Ik zorgde er vooral voor niet met iemand te flirten die oud genoeg was om mijn vader te kunnen zijn, voor het geval het mijn vader was. Het was een leuk spel. Er waren mannen van wie ik hoopte dat ze mijn vader waren, en mannen van wie ik hoopte dat ze het niet waren. Ik verlangde naar Lynnette en een gelegenheid om mijn geheim aan haar te vertellen.

Dus het leven lachte me weer toe. Ik werd onafhankelijker en de dag dat ik uit Portiston naar Watersford zou kunnen vertrekken, kwam steeds dichterbij. Toen, op een dag in oktober, ik werkte op de bruidsafdeling van Wasbrook's, kwam Angela binnen. Met Nathalie.

Ze zochten een bruidsjurk voor Nathalie. Ze liepen meteen naar de etalagepop in bruidstoilet, streelden het satijn van haar jurk en streken de met lovertjes bezaaide sleep glad. Nathalie zag er opgewekt uit, haar ogen glansden, terwijl Angela en zij kleine kreetjes van bewondering over de jurk slaakten. Mij zagen ze niet.

Ik werkte daar met een vrouw van middelbare leeftijd, Jean. Een heel aardige vrouw.

'Wat is er, Olivia?' vroeg ze. 'Je bent spierwit.'

Ik beet op mijn onderlip en knikte in de richting van Nathalie en Angela.

'Die twee daar. Ik wil ze liever niet helpen.'

Jean kneep me in mijn elleboog. 'Maak je geen zorgen, meisje. Ik neem ze wel, ga jij maar opruimen bij de bruidsmeisjes.'

Dankbaar liep ik naar de toonbank met spulletjes voor bruidsmeisjes en begon de kransen en nepboeketjes geheel overbodig op te ruimen zodat ik niet hoefde te horen wat er ongeveer zeven meter verderop tussen de bruidsjurken besproken werd. Maar de afgemeten stem van Angela droeg ver en echte bruidszinnetjes, net zo licht en glanzend als het materiaal van de jurken, kwamen naar me toe gevlogen: woorden als prinses, beeldschoon, applicatie, petticoat, sluier, dromen, mooiste, dag, van, je, leven.

Iedere aanstaande bruid die naar deze afdeling van Wasbrook's kwam bleef er uren om de verschillende jurken, schoenen en sluiers te passen en Nathalie was daar geen uitzondering op. Ik hield mezelf onzichtbaar, deed wat administratieve taakjes, ruimde de laden met spelden en zijden bloemen op. Na een tijdje werd ik afgeleid door een zielige, hoogzwangere jonge vrouw en haar moeder, wier gezichtsuitdrukking van martelares en toegeknepen lippen me zo aan mijn eigen moeder deden denken dat ik me helemaal thuis voelde.

De zwangere klant stond in een van de luxe paskamers met de vergulde stoeltjes en het flatterende licht toen Nathalie uit een andere kwam. Ze zag er, in mijn ogen, uit als een travestiet in een herderinnetjesjachtige jurk met schuimende rokken, een diepe, hartvormig uitgesneden halslijn en ouderwets aandoende mouwtjes met lintjes en kant. Het was jammer dat ze zulke gebogen schouders en platte borsten had. De jurk paste niet goed, maar Angela en Jean sloegen allebei hun handen voor hun borst en zuchtten toen ze haar zagen. Angela zocht in haar handtas naar een zakdoek en veegde haar neus af. Nathalie draaide onhandig rond voor de enorme spiegel in sierlijst maar bleef plotseling stilstaan toen ze mij op de achtergrond in de spiegel ontwaarde. Er zat niets anders op, ik moest naar haar toe.

'Je ziet er prachtig uit, Nathalie,' zei ik. Ik glimlachte als een volwassene en alsof we gelijken waren. Alsof de manier waarop ze me in het verleden had toegesproken me niet kon schelen, alsof het me niet kon schelen dat ze met Luca Felicone ging trouwen.

'Dank je wel,' zei Nathalie minzaam, maar de glimlach bestierf op haar lippen en haar ogen glansden niet meer. 'Werk je hier?'

Ik knikte. 'Ik vind het fantastisch.'

'Ben je in opleiding? Voor een leidinggevende functie, bedoel ik?'

'Nee hoor. Ik ben gewoon verkoopster.'

'O. Ja.'

'Ieder vogeltje zingt zoals het gebekt is,' zei Angela. 'Fijn dat je eindelijk een beetje tot rust gekomen bent, Olivia. Die arme moeder van je.'

De moeder van het zwangere meisje spitste haar oren. Ze deed net of ze een folder van Pronuptia-bruidskleding bestudeerde.

Ik was hier niet in Portiston, dit was mijn eigen terrein en daardoor irriteerde Angela's toon me enorm. Jean kwam ter ondersteuning naast me staan. Golven warme Lancôme spoelden sussend over me heen.

'Zijn jullie al helemaal klaar voor de bruiloft?' vroeg ze aan Angela. 'De MvdB heeft altijd zo veel te doen.'

'Sorry?'

'MvdB. Moeder van de bruid.'

Angela en Nathalie keken elkaar schalks aan, maar verbeterden Jean niet.

'We willen dat het een heel speciale dag wordt,' zei Angela. 'Voor

Nathalie en natuurlijk ook voor Luca. We zijn heel erg trots op allebei.'

Ze gunde Nathalie een van haar liefste glimlachjes. De blote huid van Nathalies borst, schouders en hals kleurde vlammend rood.

'Ach!' zei Jean, terwijl ze een denkbeeldige kreukel in Nathalies rok gladstreek. 'Wat fijn voor jullie.'

'Verheugt Luca zich op de bruiloft?' vroeg ik.

Nathalie keek omlaag. Angela zei haastig: 'Natuurlijk. O, hij doet alsof het hem allemaal niets aangaat, maar diep vanbinnen vindt hij het net zo spannend als wij, hè, Nathalie?'

'Hij vindt een bruiloft meer iets voor vrouwen,' zei Nathalie.

'Zo zijn ze allemaal,' viel Jean in. 'Mijn man wilde niets met de voorbereidingen te maken hebben, maar jullie hadden hem op de dag zelf moeten zien. Hij genoot. En we zijn nu dertig jaar getrouwd.'

Ik glimlachte naar Nathalie. 'Laten we hopen dat Luca en jij het ook zo lang uithouden met elkaar.'

Ze deed haar mond open maar voor ze iets kon zeggen kwam mijn zwangere aanstaande bruidje uit haar paskamer. Nathalie zag eruit alsof ze in een toneelstukje meedeed, maar mijn arme bruidje leek op een monster uit haar eigen ergste nachtmerrie. Het was gewoon sadistisch om dat arme kind in zo'n vergevorderde staat van zwangerschap te laten trouwen, en dan ook nog in een witte jurk die te ruim om haar schouders zat, maar om haar middel spande.

De moeder trok een zuur gezicht. 'Ik had het me anders voorgesteld,' zei ze. 'Ik zou maar een paar maten groter passen.'

De dochter schuifelde haar pashokje weer in. Ik zag dat Nathalie en Angela een geamuseerde, laatdunkende blik uitwisselden. Ik had genoeg van ze.

'Wat leuk dat ik jullie even heb kunnen spreken. Doen jullie de groeten aan Luca en Marc?' zei ik kordaat en ik wendde me weer tot de moeder met het martelaarsgezicht in de hoop dat ik haar op subtiele wijze zou kunnen duidelijk maken dat het een veel leukere bruiloft voor iedereen zou worden als ze wachtten tot het kind geboren was. Ik dacht dat ik daardoor misschien niet meer aan Luca zou denken, maar dat was een misrekening.

39

Ik was van plan geweest om te gaan wandelen als Marc naar zijn vrienden in Limerick was, maar uiteindelijk bleef ik aan mijn kant van het bed op de lichtgroene chenille beddesprei liggen en keek naar het schaduwpatroon van dansende bladeren in het zonlicht op de muur tegenover me tot ik in slaap viel.

Ik had een nachtmerrie, waaruit ik zwetend en koud en verward wakker werd. Het duurde even voor ik weer wist waar ik was. De zon was onder. Het was donker. Ik nam een douche. Ik wikkelde me in handdoeken en smeerde dagcrème op mijn gezicht en toen ging ik bij het raam staan en keek een poosje uit over de vallei, waar de lichtjes twinkelden, net zoals de avond daarvoor. Toen kroop ik in bed, leunde tegen de kussens alsof ik ziek was en trok de fles wijn open die Marc voor me had achtergelaten. Ik dronk uit een porseleinen theekopje en keek ondertussen naar een film met Cary Grant.

Terwijl ik daar lag, in mijn eentje, mijlenver van huis, werd de situatie waarin ik me bevond duidelijk en wist ik opeens precies wat ik moest doen.

Het deed er niet toe hoe pijnlijk het zou zijn, het deed er niet toe hoe eenzaam ik was, het deed er niet toe hoeveel ik om hem gaf, en hij om mij, er lag maar één weg voor me open.

Ik nam me voor een punt te zetten achter mijn verhouding met Marc.

40

Luca en Nathalie zouden op de dag voor kerst trouwen. Ik was niet uitgenodigd voor de bruiloft, maar mam zou de bloemen in de kerk verzorgen. Ze had een afspraak met Angela om te overleggen over de kleur van de jurken van de bruidsmeisjes en dat soort dingen, en kwam verontwaardigd thuis. Ze wond zich op over de luxe, de hoeveelheid geld die er werd uitgegeven en over de ongegeneerde extravagantie van het geheel. Tegelijkertijd was ze ondanks zichzelf vol bewondering voor Angela en de manier waar op ze alles tot in de puntjes georganiseerd had.

'Je zou de hoofdtooi van de bruidsmeisjes eens moeten zien, Olivia, die is prachtig. Een soort krans met zijden bloemen en zilveren en paarse linten die over de rug omlaag stromen,' zei ze. En in één adem door: 'God mag weten hoeveel ze gekost hebben, een schandalige geldverkwisting.'

'Heb je Luca nog gezien?' vroeg ik. Ik was de aardappels voor het avondeten aan het schillen, en stond met tot mijn ellebogen opgestroopte mouwen en witte handen van het koude water bij de gootsteen. Het water in de pan op het gasfornuis kookte al en het keukenraam was beslagen, zodat ik niet naar buiten kon kijken naar het natte oranje en bruin van de afgevallen herfstbladeren in de tuin.

'Ik heb een van de twee gezien, maar ik kan die jongens nooit uit elkaar houden,' zei mam. Ze ging op een keukenstoel zitten en wreef over haar voet. 'Heb je de worstjes uit de koelkast gehaald, zoals ik je gevraagd heb?'

Het moet dus een donderdag zijn geweest.

Ik knikte. De worstjes lagen op een bord, klaar voor de koekenpan.

'Nathalie is een prachtig meisje,' zei mam. 'Ze doet me aan Lynnette denken.'

'Sorry hoor,' zei ik, 'maar ze haalt het niet bij Lynnette.'

'Nou ja, Lynnette heeft een beter figuur,' gaf mam toe. 'Maar Nathalie heeft zo veel meegemaakt en toch staat voor haar het belang voor anderen voorop. Ze is een geweldige steun voor Angela, weet je. Ze werkt keihard en ze is betrouwbaar. Angela zegt dat ze niet zou weten wat ze zonder haar zouden moeten beginnen.'

Ik trok een gezicht en ging verder met de aardappelen.

'Angela zegt dat Nathalie de dochter is die ze nooit heeft gekregen. Ze zegt dat Luca en zij een geweldig stel zijn.'

'Leuk voor ze,' zei ik. Ik liet het water weglopen en pakte de arme bleke aardappelen uit de gootsteen. Het waren net kleine, blote, dode diertjes.

'Angela zegt dat het niet mooier had kunnen lopen. Nathalie en Luca kunnen de zaak overnemen en in de flat gaan wonen en haar man en zij kunnen het een beetje rustiger aan gaan doen. Misschien gaan ze zelfs naar Watersford verhuizen.'

'Prachtig.' Ik sneed de aardappelen doormidden en liet ze in het borrelende water glijden.

'Heb je zout in het water gedaan?'

'Ja.'

'Weet je dat zeker?'

'Ja.'

'Want Colin komt straks en je weet dat hij prijs stelt op een goed gekookt aardappeltje.'

Ik spoelde mijn handen onder de kraan af en viste de schillen uit het putje.

'En waar stelde papa prijs op, mam?'

Ze negeerde me.

'Het wordt een prachtige bruiloft. Een beetje protserig, maar prachtig. Angela heeft tegen me gezegd dat ik na de dienst bij Marinella's een glaasje champagne moet komen drinken. Het hele restaurant wordt met zilver, paars en groen versierd. Er zal buiten een enorme kerstboom worden opgesteld, met lichtjes, en het hekje langs het terras wordt versierd met bloemen. En er komt een echte Italiaanse operazanger. Wat een vreselijke geldverspilling.'

'Geweldig, hoor,' zei ik. Ik deed het gas onder de koekenpan aan en smolt een driehoekje vet in de pan en langzamerhand ging het gesprek op iets anders over en tegen de tijd dat we gingen eten waren meneer Hensley en mam gezellig bezig met karaktermoord op de juf van de zondagschool en kon ik rustig nadenken over mijn persoonlijke voorraadje 'stel dat'.

Het was eind oktober en Anneli was voor een weekendje terug van de universiteit. Ze leek wat slordiger en minder verzorgd dan vroeger, en ze was vol van verhalen van haar nieuwe leven en haar nieuwe vrienden, maar ik kon aan haar gezicht zien dat ze het fijn vond me weer te zien. We zaten een hele dag op haar kamer, terwijl ze vertelde hoe het leven in het studentenhuis was, hoe het was om al die nieuwe mensen te leren kennen en dat haar kamergenote de dochter van een echt beroemde, linkse filmster was, en dat dat eigenlijk best eng was en dat ze wilde dat ik ook op de universiteit zat. En dat wilde ik ook. Ik was vergeten hoezeer ik mijn beste vriendin gemist had. Anneli wist hoe graag ik wilde ontsnappen aan Portiston.

De eerste avond dat Anneli terug was waren we van plan langs de boulevard te lopen maar het begon te regenen dus gingen we de Black Swan binnen en dronken een paar biertjes. Ik vertelde haar over Luca en Nathalies bruiloft en ze sloeg haar ogen ten hemel en zei: 'Dat huwelijk gaat mislukken.'

Ik vroeg haar waarom en zij zei dat haar moeder bevriend was met de vrouw die de was voor Marinella's deed en die had gezegd dat Luca sinds zijn verloving als een ter dood veroordeelde rondliep.

'Mam zegt dat je je lotsbestemming niet moet proberen te ontlopen,' zei Anneli. 'Dat is natuurlijk niet erg wetenschappelijk uitgedrukt, maar ik begrijp wat ze bedoelt.'

'Maar wat bedoelt ze dan?' vroeg ik terwijl ik de rook van mijn sigaret door mijn getuite lippen uitblies. Een aanwensel van Anneli dat ik ogenblikkelijk had overgenomen.

'Nou ja, dat je altijd de weg van de minste weerstand moet nemen, en zo.'

Ik keek haar niet-begrijpend aan.

'Ach, je begrijpt me wel, Liv. Als je er geen goed gevoel over hebt, moet je het niet doen.'

'Bedoel je dat Luca niet met Nathalie moet trouwen?'

'Natuurlijk moet hij niet met haar trouwen! Het is min of meer een gearrangeerd huwelijk. Dat is vandaag de dag belachelijk.'

'Hmm,' zei ik. 'Maar ik was er toevallig bij toen Nathalie haar jurk uitzocht en zij leek er dolgelukkig mee.'

Anneli drukte haar sigaret uit in de glazen asbak op het houten tafeltje tussen ons in.

'Nathalie weet niet beter. Ze heeft het romantische idee dat ze op weg is naar ze leefden nog lang en gelukkig omdat Angela haar beloofd heeft dat het zo zal zijn. Ik heb medelijden met haar. Zij is straks degene die gekwetst wordt.'

'Jammer dan,' zei ik.

'Ik weet wel dat je haar niet mag, Liv, maar het is echt een aardige meid. Ze is alleen maar een beetje bang voor jou.'

Ik verslikte me toen ik dit hoorde. Ik proestte en hikte waarmee ik de boze blikken van de oudere klanten van de Black Swan op me vestigde

'Is zij bang voor mij? Waarom zou ze? Ze kijkt op me neer, dat is alles.'

Anneli schudde haar hoofd en dronk haar glas leeg.

'Nee, ze is bang voor wat jij kunt doen.'
'Waarom? Wat kan ik nou doen waar zij last van heeft?'
Anneli haalde haar schouders op. 'Dat weet ik niet.'

We gingen over op een ander onderwerp. Een paar oude vrienden van school kwamen de pub binnen, maar terwijl we daar zaten te drinken en te lachen merkte ik dat er een klein zaadje bij me tot leven was gewekt. Een droom die ik lang geleden had gehad maar die in slaap was gesust, werd wakker, geeuwde en wreef in zijn ogen.

De volgende avond gingen we naar Romeo and Juliet, een disco in Watersford. We wisten niet dat Luca daar ook zou zijn. Hoe hadden we dat kunnen weten?

41

Marc had berouw.

'Het spijt me, lieverd, het spijt me zo.' Hij hield onder de ontbijttafel mijn hand tussen zijn knieën. Het was zondagochtend, we hadden nog een paar uur om naar de kliffen van Moher te gaan voor we weer terug moesten naar ons echte leven. Ik was moe en ik miste Luca. Ik maakte mijn hand los en roerde de suiker door mijn thee. Buiten miezerde het.

'Ik kon gewoon niet wegkomen. Ze waren niet zo dronken als ik verwacht had. Steve telde steeds of iedereen er wel was. Ik kon niet wegkomen.'

'Wat maakt het uit,' zei ik. Het kon me werkelijk niet schelen.

'O, doe nou niet zo.'

'Nee, dat bedoelde ik niet... Ik bedoel dat ik het echt niet erg vind.'

'Ik wilde alleen maar hiernaartoe, naar jou.'

'Het hindert niet, Marc. Echt niet.'

'Is er iets? Is er iets gebeurd?'

'Nee.'

'Alles naar wens?' Het was de jonge eigenaar die ons een rekje met geroosterd brood bracht. Hij had donkere wallen onder zijn ogen van het harde werken, van de baby, van alles.

'Prima, dank je wel,' zei ik.

'Hebben jullie nog plannen voor vanmorgen?'
'We willen de kliffen van Moher bekijken.'
'O, jullie zullen het er prachtig vinden. Het is een heel mooie plek. Het is wel toeristisch, hoor.'
'Dat zijn we wel gewend,' zei Marc.
'Jammer dat jullie niet langer kunnen blijven. Jullie zullen nog een keer terug moeten komen.'
Marc keek hem stralend aan. 'Dat doen we! Toch, schat?'
Ik glimlachte zwakjes. 'Misschien wel.'

Die ochtend was ik dood- en doodmoe. Terwijl Marc de rekening betaalde kroop ik nog even onder de lakens van het brede lage bed en viel weer in slaap. Toen Marc terugkwam kroop hij bij me in bed, en bedreef de liefde met me. Zijn handen waren koud, zijn adem luid en heet in mijn oor. Ik lag daar maar en staarde over zijn brede, bleke schouder en wachtte tot hij klaar was. Hij kreunde en zuchtte en overdekte mijn gezicht met kussen maar ik geloofde hem niet toen hij zei dat het heerlijk en ongelooflijk was geweest. Ik had niets gevoeld. Geen opluchting, geen ontsnapping aan mijn verdriet, geen demping van die bron van eenzaamheid. Ik lag op mijn zij en staarde naar de muur terwijl Marc inpakte, de kamer opruimde en toen hielp hij me uit bed en in de huurauto alsof ik ziek was. Ik had kaart moeten lezen, maar ik had er geen zin in. In plaats daarvan keek ik door de regen naar het voorbijglijdende landschap, naar de rotsen, de heidevelden, de oude huizen en de moderne bungalows, die als miniatuurranches waren uitgerust met elektrisch bedienbare hekken en in figuren gesnoeide bomen. Ik miste Luca. Ik miste Luca met iedere ademtocht, iedere hartslag en iedere keer dat ik met mijn ogen knipperde. Marc had de radio aangezet en er was een belprogramma over de vraag waarom er steeds minder mensen in Ierland naar de kerk gingen, maar toch waren alle kerken waar we langsreden omringd door een kudde geparkeerde auto's, die grote macho suv's, van welvarende gezinsmannen en vrouwen. Marc reed voorzichtig en dat ergerde me. Ik verlangde naar de opwinding van Luca's roekeloosheid, zijn gewoonte om de bochten te snel en te scherp te nemen, waardoor de auto slingerde, de manier waarop hij zijn handen van het stuur haalde en met zijn ellebogen stuurde terwijl hij een sigaret opstak of de kaart raadpleegde, de manier waarop hij zijn heup omhoog bewoog om zijn mobiel uit zijn achterzak te halen. Ik dacht eraan dat Luca de radio harder zette bij ieder nummer dat hij mooi vond (en zijn smaak was breed en veelzijdig) en met zijn hoofd op de maat meeknikte en als het een rocknummer was, ging zijn hoofd op en neer, zijn haar viel over zijn gezicht en dan die brede, brede glimlach, zijn ogen...

'Waarom lach je?' vroeg Marc.

'O, nergens om.'

'Dacht je aan Luca?'

'Ja.'

Marc legde in een vriendelijk gebaar zijn hand op mijn dij en ik ontspande een beetje en huilde, zachtjes en zonder me er druk om te maken. Ik voelde me daarna een klein beetje beter.

De kliffen van Moher kon je bereiken via een pad dat door een weelderig groen stuk van het meest westelijke deel van Ierland slingerde. Langs het pad zaten mensen die cd's verkochten met Gaelic-muziek, wollen truien en mutsen, allerlei sieraden en kleine kunstwerkjes, geschilderd op glanzende grijze leisteen.

Het regende niet meer en de zon scheen. Er stond een flinke wind. We liepen hand in hand langs het pad naar het uitzichtpunt waar de oceaanwind mijn wanhoop wegblies. Ik ademde diep in, veegde het haar uit mijn ogen en keek uit over die kale, dramatische kliffen, zo heel anders dan de miniatuurversie van Portiston. Marc sloeg zijn armen om me heen en ik leunde tegen hem aan en voelde me weer veilig.

We klauterden naar beneden, naar een rotsplateau dat vanuit de klifwand uitstak. De zee lag heel diep onder ons en ik bleef weg van de rand, hield mijn handpalmen tegen het warme gras dat tegen de klifwand aan groeide. Ik durfde nog geen meter dichter bij de rand te komen, de gedachte alleen al maakte me duizelig. Marc leek, zo-als alle mannen, naar de rand toe gezogen te worden. Het was waarschijnlijk een macho ding, want bij de rotswand waar ik stond, stonden nog veel meer angstig kijkende vrouwen, terwijl de mannen bij de rand zaten en hun benen naar beneden lieten bun-gelen. Eén duwtje, één schuiver, en ze zouden er allemaal geweest zijn.

Het licht van het waterige zonnetje op de zee deed pijn aan mijn ogen. Marc was niet meer dan een silhouet tegen dat licht. Hij was niet meer dan één van de dertig, veertig silhouetten, ik wist zelfs niet zeker wie hij was. Dus draaide ik me om, klauterde op handen en voeten langs het graspad weer omhoog en kwam toen overeind.

Ik stond oog in oog met mevrouw McGuire, de schoonmaakster van Marinella's.

Ze stond op het pad, minder dan twee meter bij me vandaan, warm ingepakt in een lange jas, met bontgevoerde laarsjes en een sjaal, en ze had haar arm door die van een jongere versie van zichzelf gestoken. Ze keek een beetje verbaasd en ik begreep dat ze me her-kende, maar me niet kon plaatsen. Ik draaide me snel om, maar niet snel genoeg, want Marc stond al achter me en legde zijn hand op mijn middel, zijn stem klonk in mijn haar.

Ik zei niets. Ik draaide me om en liep weg van hem en mevrouw McGuire.

Ik liep zo snel mogelijk met mijn rug naar hen toe over het pad naar het zuiden. Na ongeveer achthonderd meter hield ik stil. Ik ging zitten, met mijn kin op mijn knieën, keek uit over de zee en wachtte op Marc. Die kwam al snel.

'Heeft ze me herkend?'

'Ik denk van niet,' zei Marc. 'Maar het was overduidelijk dat wij samen waren. Shit.'

Hij pakte een steentje op en gooide het over de rand van het klif.

Ik had een vage herinnering aan Luca die lang geleden iets dergelijks gedaan had.

'Wat moeten we doen?'

'Niets. Niets.' Hij tastte in zijn zak en haalde zijn sigaretten tevoorschijn. 'Roken?'

Ik schudde mijn hoofd. Marc kwam naast me zitten, en ik legde mijn handen om die van hem zodat de lucifer lang genoeg aan bleef om de sigaret aan te kunnen steken. Hij inhaleerde diep en tuurde naar de horizon.

'Gek om te bedenken dat je, als je erin springt en doorzwemt, in Amerika uit komt. Misschien moeten we dat gewoon doen.'

Ik glimlachte en plukte aan het gras.

'Ze gaat ongetwijfeld iets zeggen, Marc. In ieder geval tegen je moeder, al zegt ze misschien niets tegen Nathalie.'

'Weet ik.'

Marc blies een rookwolk uit die door de wind in mijn gezicht terug werd geblazen. Hij boog zich naar me toe en kuste me. 'Er zijn toch nog wel meer toeristische plekjes in Ierland. Dat ze nu uitgerekend hier...' zei hij.

'Je doet er wel erg luchtig over. Maak je je geen zorgen?'

'Natuurlijk maak ik me zorgen. Maar het had erger gekund. Mevrouw McGuire kent jou niet. Ik zeg gewoon dat je een vriendin van Steve was of zo. Ik zeg dat we hier wat aan het rondkijken waren, meer niet. Ik praat me er wel uit.'

'O, mooi.'

'Nou, ik kan toch moeilijk vertellen hoe het echt zit.'

'Het is een teken,' zei ik. 'Een teken dat we hiermee moeten stoppen. Voor er brokken van komen.'

'Het is geen teken,' zei Marc. 'Het betekent helemaal niets. Doe niet zo paranoïde.'

Maar ik wist het. Ik wist dat mevrouw McGuire op de een of andere manier onze ondergang zou betekenen.

42

Als je in Watersford wilde drinken, dansen en iemand versieren, dan ging je naar Romeo and Juliet. Toen die nog niet bestond, ging je naar de Top Rank, en daarvoor zal het wel een danszaal of een bingozaaltje zijn geweest of zo. De disco bevond zich op de bovenverdieping van een naoorlogs blok met matige winkels, in een buurt waar niet gewoond werd en waar dus niemand aanstoot kon nemen aan de honderden dronken jongelui die in de kleine uurtjes schreeuwend en lachend door de straten dwaalden, ruziemaakten en snelle staande seks hadden. De drankjes waren er duur en het was lastig er een te krijgen (de rijen voor de barretjes waren eindeloos) dus hadden Anneli en ik, omdat we er niet voetstoots van uit konden gaan dat we meteen een drankje aangeboden zouden krijgen, ons degelijk voorbereid met een paar Bacardi-cola's achter de kiezen en een flesje wodka in mijn rokband. Dat zag je niet onder mijn winterjas. De portier keek in handtassen, maar hij zou het niet in zijn hoofd halen ons te fouilleren. Dat gebeurde toen nog niet.

Voor tienen mochten de meisjes er gratis in, dus om vijf voor tien trippelden we door de glazen buitendeur naar binnen en beklommen toen de brede, gestoffeerde trap met de gouden koorden die aan weerszijden in lussen langs de gecapitonneerde wanden naar beneden hingen. We voelden ons prinsesjes. Bij de garderobe naast de grote open lobby boven aan de trap ruilden we onze jassen in tegen nummertjes waarmee je gelijk meedeed aan de tombola, en vervolgens liepen we op het lawaai af naar de dubbele klapdeuren die toegang gaven tot de disco zelf. Binnen was het donker en warm en vol en de muziek dreunde zo dat hij bijna fysiek aanwezig was. De dansvloer was gevuld, grotendeels met meisjes die gebruik hadden gemaakt van de tien-uurregel. De jongens zouden later komen, als de pubs dichtgingen. Anneli en ik liepen naar de damestoiletten waar we samen een hokje in gingen om te plassen en een grote slok wodka te nemen. Het brandde in mijn maag en deed Anneli kokhalzen en giechelen. Voor de spiegels stond een rij waarbij we achteraan moesten sluiten om onze lippen opnieuw te kunnen stiften. Overal zag je blote armen, wilde kapsels en het rook zwaar naar parfum. Iedereen dronk uit binnengesmokkelde flesjes. Het deed me denken aan de personeelsgarderobe bij Wasbrook's, alleen werd daar minder gepoederd en meer gevloekt.

Toen we weer in de disco waren, vonden we een plekje om te zitten. Het was niet zo'n geweldig plekje: een bank langs de muur, min of meer verstopt achter een van de bars. Niet op het balkon waar de oudere, rijkere en zelfbewustere discobezoeksters zich lieten bewonderen en hun cocktails dronken, maar beneden, waar de muziek zo luid was dat we alleen maar met elkaar konden communiceren door in elkaars oor te toeteren, met onze handen om onze mond om de woorden af te schermen.

We hoefden niet lang te wachten tot er twee jongemannen op ons afkwamen die ons een drankje aanboden, wat we natuurlijk niet afsloegen. We konden geen woord van wat ze zeiden verstaan. De dj draaide de ene discohit na de andere. Mijn jongeman, een breedgeschouderde soldaat met een kaalgeschoren hoofd, afgekloven nagels en een metaalachtige adem, wilde me steeds zoenen. Daar had ik geen zin in, dus toen we onze drankjes ophadden glipten Anneli en ik de dansvloer op. We waren daar nog geen vijf minuten aan het dansen of Anneli werd door iemand op haar tenen getrapt, en die iemand was Luca. Hij was er met Marc en een groepje jongens uit

Portiston en de jongere leden van het zondagsvoetbalteam van de stad. Ik keek rond, maar verder was er niemand. Nathalie was er niet.

We konden elkaar niet verstaan. Luca's gezicht was in het discolicht groen en vervolgens blauw en rood en daarna overdekt met zilveren regendroppels. Maar we lachten, en omhelsden elkaar en hij toeterde in mijn oor dat dit zijn onofficiële vrijgezellenavond was.

'Niet de echte met pa en mijn ooms en neven. Dan gaan we naar Napels, naar de rest van de Felicone-maffia. Dit is de vrijgezellenavond om ladderzat te worden,' schreeuwde hij.

'Geen stripteasedanseres?' schreeuwde ik terug.

'Tot nu toe niet,' antwoordde hij, 'maar ik heb de hoop nog niet opgegeven.'

Het was heel gewoon dat we samen dansten, waarom niet? Ik had het gevoel dat ik in brand stond, dat moest de wodka zijn die in mijn bloedbaan was terechtgekomen. Ik was gek op dansen. Ik kronkelde mijn lichaam, ik schudde met mijn heupen en keek hem vanonder mijn pony aan (een blik die ik urenlang voor de spiegel geoefend had, en die ik verleidelijk vond). En toen kwam er een of ander stom liedje – 'Thriller' of zo – en we dansten samen en maakten al die domme bewegingen en we lachten zo hard dat ik dacht dat mijn mondhoeken zouden scheuren en ik wist dat Luca naar me keek en dat mijn kleine borsten mooi waren in het kant van mijn strakke, laag uitgesneden topje en ik was ontzettend gelukkig.

Toen Luca's haar aan zijn gezicht plakte en zijn hemd donker was van het zweet, gebaarde hij dat we van de dansvloer af moesten om even bij te komen. We gingen door de dubbele deuren naar de lobby waar een koude luchtstroom van de ingang via de trap omhoog kwam. Het was er heerlijk koel. Ik leunde tegen de gecapitonneerde muur en deed mijn knellende schoentjes uit. Er zat een blaar aan de zijkant van mijn kleine teen. Luca knielde neer om hem te bekijken en zei dat het niets terminaals was. Hij blies op mijn voet voor koelte. Er waren heel veel andere mensen daar in de lobby. Mensen die zoenden, mensen die huilden, mensen die ruziemaakten. Rechts van ons gaf een meisje over in een grote bloempot waarin een plastic boom met rode kerstlampjes stond. Haar vriendin hield haar haren naar achteren en wreef geruststellend over haar rug. Het meisje dat misselijk was, was een schoen kwijt en ze had een enorme ladder in haar panty. Ik keek de andere kant op.

Luca kwam overeind, stak een sigaret op, nam een trekje en toen opeens was de sigaret weg en kuste hij me, zijn handen in mijn haar, zijn mond die naar tabak smaakte op mijn lippen en ik voelde hem hard tegen me aan drukken. Voor het eerst in mijn leven had ik het gevoel dat ik precies op de plek was waar ik hoorde, die avond, en dat ik precies deed wat ik moest doen. Ik hoorde dat ergens rechts van me de deuren naar de disco opengingen. Een explosie van lawaai en hitte stootte naar buiten en toen zwaaiden ze weer dicht, en ik keek over Luca's schouder om me ervan te verzekeren dat er geen bekenden in de lobby waren maar er was niemand.

'God, Liv,' hijgde Luca in mijn oor, terwijl hij tegen me aan leunde. 'Laten we weggaan...'

'Nee, nee, ssst,' fluisterde ik. Ik raakte zijn vochtige gezicht met mijn vingertoppen aan en toen liet ik mijn hand naar beneden glijden naar de rits van zijn spijkerbroek die strak stond. Niemand kon het zien, Luca dekte me met zijn lichaam af en achter me was de muur. Mijn rechterbeen was gebogen, mijn blote voet stond tegen de muur. 'Het is jouw vrijgezellenavond. Je kunt niet zomaar verdwijnen.'

Luca kreunde. 'Niet doen, alsjeblieft, niet doen.'

'Ssst,' zei ik weer. Ik trok de rits naar beneden en begroef mijn vingers in de tropische hitte van zijn broek.

Iedere vezel van mijn lichaam leefde. Ik voelde me als een universum van zenuwuiteinden die allemaal vonken schoten en trilden. Luca verborg zijn gezicht in mijn hals, zijn mond was op mijn oor, hij ademde snel en diep, als iemand die bang is.

'Als je je hand daar nog één seconde houdt, kom ik klaar,' fluisterde hij.

'Eén...' fluisterde ik terug.

Even later gingen we terug naar de dansvloer. Luca sloeg zijn armen om me heen en fluisterde woordjes van dank en verbazing in mijn haar.

Het was inmiddels verschrikkelijk vol in de disco, er was geen ruimte meer om te dansen en Luca zag er verbijsterd en jong en kwetsbaar uit. Marc probeerde steeds met me te dansen, dat werkte me op mijn zenuwen. Ik wilde dat hij wegging, ik wilde eigenlijk dat ze allemaal weggingen, en dat ze mij en mijn lieveling met rust lieten. Maar dat gebeurde niet. De duizendste keer dat Marcs gezicht grinnikend voor me opdook pakte ik Anneli's handtasje waar de rest van de wodka in zat en liep naar de toiletten.

'Wat is er?' vroeg ze, terwijl ze op haar hoge hakken achter me aan trippelde. 'Heeft Luca iets gezegd? Is er iets gebeurd?'

'Nee, niets,' zei ik. Er stond een rij voor de damestoiletten, meisjes die eruitzagen alsof ze misselijk waren, met ronde panda-ogen van de mascara. De muziek dreunde in mijn hoofd. Ik keek snel om me heen om te zien of iemand van het personeel of de uitsmijters keek en nam toen een flinke slok wodka. En nog een. De fles was bijna leeg. De vloer plakte van de gemorste drank.

'Er is iets,' zei Anneli. 'Er is iets en je wilt het me niet vertellen.'

Ik veegde mijn lippen met de rug van mijn verdorven hand af. O, zijn heerlijke geur. Ik schudde mijn hoofd.

'Er is iets. Je bent anders.'

'Nee, er is niets. Alles is gewoon.'

Anneli beet op haar lip. Ik deed een stap naar haar toe maar zij stapte achteruit, weg van me.

'Je hebt hem gezoend.'

'Ja, of hij heeft mij gezoend. Het stelde niets voor. Hij is dronken.'

Anneli fronste haar wenkbrauwen.

'Kijk niet zo. Het stelde niets voor.'

'Je gaat toch geen domme dingen doen?'

Ik lachte schril. Het klonk gemaakt, dat kon ik zelf ook horen.

'Nee, natuurlijk niet,' zei ik.

'Hij is verloofd, Liv. Over acht weken trouwt hij. Als je dat verstierd, wordt het duizend keer erger dan met meneer Parker.'

Ik nam haar handen in die van mij. Mijn smerige handen op haar onschuldige handen.

'Anneli, ik beloof je dat ik niets zal doen wat niet mag.'

Later schuifelden Luca en ik op 'If You're Looking for a Way Out'. Zijn lippen lagen tegen mijn haar en proefden mijn shampoo, zijn grote benige handen hielden me tegen zich aangedrukt. Marc danste met Anneli. Zij hield haar gezicht vastbesloten van ons afgewend, en Marc bleef maar kijken en kijken.

Aan het eind van het nummer begonnen de meeste andere stelletjes op de dansvloer te zoenen, die diepe, natte tongzoenen van dronken mensen die elkaar niet zo goed kennen. Luca en ik echter stapten netjes uit elkaar. Anneli wees op haar horloge en vervolgens naar de deur. Onze taxi kwam eraan.

Ik pakte mijn tas en zwaaide naar Luca.

'Zie ik je morgen?' zei hij heel zacht. 'Wil je naar Marinella's komen?'

Ik knikte. 'Ik kom een kop koffie drinken als ik wakker ben.'

En dat heb ik gedaan. En zo is het echt begonnen.

43

De vlucht terug naar Watersford leek op één lang uitgesmeerd afscheid en de gedachte aan wat er kon gebeuren als we terug waren vervulde me met een onbeschrijflijke angst. Op het vliegveld van Shannon had ik in de zenuwen gezeten dat mevrouw McGuire met dezelfde vlucht terug zou gaan. Ze had tegen Marc gezegd dat ze met haar dochter op vakantie was en dat ze nog een hele week zou blijven, maar dat stelde me niet gerust. Ze zou best wel eens, uit een soort hondentrouw aan Angela, naar het vliegveld kunnen komen om ons te bespioneren.

'En stel nou dat we een van je vrienden van de vrijgezellenavond tegenkomen?'

'Dat zal niet gebeuren. De meesten zijn vanmorgen al teruggevlogen, en de rest is doorgereisd naar Dublin.'

'Maar misschien hebben ze hun vlucht gemist.'

'Liv, schei uit. Ik word er doodziek van.'

'Maar je neemt het niet serieus!'

'Waarom doe je opeens zo paranoïde?'

'Mevrouw McGuire heeft ons gezien.'

'Ze kent je niet. Ze weet niet dat er iets tussen ons is. En zelfs als ze haar vermoedens heeft, dan nog is het geen ramp.'

'Nee, inderdaad. Het is geen ramp als je hele leven kapotgaat.'

Marc haalde zijn schouders op. Hij keek kwaad en draaide zich om. Hij liep naar de taxfreewinkel en ik ging weer zitten en bedekte mijn ogen met mijn handen.

Toen we in het vliegtuig zaten en ik me ervan had vergewist dat er geen bekenden aan boord waren, probeerde ik van het uitzicht door het raampje te genieten, van de ijskristallen op het glas en het magische landschap van licht op de bovenste laag van de wolken. Maar de wijn die ik dronk was als azijn in mijn maag en ieder schokje van het vliegtuig deed mijn hart sneller kloppen en mijn vingertoppen prikken. Marc voelde zich volgens mij net zo. Hij hield mijn hand vast op de leuning tussen onze twee stoelen en vroeg me veel te vaak of het ging. Ik zag op tegen het afscheid op het vliegveld, zag ertegen op dat ik bij de bagageband moest blijven wachten terwijl hij Nathalie of Maurizio tegemoet liep.

'We moeten hiermee ophouden,' fluisterde ik.

Marc kneep in mijn vingers.

'Het was nooit mijn bedoeling een verhouding met jou te beginnen,' zei ik.

'Dat is het niet.'

'Jawel, dat is het wel.'

'Nee, een verhouding is ordinair en smerig.'

'Dat is precies wat andere mensen over ons zullen zeggen.'

'Liv, alsjeblieft, het heeft geen zin je druk te maken over dingen die nog helemaal niet gebeurd zijn. Zet mevrouw McGuire uit je hoofd. Ze heeft me maar heel even gezien. Ze heeft jou niet herkend. En zelfs als ze je al herkend heeft, dan vergt het heel wat van haar voorstellingsvermogen om te verzinnen dat wij daar samen waren.'

'Hoe kom je daar nu bij?' zei ik. 'Dat is toch de enig logische conclusie die ze kan trekken?'

Marc zuchtte, liet mijn hand los en legde zijn hoofd tegen de hoofdsteun. Mijn oren knapten. In ons eigen veilige schemerdonker op grote hoogte begonnen we aan de daling naar Watersford.

'Wil je dat, Liv? Wil je echt dat we elkaar niet meer ontmoeten?'

‘Nee, ik weet niet. Ik wil niet zonder jou zijn, maar…’

‘Maar wat?’

‘Maar ermee ophouden is de enig mogelijke afloop voor jou en mij.’

‘We hoeven er pas mee op te houden als we daar klaar voor zijn.’

‘We moeten ermee stoppen voor er brokken van komen en er iemand gekwetst wordt. Nathalie bedoel ik.’

Marc haalde zijn schouders op. ‘Waarom zou je je druk maken om haar? Zij geeft niets om jou.’

‘Daar heeft ze alle reden toe.’

Toen we door het wolkendek braken, boog het vliegtuig naar links af en door het raampje konden we op de rondweg de lichten van het verkeer zien dat naar het vliegveld toe reed. Nathalie zat waarschijnlijk in een van die auto’s. Ze zou haar rit keurig getimed hebben. Ze zou zitten luisteren naar klassieke muziek. Haar haren zouden glanzen, ze had haar tanden gepoetst en haar kleren waren netjes gestreken. Ze zou met haar korte nagels op het stuur tikken. Ze had de kinderen thuisgelaten, in de flat boven Marinella’s, onder de hoede van hun grootouders. Kleine Ben lag in zijn bedje, in zijn blauwe pyjama met de konijntjes, op zijn rug, zijn armpjes naast zijn hoofd, en ademde rustig door zijn roze lipjes. De andere twee zaten waarschijnlijk tv te kijken in de huiskamer. Kirsty opgerold op de bank, haar voeten onder zich getrokken, draaide een lok donker haar om haar volmaakte vingertjes. Billy lag op zijn buik op het kleed, zijn kin op zijn handen, zijn dikke voetjes in de slobberende groezelige sokken staken achter hem omhoog en hij had zijn ogen strak op het scherm gericht.

Ik wist wat me te doen stond.

‘Ik wil ermee ophouden, Marc. Ik wil er een punt achter zetten.’

‘Zoals je wilt,’ zei hij. Maar hij klonk niet overtuigd.

44

Luca en Nathalie zouden op de dag voor Kerstmis trouwen. Eind oktober kregen Luca en ik iets met elkaar. Begin november waren we minnaars. Eind november zei Luca tegen me dat wat wij hadden meer was dan alleen maar 'de laatste wilde haren van een bijna-getrouwd man'.

De herfst was bijtend koud en we maakten ons op voor een winter die alle records op het koufront zou breken. Het was vrijwel onmogelijk voor Luca en mij om een plek te vinden waar we samen konden zijn. Hoewel Angela en Nathalie mij ijzig bejegenden, ging ik steeds vaker naar Marinella's, gewoon om van het geruststellende gevoel te genieten vlak bij Luca te zijn. Op mijn werk bij Wasbrook's stond ik te dromen en ik voerde er niets uit. Na een rampzalige zaterdagochtend op de glasafdeling zei de cheffin dat ik nergens goed voor was, zelfs niet ter versiering, en ze stuurde me naar huis in de veronderstelling dat ik een griepje onder de leden had. De waarheid was dat ik Luca de avond daarvoor mijn slaapkamer binnengesmokkeld had en dat we geen oog dicht hadden gedaan. We waren verrukt om eindelijk naakt met z'n tweeën te zijn, maar dat gevoel werd totaal bedorven door angst voor ontdekking. Elke keer dat er in dat preutse oude huis iets kraakte, leek het op mijn moeders voetstap op de trap en we werden opgeschrikt door iedere fluistering van de wind buiten.

Vroeg of laat, dat wisten we, zouden we tegen de lamp lopen. Ons verlangen naar elkaar dreef ons tot steeds grotere roekeloosheid. Op een zondag neukten we staand op het binnenplaatsje achter Marinella's en daarna ging Luca weer gewoon naar binnen om het eten op te dienen voor een reisgezelschap dat met een bus van Lytham St. Anne's was gekomen. Een andere keer, toen Angela en Nathalie naar Watersford waren gegaan om de laatste bijzonderheden met de fotograaf door te nemen, ontbood Luca me bij de oprit van de veerboot en brachten we tien minuten steenkoud maar verzaligd door op mijn oude plekje. Luca droeg zijn Marinella-outfit nog en toen hij wegging zat zijn broek onder de olie en was groen van het zeewier. Af en toe lukte het hem om voor een of andere boodschap naar Watersford te komen. Dan haalde hij me af bij Wasbrook's en genoten we een half uurtje van de privacy in zijn oude auto. Over de toekomst hadden we het nooit.

We praatten nooit. Daar hadden we de tijd niet voor. Mobiels bestonden nog niet, we hadden geen gelegenheid, we hadden geen privacy, maar niets weerhield ons ervan zo vaak mogelijk samen te zijn.

Achteraf dacht iedereen dat we alles lang van tevoren gepland hadden, maar dat is gewoon niet waar. Ik dacht nooit aan de toekomst. Ik was alleen maar gulzig naar het heden, omdat ik dacht dat er verder niets meer in zat.

December was uiteraard de drukste maand in Wasbrook's. Mijn cheffin vroeg me steeds of ik wilde overwerken en ik wilde altijd omdat ik het geld nodig had voor mijn ontsnappingspotje en omdat ik dan niet aan Luca's huwelijk hoefde te denken. Bovendien hoefde ik niet naar huis als ik werkte. Het was leuk om met de kerst te werken, hoewel de zaak door het winkelende publiek compleet overhoop gehaald werd en er ongelooflijk veel gestolen werd. Hele rekken koopwaar verdwenen in de boodschappentassen van overwegend middenklasse vrouwen die het warenhuis bezochten. De obligate kerstliedjes kwamen me mijn neus uit, ik had schoon genoeg van de arrenslee en de jingle bells, maar ik genoot van de drukte en het gedoe van al die klanten met hun rode neus, die ondanks stress, tijd- en geldgebrek hun best deden om het ultieme kerstcadeau te kopen. Ik vond het heerlijk om 's avonds in het winterse duister de winkel te verlaten, als de stad vol hing met lichtjes, waar je maar keek. Soms speelde de band van het Leger des Heils kerstliederen op het podium midden in de winkelbuurt en een keer zag ik de kerstman op een gemotoriseerde slee die snoepgoed strooide voor het winkelende publiek en met zijn gehandschoeide hand wuifde alsof hij de koningin was. Een van de begeleidende elfen vertelde me dat ze een collecte hielden voor de vrijwillige brandweer.

De adrenaline gierde constant door me heen. Ik zag Luca's gezicht overal. Ik zag de lijn van zijn schouders, of de manier waarop hij zijn haar droeg, of de manier waarop hij stond, met zijn voeten uit elkaar en zijn duimen in de zakken van zijn spijkerbroek en dan liep ik de hele afdeling door om er iedere keer weer achter te komen dat het Luca niet was, maar iemand die een heel klein beetje op hem leek.

Deze voortdurende staat van seksuele spanning maakte mijn ogen helder en mijn wangen roze en in mijn hele leven heb ik nooit zo veel aandacht gehad als toen. Jonge mannen benaderden me in het warenhuis. Sommigen waren beleefd en hoffelijk. Ze vroegen of ik in mijn pauze een kop koffie met ze wilde drinken. Anderen – en die vond ik leuker – waren een en al glimlach en uitsloverij. Ze maakten complimentjes, ze plaagden me tot het hoge woord eruit kwam, wat meestal inhield dat ze me vroegen of ik zin had om na het werk iets met ze te gaan drinken. Oudere mannen wilden me cadeautjes geven. De jongens op het werk stonden te trappelen om me een dienst te bewijzen. Ik zei tegen iedereen: dank je wel, maar ik heb een vriendje. Maar toen de kerstborrel van het personeel eraan zat te komen, had ik een probleem, want ik had natuurlijk geen vriendje, in ieder geval niet een vriendje dat van mij was.

De borrel zou op 17 december plaatsvinden, de vrijdag voor de bruiloft van Luca en Nathalie. Ik bedacht dat Luca me kon afzetten bij de borrel, zijn neus even laten zien en zeggen dat hij niet langer kon blijven. Dan was iedereen tevreden en kwam mijn status van meisje dat al bezet was niet in gevaar. Ik zag geen kwaad in dit plan. Luca liep geen enkel risico.

Toen ik die donkere winteravond in het lichte, uitnodigend warme Marinella's binnenstapte om dit plan te bespreken, was het duidelijk dat de voorbereidingen voor de bruiloft volop in gang waren. Kartonnen dozen met glazen en champagne stonden achter de bar opgestapeld. Aan de ene kant van de zaal was een klein podium opgericht, misschien voor een band, en iemand had spots gemonteerd aan een rail langs het plafond. Aan de andere kant van het restaurant stonden grote vazen op een rij en de kerstversiering, die altijd al prachtig was, was dit jaar geheel in het groen en paars gehouden en dooreengevlochten met de kleinste, mooiste kerstlichtjes die ik ooit gezien had. Bij de bar was Fabio druk bezig om mauve roosjes uit marsepein te maken. De geur van feestelijkheden hing in de lucht.

Angela zag er als gewoonlijk piekfijn uit, maar ze werd zo door zorgen in beslag genomen dat ze vergat zelfs maar een poging te doen beleefd te zijn tegen me toen ik bij de bar kwam staan.

'Wat is er, Olivia?' vroeg ze zonder enige inleiding.

'Ik wil graag een koffie,' zei ik.

'Je kunt niet alleen koffie drinken,' zei Angela. 'Het is te druk. Als je koffie wilt moet je ook iets eten.'

Vier Amerikaanse toeristen zaten aan een tafeltje naast me koffie te drinken. Ik keek even naar ze en toen weer naar Angela, maar zij keek al niet meer naar mij, ze had zich omgedraaid om iets tegen een personeelslid te zeggen dat achter haar stond en haar handen aan een theedoek afdroogde.

Normaal gesproken zou ik de zaak hebben verlaten, maar ik had iets belangrijks te doen.

Ik kuchte. Angela draaide haar hoofd om. 'Ja?'

'Mag ik Luca even spreken?'

'Nee, dat gaat niet. Hij is in de kerk. Generale repetitie met Nathalie.'

'Kan ik je van dienst zijn?'

Marc was achter zijn moeder het restaurant binnengekomen, zijn armen vol kerstkleedjes. Hij lachte me vriendelijk toe en ik kreeg een idee.

'Jawel.'

'Wil je een kopje koffie?'

Angela keek me nijdig aan, maar ze zei niets, dus knikte ik en Marc haalde voor ons beiden een espresso en we gingen aan een tafeltje bij het raam zitten. Het glas was beslagen. Er lag nog geen sneeuw, maar er hing een belofte van sneeuw in de lucht, net als de belofte van Kerstmis.

'Hoe gaat het met je?' vroeg Marc, terwijl hij de koffie van zijn lepeltje zoog.

'Prima,' zei ik. 'Ik vroeg me eigenlijk af of jij morgenavond iets te doen hebt.'

'Ik denk dat ik dan over bruiloften zit te praten.' Hij grijnsde naar me en blies de stoom van zijn lepeltje. 'Ik verveel me kapot, Liv.'

'Zou je het leuk vinden om in plaats daarvan met mij mee te gaan naar een feestje?'

Marc leunde achterover, deed zijn mond open en sloot hem weer.

'Het hoeft niet, hoor,' zei ik, terwijl ik een beetje suiker in mijn kopje liet glijden. 'Je hebt het vast veel te druk en...'

'Nee, dat is het niet. Ik wil heel graag.' Marc lachte breed. 'Ik had gewoon nooit gedacht dat jij... begrijp je...'

'Wat?'

'Dat jij mij mee uit zou vragen. God, je weet toch wat ik voor jou voel, Liv. Hier droom ik al jaren van.'

Ik kon niets tactvols verzinnen. Gebruik van de woorden 'alleen', 'maar' en 'vrienden' zou te kwetsend zijn. Dus ik ging er verder niet op in en zei in plaats daarvan luchtig: 'Mooi! Kom je me dan rond zessen ophalen?'

'Daar kun je op rekenen!'

'We kunnen er gratis drinken, er zijn hapjes en zo en ze hebben een komiek ingehuurd. Waarschijnlijk heel saai, maar...'

'Nee, nee, het lijkt me geweldig. Veel beter dan hier te moeten zitten luisteren naar Angela die Luca probeert te interesseren voor de kleur van de servetten. Trouwens, waarover wilde je hem spreken?'

Ik haalde mijn schouders op. 'O, niets. Gewoon een boodschap van mijn moeder over iets met de ceremoniemeester in de kerk.'

'Zal ik hem vragen of hij jou wil bellen?'

'Ja,' zei ik. 'Ja, graag.'

45

Watersford in de zomer was prachtig. Een stad van bomen en tuinen. De bloesems van mei bloeiden door tot diep in juni en parfumeerden de zoele avondlucht met de geur van honing. Het late avondzonlicht kleurde de gebouwen abrikoos en roze en de mensen zaten op de terrasjes met hun truien om hun middel geknoopt, hun hemdsmouwen opgestroopt, en dronken koud bier en lachten.

Na het uitje naar Ierland was ik blij terug te zijn in de flat. Alleen. Ik sliep beter omdat ik eerder opstond en mijn eetlust was terug. Ik voelde me gezonder. Ik besefte dat er dingen in mijn dagelijkse routine waren waar ik echt van genoot. Ik belde Marc niet en hij belde mij niet en ik durfde de hoop te koesteren dat we allebei het verlies van Luca en onze verhouding overleefd hadden zonder dat er brokken van waren gekomen. Ik miste hem, maar dat was niets vergeleken bij hoezeer ik Luca miste en zelfs dat was niet meer zo erg en zo zwaar.

Ik had de gewoonte aangenomen iedere ochtend bij het café langs te gaan voor een kopje koffie en toast. De bodybuilder-kok en ik waren bevriend geraakt. Hij heette Chris. Ik verheugde me op onze gesprekken. Chris was altijd van alles op de hoogte omdat hij zo vroeg met zijn werk begon. Hij luisterde naar Radio Four terwijl hij eieren bakte voor de vroege forensen en de gemeentearbeiders die uit hun nachtdienst kwamen. Omdat ik altijd op hetzelfde uur van de dag in het café kwam leerde ik de vaste klanten kennen en zij mij. We vroegen aan elkaar hoe het ermee ging. Ik wist hoe de vrouwen, echtgenoten en kinderen heetten. Ik wist wiens neefje bas speelde in een bandje dat Mumm-Ra heette, wiens moeder honderd pond had gewonnen met een kraslot, wie er in de avonduren Spaans studeerde en wiens vierjarig kind gediagnosticeerd was als autistisch. Ik was als vanzelf onderdeel geworden van een hechte gemeenschap van vogels van diverse pluimage.

Na het café liep ik naar mijn werk. Jenny was er altijd eerder dan ik, zelfs op de dagen dat ze een kater had en op de dagen dat haar voeten zeer deden van de lange dienst de avond daarvoor bij de sushibar. Soms kwam de professor wel, soms niet. Maar of hij er nu wel of niet was, ik zette mijn computer aan, schikte de aantekeningen terwijl het ding brommend tot leven kwam en typte nieuwe informatie over Marian Rutherford in. Het was een verhaal dat zich in willekeurige volgorde voor mijn ogen ontvouwde en ik begon steeds meer uit te zien naar het volgende stukje.

Ik stak mijn voeten onder mijn stoel, zette mijn kop koffie aan de ene kant en de stapel aantekeningen aan de andere kant, samen met een groot oud woordenboek met zachte, vergeelde bladzijden en een kleurpotlood om alle stukjes in het manuscript aan te strepen die onleesbaar, niet te ontcijferen en niet te raden waren.

Ondertussen bleef de professor in al zijn rust zichzelf. Hij was aardig tegen me en gaf me complimentjes, maar altijd op een manier die deed vermoeden dat hij gewoon deed wat van hem verwacht werd. Hij probeerde me niet zover te krijgen dat ik iets over mezelf vertelde en hij had het ook niet meer over zijn eigen leven, en daar was ik hem dankbaar voor. Ik was nog nooit iemand tegengekomen die zich zo moeiteloos tussen de mensen bewoog maar zo weinig van zichzelf prijsgaf. Het was alsof hij niet vervelde, geen kooldioxide uitademde en geen vingerafdrukken achterliet. Ooit, dacht ik, komt er een moment om te praten. Ondertussen deed hij geen poging om achter geheimen van mij te komen. Als ik werkte hoefde ik me nergens zorgen om te maken. De grote, lichte, rommelige kamer was een veilige haven zowel voor mij als voor de professor.

Maar drie weken na onze terugkeer uit Ierland liet Marc weer van zich horen. Ik had net mijn mobiel weer aangezet na een bijzonder prettige dag op mijn werk en er stonden verscheidene gemiste oproepen van Marc op en een sms'je dat ik hem onder geen beding terug moest bellen.

Mijn knieën knikten.

'Alles in orde, Olivia?' vroeg de professor. Hij was achter mij de deur uitgekomen en wilde nu afsluiten.

'Ja, prima hoor,' zei ik.

Hij keek niet overtuigd.

'Je bent spierwit.'

'Ik heb net slecht nieuws gehad.'

'Kan ik iets voor je doen?'

'Nee, dank u. Zo erg is het ook weer niet.'

Ik groette hem en wenste hem een prettig weekend en zette er stevig de pas in, in de richting van Fore Street.

Mevrouw McGuire was natuurlijk teruggekomen en had iets tegen Angela gezegd. Dat kon niet anders. Ik liep met nietsziende ogen door de prachtige stad, terwijl ik probeerde een verhaaltje te verzinnen waarin ik mijn aanwezigheid in een van de beroemdste toeristische trekpleisters van Ierland tegelijk met Marc kon verklaren. Zoals Marc al gezegd had wilde het feit alleen dat we daar samen waren verder helemaal niets zeggen. Ongelooflijke toevalligheden kwamen voortdurend voor. Mensen komen elkaar op de raarste plekken tegen, dacht ik, en toen dacht ik erachteraan: ja, in boeken en in films, niet in het echte leven.

Thuis sloeg ik twee glazen wijn achterover. Toen trok ik mijn spijkerbroek en een oud ongewassen T-shirt van Luca aan en ging weer naar buiten.

Ik was helemaal niet van plan geweest om een verhouding te beginnen, echt niet, en ik wist zeker dat Marc dat ook niet van plan was geweest. Het was iets onbewusts geweest, dat we elkaar gevonden hadden, een reactie op het verdriet om het verlies van Luca en een manier om de pijn te verzachten. Het was egoïstisch geweest en gevaarlijk, maar min of meer onvermijdelijk en nu waren we weer bij zinnen gekomen en hadden we gedaan wat goed was. We hadden besloten er een punt achter te zetten en elkaar alleen nog maar te zien als zwager en schoonzusje. We hadden afgesproken dat het sterfgeval dat ons bij elkaar had gebracht, de reden was dat we nu weer uiteen gingen. Toch?

Door de gedachte aan Luca voerden mijn voeten me onwillekeurig in de richting van de begraafplaats, maar hoewel het nog licht was, zat het hek al op slot.

Iets van de oude eenzaamheid en de woede dat ik gescheiden was van Luca kwam terug. De gedachte dat ik in mijn eentje op een vrijdagavond door Watersford zou zwerven was onverdraaglijk, dus draaide ik me weer om en wilde net de slijter binnengaan toen Marc belde.

Hij probeerde rustig te klinken maar het was duidelijk aan zijn fluistertoon te horen dat dit een clandestien paniektelefoontje was.

'Waar ben je?'

'Thuis. In de flat.'

'Maar die herrie...?'

'Ik zit in de badkamer. Ik heb de douche aangezet zodat Nathalie niets kan horen. Ze houdt me in de gaten.'

Ik ging de winkel weer uit en liep een eindje de straat af, drukte mezelf tegen een muur aan om een groepje vrolijke tieners de ruimte te geven.

'Wat is er gebeurd? Weet ze het?'

'Ze denkt dat ik iets met je heb.'

Mijn hart sloeg over. Ik voelde de spier intrekken van schrik.

'O, god.'

'Maak je geen zorgen, ze weet het niet zeker, maar...'

'Mevrouw McGuire! Die heeft het tegen Angela gezegd.'

'Nee, nee. Het heeft niets met mevrouw McGuire te maken.'

Ik boog me opgelucht voorover, wreef over mijn voorhoofd. Ik voelde me misselijk. 'Godzijdank. Het is dus alleen maar een vermoeden van haar. En dat hindert niet, want we zien elkaar niet meer. Afgezien van mevrouw McGuire is er niets wat ons met elkaar in verband kan brengen.'

Ik hoorde Marc zuchten. Door de herrie van de douche heen hoorde ik hem zuchten als een man die bang is dat alles verloren is.

'Wat? Wat is er, Marc?'

'Het is niet alleen maar een vermoeden. Ze heeft die foto gevonden.'

'Welke foto?'

'Die foto van jou op mijn mobiel.'

Ik begreep echt niet waar hij het over had.

'Heb jij een foto van mij op je mobiel?'

'Dat weet je toch wel, die foto die ik op het strand van je genomen heb.'

'Maar je zei dat je hem gewist had...'

'Dat kon ik niet. Het was het enige wat ik van je had.'

Dit keer ging ik op mijn hurken zitten. Ik ademde kort en stotend. Mijn vingertoppen tintelden, mijn mond was droog.

'Ik vind het zo erg...'

'O, Marc, o god! Ik was praktisch naakt op die foto. Wat moeten we doen?'

'Alles goed met je, meisje?' Een oud dametje met een gepoederd gezicht boog zich naar me over.

Ik keek op en knikte, maar het was niet goed met me.

'Ben je overvallen?'

'Nee. Echt, het gaat prima, dank u wel.'

De oude vrouw dacht waarschijnlijk dat ik aan de drugs was. Ze wierp nog een achterdochtige blik op me, maar liep toen door. Ze had een vuil wit hondje bij zich, aan een riem. Het hondje leek op sterven na dood.

'Marc? Ben je er nog?'

'Ja.'

'Wat heb je tegen haar gezegd?'

'Ik heb gezegd dat Luca die foto vorige zomer gestuurd had.'

'Maar waarom zou hij zoiets doen?'

'Waarom niet? Je staat er erg sexy op. Ik heb tegen Nathalie gezegd dat ik helemaal vergeten was dat ik die foto had.'

'Geloofde ze dat?'

'Ik weet het niet, Liv. Je weet hoe ze over jou denkt. En zelfs als ze me gelooft, is ze toch nog behoorlijk van streek.'

'Arme Nathalie,' fluisterde ik.

Ik kwam weer overeind. Ik kreeg weer wat makkelijker lucht en ik schudde mijn hoofd. 'Maar dat jij die foto hebt bewaard! Dat is toch...'

'Nou, inmiddels is hij gewist.'

'En zij hoeft nergens bang voor te zijn, want het is voorbij tussen ons.'

'Denk je dat echt?'

'Dat hebben we toch afgesproken?'

'Ik vind het heel moeilijk zonder jou,' zei Marc. 'Ik kan verdriet of liefde of wat het ook is niet zomaar uitzetten. Die foto... Ik had het gevoel dat dat het enige was wat ik nog van je had.'

'Schei uit, Marc.'

'Als ze je belt...'

'Ik weet nu welk verhaal ik op moet hangen.'

'Het spijt me, Liv, ik...'

Maar ik had er genoeg van. Ik had genoeg van Marc, genoeg van de angst dat het uit zou komen, genoeg van het hele gedoe.

'Ik moet ophangen,' zei ik. 'Ga jij maar douchen. En laat me met rust.'

46

Luca kwam bij mij thuis langs. Het was vrij laat. Ik was in bad geweest en zat in kleermakerszit in mijn pyjama op bed naar Bob Marley te luisteren. Mijn haar was nat en ik vlocht het in kleine vlechtjes. Morgen als ik het uit zou kammen zou het golven en zou ik er mooi uitzien voor de borrel. Ik hoorde dat er zachtjes werd geklopt en ik wist dat dat voor mij was. Het was over tienen en mam lag al in bed.

Ik rende de trap af, deed de voordeur open en zag Luca staan. Het sneeuwde, de vlokken plakten in zijn pony en in zijn wimpers, en zijn neus en wangen waren rood.

'Wat is er?' vroeg ik hem fluisterend, maar mam stond al op de overloop en leunde over de balustrade.

'Wat is er, Olivia?'

'Niets,' riep ik over mijn schouder. Ik wenkte Luca binnen zodat ik de deur dicht kon doen om de warmte tegen te houden.

'Wie is daar?'

'Gewoon een vriendin.'

'Zeg dat ze weg moet gaan.'

'Ze komt alleen een boek lenen.'

Ik voerde een klein toneelstukje op, deed de deur open en weer dicht terwijl ik riep: 'Doei, tot gauw!'

Toen legde ik mijn vinger op mijn lippen en terwijl ik de aandrang tot giechelen onderdrukte, ging ik hem op mijn tenen voor naar de keuken. Die lag precies onder de kamer van mam. Als ze haar bed uit kwam, zouden we haar horen en kon Luca via de achterdeur ontsnappen.

Ik deed het licht in de keuken niet aan maar het was er niet donker dankzij de sneeuw in de tuin die het licht van de lucht en van de buurhuizen en van de straatlantaarns verderop weerkaatste. Het linoleum was koud onder mijn voeten. Luca, enorm groot in zijn jas, trok me naar zich toe en hield me stevig vast. Ik probeerde me los te worstelen zodat ik hem in zijn gezicht kon kijken, maar hij liet me niet gaan.

'Wat is er?' fluisterde ik.

'Ga niet met Marc naar dat feestje.'

'O, Luca, dat stelt niets voor. Ik wilde jou vragen met me mee te komen, maar je was er niet en...'

Luca vergat even hoe belangrijk het was om stil te zijn en trok een stoel vanonder de keukentafel vandaan. Het maakte een piepend geluid. Ogenblikkelijk hoorden we de benen van mijn moeder uit bed zwaaien en haar voeten neerkomen op de andere kant van het plafond boven ons hoofd.

Voor ze bij de trap was had ik mijn jas al van de kapstok gepakt en mijn rubberlaarzen aangetrokken en weg waren we, door de achterdeur. We moesten over twee schuttingen klimmen en door de achtertuinen van twee buren ploeteren, voor we bij het achterom waren. Maar daar aanbeland konden we rennen, of liever gezegd, Luca rende en ik klampte me vast aan zijn gehandschoeide hand en deed mijn best hem bij te benen in mijn laarzen die veel te groot waren en de kou absoluut niet buitenhielden.

'We gaan naar de pub,' zei Luca.

'Ik heb alleen een pyjama aan.'

'Shit. Verdomme. Waar kunnen we dan naartoe?'

Ik haalde mijn schouders op. Ik stond te rillen van de kou.

'Nergens heen.'

'Je vriest nog dood.'

'Zo gaat dat nu eenmaal als je verdomme geen plan hebt,' zei ik giechelend. En ik haalde Sandra van mijn werk aan. 'Dan wordt het een teringzooi.'

Luca grijnsde en trok me naar zich toe.

'Dat vind ik nu zo leuk aan je, Liv.'

'Wat?'

'Dat je hier midden in de nacht in de sneeuw in je pyjama in Portiston High Street als een bootwerker staat te vloeken.'

'Dat is de enige manier om warm te blijven.'

'Zullen we naar de patatkraam gaan?'

'Het zal ongeveer twee nanosecondes duren, maar dan heeft het nieuwtje dat we daar samen zijn geweest Marinella's al bereikt.'

Ik had het koud, echt heel koud. De uiteinden van de vlechtjes van mijn vochtige haar waren bevroren.

'Kom mee,' zei Luca.

Hij nam me mee naar Marinella's en zei tegen me dat ik even om de hoek moest wachten, achter de vuilnisbakken uit het zicht. Hij ging naar binnen en kwam een paar minuten later terug met de sleutels van de bestelwagen, een armvol dekens en etenswaren. De bestelwagen stond in een zijstraat, ver genoeg weg van het restaurant om ongehoord te kunnen starten. Ik ging op de passagiersstoel zitten en Luca achter het stuur, terwijl hij de dingen die hij meegenomen had aan mij gaf. Ik schopte de laarzen uit, stopte mijn ijskoude blote voeten onder mijn kont, en wikkelde mezelf in de dekens. We reden voorzichtig naar de uiterste punt van de boulevard en Luca zette de bestelwagen zo neer dat we uitzicht hadden op zee. De lichten van Seal Island waren nog net zichtbaar door de sneeuw die in zwarte vlekken op de voorruit neerdaalde. Luca liet de motor draaien vanwege de verwarming en om de paar seconden werd de voorruit schoongeveegd en kon je weer eventjes zien.

'Ze zullen er wel snel achter komen waar we zijn,' zei ik. Alleen onze sporen waren in de sneeuw te zien. Toen ik door het zijraampje over mijn schouder naar achteren keek, kon ik precies zien waar we vandaan waren gekomen.

'Laten we dan maar hopen dat ze niet naar ons op zoek gaan,' zei Luca. Hij deed de radio aan en bleef net zolang zoeken tot hij een muziekzender had gevonden. Toen haalde hij onder zijn stoel een fles wijn tevoorschijn.

'Die is voor de bruiloft,' zei hij bij wijze van verklaring.

'Zal Angela hem niet missen?'

'Nee, hij ligt hier al weken.'

Hij trok het plastic rond de kurk er met zijn tanden af. 'Shit, we hebben geen kurkentrekker.'

Het duurde even, maar uiteindelijk, met behulp van een schroevendraaier die we onder de stoel hadden gevonden, kregen we de kurk in de fles geduwd en konden we om de beurt een slok nemen. Ik morste wijn over mijn kin en de voorkant van mijn pyjamajasje. We giechelden als kleine kinderen.

'We zijn net een oud getrouwd stel,' zei Luca.

'Hoezo? Omdat we in een sneeuwstorm wijn zitten te drinken in een gestolen bestelbus?'

'Nee, omdat we naar de boulevard zijn gegaan om in onze auto naar de zee te gaan zitten kijken. Dat doen ze allemaal.'

Er lag een pakje Marlboro's op het dashboard. Er zat nog één sigaret in. Luca schudde hem uit het doosje en stak hem aan met de aansteker in de auto. De cabine vulde zich met rook. Hij gaf hem aan mij voor een trekje en tussendoor zoenden we. Tracy Chapman zong op de radio. Ik smolt.

'Ik denk dat je beter niet met Nathalie kunt trouwen,' fluisterde ik. 'Dat is je lotsbestemming niet.'

'Dat weet ik.'

'Maar hoe kom je eronderuit?'

Luca blies een wolk rook uit.

'We moeten hier weg.'

'Uit Portiston?'

'Jep.'

'Wij?'

'Jij en ik. Ze zullen jou de schuld geven, Liv, als ik niet met Nathalie trouw. Ik heb er lang over nagedacht. We kunnen hier niet blijven.'

'We kunnen elkaar toch in het geheim blijven ontmoeten?'

'Nee.' Luca nam een trek van de sigaret. 'Waarom zouden we ons als misdadigers moeten gedragen? We gaan ergens naartoe waar we thuishoren. Samen.'

'Maar wat bedoel je dan precies? Dat we samen moeten vluchten?'

Het woord had iets romantisch. Het was een Romeo en Julia-woord.

'We kunnen vluchten, als je dat wilt. We kunnen er ook gewoon vandoor gaan.'

De sneeuw viel nu nog dichter. De muur van de parkeerplaats was al helemaal bedekt en het strand begon te verdwijnen. De opgetaste sneeuw op de voorruit verhinderde de ruitenwissers hun werk te doen, en daardoor werd het binnen in de cabine nog donkerder en intiemer.

'Ik kan niet met Nathalie trouwen,' zei Luca. 'Ik kan het niet. Het is een lieve meid, echt waar, ze is fantastisch in Marinella's, ze hoort bij het gezin en pa en ma zijn dol op haar, maar...'

'Maar wat?'

'We hebben gewoon geen lol met elkaar. Niet zoals ik dat met jou heb.'

Ik keek naar Luca's knappe donkere profiel naast me. Zijn wimpers rustten op zijn wangen terwijl hij de as aftipte op de bodem van de bestelbus. Ik zoog alles in me op: de ronding van zijn kin en de lijn van zijn neus, de contouren van zijn lippen, afgetekend in het dashboardlicht. Ik wilde niet zonder hem zijn. Dat wist ik opeens heel zeker.

'Wanneer gaan we weglopen, Luca?'

'Morgen?'
'Goed.'
'Goed?'
'Ik heb geen andere plannen voor die dag.'
Ik was de borrel vergeten. Ik was vergeten dat ik met Marc had afgesproken.

47

De professor had de hele ochtend zijn best gedaan mijn blik te vangen. Het begon op mijn zenuwen te werken. Ik ging volledig op in het verhaal van Marian Rutherford. Ik wilde geen afleiding als ik werkte. Ik was als *Alice in Wonderland* door de spiegel de wereld van de professor binnengestapt. Tijdens kantoortijden hield ik me aan zijn regels, ik viel hem nooit lastig als hij aan zijn bureau zat, dus was het nogal irritant dat hij mij nu afleidde.

Ik vond het lastig om me te concentreren nu de professor zich continu aan de rand van mijn gezichtsveld ophield. Uiteindelijk leunde ik achterover, haalde mijn handen van het toetsenbord, sloeg mijn armen over elkaar en vroeg, wellicht een beetje onbeleefd: 'Wat is er?'

De professor, die voor de boekenkast stond, veegde zijn handen aan zijn broekspijpen af.

'Ik wil je iets vragen,' zei hij. 'Maar je hoeft je niet verplicht te voelen "ja" te zeggen, alsjeblieft niet. Ik zal het je geen moment kwalijk nemen als je niet wilt, en of je nu ja of nee zegt, onze samenwerking zal gewoon voortgaan zoals tot nu toe.'

'Vooruit, zeg het maar...'

De professor zette zijn bril af en veegde de glazen schoon met een puntje van zijn overhemd dat hij uit zijn broekband had getrokken.

'Het gaat om het etentje van de faculteit, volgende week. Normaal ga ik alleen. Ik vroeg me af of je zin had om met me mee tc gaan.'

'O, ik...'

'Het wordt een gezellige avond. In het Grove House Hotel. Driegangendiner, wijn, dansen, wat je maar wilt...'

'Het lijkt me fantastisch,' zei ik.

'Dus je wilt wel mee?'

'Heel graag.'

'Mooi,' zei de professor. 'Mooi.'

Hij liep weer naar zijn bureau en ging zitten. Het leven nam weer zijn normale beloop.

48

Ik keek mijn kamer rond alsof ik hem nog nooit eerder gezien had. Dit was de laatste nacht die ik erin doorbracht. Ik wist dat ik nooit zou terugkomen. Het peertje in de lamp was niet sterk genoeg om de hoeken van de kamer te verlichten. Het was een smalle kamer, met een hoog plafond en mosterdkleurig structuurbehang dat de oneffenheden van het pleisterwerk verbloemde. Ik probeerde een gevoel van weemoed op te roepen, of iets van liefde voor mijn kamertje, maar dat lukte niet. Op deze plek had ik vrijwel alleen nare dingen meegemaakt. Er zaten spinnen onder het bed en de vloerbedekking was hard en versleten. Ik had mijn best gedaan en mijn moeders voorliefde voor eenvoud gecompenseerd door de zware houten toilettafel te bedelven onder de make-upspulletjes, parfumflesjes en leuke rommeltjes, en mijn verzameling porseleinen paardjes stond in de vensterbank. Sommige graasden, sommige keken uit het raam en eentje steigerde, zijn oren plat tegen zijn manen. Ik had foto's en posters van popsterren op het behang geplakt, maar ze kwamen niet hoger dan twee derde van die lelijke muren.

Ik had het verschrikkelijk koud, maar mijn bed met het ouderwetse, gladsatijnen dekbed en de harde lakens had niets warms en uitnodigends. Daarom sloop ik over de overloop naar Lynnettes kamer.

De laatste keer dat ze thuis was geweest, had zij in haar smalle eenpersoonsbed geslapen. Sean had in mijn bed geslapen en ik had in een slaapzak bij Lynnette op de vloer gelegen (mams manier om ervoor te zorgen dat er in haar huis niet gerotzooid werd). Ik had al aangeboden om met Sean te ruilen als mam sliep, maar Lynnette zei dat het sop de kool niet waard was en dat het wel leuk was dat wij met z'n tweeën samen sliepen. Het was inderdaad leuk. We lagen tot in de kleine uurtjes te fluisteren. Lynnette had haar hand uitgestoken, mijn wang aangeraakt en we hadden een tijdje elkaars hand vastgehouden. We hadden over onze vader gepraat en het bleek dat we ons allebei, los van elkaar, hadden voorgenomen hem niet te gaan zoeken. Nog niet, in ieder geval. Lynnette had tegen me gezegd dat Sean en zij zouden gaan trouwen en dat ik bij hen in Londen mocht komen wonen, als ik daar zin in had. Hier moest ik aan denken toen ik de dekens terugsloeg en in Lynnettes bed stapte.

Het was koud, maar het was een troost om de shampoo van mijn zusje op de kussensloop te ruiken. Ik sloeg mijn armen om haar oude beer en rilde van spanning bij het vooruitzicht van de dag van morgen. We moesten allerlei dingen regelen: afscheidsbrieven schrijven, inpakken, dat soort dingen. Ik begon in gedachten een lijstje op te stellen, maar voor ik er klaar mee was was het ochtend en riep mam dat ik eruit moest voor mijn werk.

Ik trok als altijd mijn Wasbrook's uniform aan, de donkerblauwe rok en de witte blouse, de donkere panty en de praktische schoenen met platte hakken.

Mam zat All Bran te eten in de keuken. Ik kon zien aan de manier waarop ze haar schouders hield dat ze boos was. Ze wist dat ik de vorige avond naar buiten was gegaan. Ik wist niet hoe ik me daarvoor kon verontschuldigen. Ik wist niet hoe ik me kon verontschuldigen voor wat ik van plan was te gaan doen.

Door het raam kon ik de tuin zien: alles lag verborgen onder een dikke laag schitterend witte sneeuw. Het glinsterde in de zonneschijn. De symboliek van deze prachtige, herboren wereld greep me zo aan dat ik de tranen in mijn ogen voelde prikken. Ik steunde op de rugleuning van een stoel en keek naar een roodborstje dat over de tuinbank hipte.

'Je moet niet vergeten wat brood voor de vogeltjes te strooien,' zei ik.

'Die overleven het wel,' zei mam. 'God zorgt voor ze.'

Ze keek naar me op. 'Wat zie je wit. Je hoeft niet op medelijden van mij te rekenen als je kou gevat hebt.'

'Dat doe ik ook niet. Ik heb geen kou gevat.'

Ik voelde met de muis van mijn hand aan de ketel. Die was nog warm. Ik zette een kop thee voor mezelf. Mam zei dat ze niet hoefde, op een toon die impliceerde dat ze niets van me aan wilde nemen.

'Waarom heb je tegen ons gezegd dat papa dood was?' vroeg ik.

'Nu niet, Olivia.'

'Toe, mam.'

'Omdat dat beter was.'

'Beter voor wie?'

'Voor ons allemaal. Er is niets zo erg, Olivia, als publieke vernedering. Als de mensen wisten wat je vader ons heeft aangedaan, was dat een publieke vernedering geweest.'

Ik nam een slokje thee. Ik voelde me een beetje rillerig, maar ik wist niet of dat was omdat ik ziek werd, of dat ik alleen maar bang was.

'Het spijt me, mam,' zei ik.

'En terecht.'

'Nee, ik bedoel dat ik spijt heb van vernederingen die mijn schuld zijn.'

'Ik denk dat de mensen wel weten dat wat er met meneer Parker gebeurd is helemaal jouw schuld was en niets met mij te maken had. Maar het had wel degelijk zijn weerslag op mij, op de manier waarop ik je opgevoed heb.'

Ik knikte. 'Maar je had mevrouw Parker niets over mijn dagboek hoeven te vertellen. Je had het stil kunnen houden. Dan had niemand er iets van hoeven te weten.'

'Dat was niet goed geweest.'

'Maar het had een hoop ellende bespaard.'

'Nee. Vroeg of laat was het uitgekomen. Het was het beste om meteen door de zure appel heen te bijten.'

'O,' zei ik.

'Ik zou maar eens opschieten,' zei mam. 'Je mist de bus nog.'

Ik pakte mijn jas van de kapstok en deed hem aan. 'Ga je nog naar de kerk?'

'Het is vrijdag. De Vrouwenclub. Natuurlijk ga ik.'

'Mooi,' zei ik. Ik knoopte mijn jas dicht en trok een wollen muts over mijn oren. Ik bekeek mijn gezicht in de spiegel in de gang. Mijn ogen waren roze en waterig, en er zaten twee rode vlekken midden op mijn wangen.

'Ik denk dat ik kou heb gevat,' zei ik.

'Dat krijg je er nu van als je als een dief in de nacht het huis uit sluipt,' zei mam.

Ik liep naar haar toe, legde mijn handen op haar schouders en kuste haar op haar slaap. Ze rook naar stof en bacon. Ze duwde mijn handen van haar af.

'Wat heb je gedaan?'

'Niets.'

'Waarom deed je dat dan?'

'Zomaar, ik had zin je een zoen te geven.'

Mam snoof en stond op terwijl ze een laatdunkend gebaar met haar hand maakte. 'Ga weg,' zei ze. 'Doe niet zo raar.'

En dat was jammer, want dat waren de laatste woorden die ze ooit tegen me gezegd heeft.

49

Ik ging onderweg naar huis even bij het café langs. Het was een zachte avond, en in dit lommerrijke deel van de stad vermengde de herrie van het verkeer zich met het gekwetter van de vogels. Muziek en geroezemoes van stemmen stroomden door de open ramen van auto's, taxi's en bestelbussen naar buiten. In de woningen boven de winkels hadden de mensen de ramen zo ver mogelijk opengeschoven en ze leunden naar buiten om de planten in de plantenbakken water te geven of om te kijken naar de mensen beneden die van hun werk kwamen en over straat liepen.

Chris had een paar tafeltjes en stoelen op het trottoir gezet. Ik ging naar binnen om een glas spa te bestellen maar de geur van tomaat en basilicum was zo verleidelijk dat ik ook een pasta nam. Ik ging buiten zitten met mijn drankje en een exemplaar van de *Watersford Echo*. Algauw bracht Chris de pasta naar mijn tafeltje, met een kommetje vers geraspte parmezaan en een grote houten pepermolen.

'Mag ik hier even een sigaretje roken en naar je kijken terwijl je eet?'

'Je zit toch niet met me te flirten?'

'Dat doe ik al eeuwen. Je hebt het alleen nog niet eerder gemerkt.'

'Sorry, ik heb andere dingen aan mijn hoofd.'

'Weet ik.'

'Dit is heerlijk.'
'Mooi.'
'Het smaakt precies zoals Luca het maakte.'
'Wie is Luca?'
'Mijn man. Hij is dood.'
'Het spijt me, nu doe ik het weer.'
'Nee, dat hoeft je niet te spijten. Ik had niet gedacht dat ik ooit nog zo'n pasta zou eten. Heerlijk.'
Chris glimlachte en keek neer op zijn grote rode handen. De rook van de sigaret tussen zijn vingers kringelde omhoog. Hij zag er leuk uit, zag ik opeens. Het had wel wat, dat kaalgeschoren hoofd en die krachtige schouders en armen.
'Misschien,' zei hij, 'kook ik op een dag een maaltijd alleen voor jou. Alleen voor ons tweeën.'
Ik likte de saus van mijn lippen en keek op naar zijn gezicht.
'Ik moet je wel waarschuwen dat ik een behoorlijk rampgebied ben.'
'Ik ben van de rampenbestrijding.'
We lachten naar elkaar.
Chris liet zijn sigarettenpeuk op de stoep vallen en drukte hem met de hak van zijn laars uit.
'Die dag moet dan maar gauw komen, hè?' zei hij, terwijl hij opstond.
'Ja,' zei ik. 'Absoluut.'

50

Ik nam niet de bus naar mijn werk. Ik liep naar de bushalte, mijn voetsporen in de sneeuw vermengden zich met die van alle forensen die de reis al gemaakt hadden, maar toen ik bij de halte was voerde ik voor de andere mensen die op de bus stonden te wachten een klein toneelstukje op: ik deed net of ik mijn portemonnee vergeten was, draaide me om en liep weer naar huis. Ik bleef verdekt opgesteld in de krantenkiosk op de hoek van de straat wachten tot mam voorbij was gekomen, gehuld in haar lange bruine jas, een sjaal om haar hoofd en haar voeten gestoken in bruine laarzen met platte hakken en een randje van nepschapenleer. Ik keek haar na terwijl ze van me weg liep naar de kerk, voorzichtig haar weg zoekend, bang om uit te glijden op de platgetrapte sneeuw op de stoep. Ik voelde een steek van verdriet, maar slechts heel even. Toen ze de hoek omsloeg en uit het zicht was verdwenen, gleed ik over de sneeuw terug naar huis. Binnen zette ik een ketel water op want mijn keel deed inmiddels verschrikkelijk pijn, en toen rende ik naar boven om mijn koffer in te pakken.

Ik kon maar niet beslissen wat ik mee moest nemen. Ik pakte eerst de voor de hand liggende dingen in: ondergoed, truitjes, spijkerbroeken, toiletartikelen, en toen was de koffer al bijna vol omdat die winterkleren zo veel plaats innemen. Maar ik bedacht dat ik ook wat zomerkleren mee moest nemen. Ik had het idee dat het in Londen veel warmer zou zijn en bovendien moest ik ook wat mooie kleren meenemen voor als we uitgingen. En dan had ik nog mijn andere bezittingen: mijn platen en boeken en tekenspulletjes, mijn posters, mijn schoolfoto's, mijn enorme voorraad nepsieraden.

Voor mijn gevoel ben ik urenlang bezig geweest met dingen uit mijn koffertje te halen en er weer andere dingen in te stoppen. Opeens voelde ik me heel warm en rillerig en moest ik op het bed gaan zitten. De dwaasheid van wat we van plan waren drong zich ongevraagd aan me op, overspoelde me als een vloedgolf. Het was een dom idee en we waren gek geweest het zelfs maar te overwegen, dacht ik. Luca dacht op dit moment waarschijnlijk precies hetzelfde. Of misschien was hij zelfs nooit echt van plan geweest ervandoor te gaan. Misschien was het alleen maar een grap geweest. Weglopen was typisch iets om te verzinnen als je over een week eeuwige trouw moest beloven aan iemand die niet zo leuk was. Erover praten was één ding. Het doen een ander.

Ik ging op bed liggen. Als mam terugkwam zou ik haar zeggen dat ik te ziek was om naar mijn werk te gaan. Nee, ik zou zeggen dat ik gegaan was en dat ze me naar huis gestuurd hadden zodat het niet mijn schuld was. Ik sloot mijn ogen. Ik zag sneeuwvlokken dansen en toen was ik me bewust van het prettige gevoel weg te zakken in duistere vergetelheid. Ik werd gestoord door iemand die mijn arm schudde. Ik deed mijn ogen open en daar stond Luca. Hij zag er bleek en gespannen uit.

'Kom op, Liv, we hebben weinig tijd,' zei hij.

Ik ging rechtop zitten. Luca klikte de sloten van mijn koffer dicht. Ik zwaaide mijn benen van het bed af.

'Ik heb nog geen briefje geschreven.'

'Doe dat dan gauw.'

Mijn kladblok en pen lagen klaar.

Lieve mam, schreef ik. 'Wat heb jij geschreven?'

'Wat?'

'In jouw briefje?'

'Jezus, Liv, hier hebben we geen tijd voor.'

Ik zuchtte. Hij kreeg medelijden met me en kwam naast me op de bedrand zitten en sloeg zijn arm om me heen.

'Ik heb drie brieven geschreven. Ik heb ze gisteravond geschreven, toen ik thuiskwam.'

'Drie?'

'Een voor Nat, een voor pa en ma, en een voor Marc. Ik heb aan Nat geschreven dat ze met mij ongelukkig zou worden en dat ze een betere man verdiende en aan mijn ouders heb ik de waarheid geschreven, dat ik met jou wegging en dat het me speet maar dit is wat ik doen moet.'

'En aan Marc?'

'Dat vond ik het moeilijkst. Ik heb alleen geschreven dat ik hoopte dat hij me vergeven kon en dat hij het ooit wel zou begrijpen. Ik heb gezegd dat ik zou bellen zodra we een huis hadden en dat hij bij ons kan komen wonen als hij daar zin in heeft.'

'Dat is een goed idee.'

'Hij zal de kastanjes uit het vuur moeten halen, die arme stakker.'

Luca kauwde op de zijkant van zijn duim.

'Hij redt het wel,' zei ik.

'Dat hoop ik maar,' zei Luca. 'Opschieten, Liv, we moeten hier weg.'

Ik schreef nog wat zinnetjes aan mam, ik weet niet meer precies wat. Ik deed geen poging haar iets uit te leggen, ik zei alleen dat het me speet en dat het nooit mijn bedoeling was geweest iemand te kwetsen. Ik deed het briefje in een envelop en likte aan de plakrand.

'Klaar?'

'Klaar.'

Luca droeg mijn koffer de kamer uit. Ik keek nog één keer rond, en pakte toen met beide handen de paardjes uit de vensterbank en stopte ze in mijn zakken. Ze zouden wel stuk gaan, dat wist ik, maar ik kon het niet over mijn hart verkrijgen ze niet mee te nemen.

Dat was het. Zo gemakkelijk was het dus mijn hele leven achter me te laten.

Ik zette de envelop tussen het peper-en-zoutstel midden op de keukentafel waar mam hem meteen zou zien. Ik hoopte dat meneer Hensley met haar mee zou komen, na haar werkzaamheden in de kerk. Ik vond het naar om te denken dat ze alleen zou zijn als ze de envelop ontdekte. Luca keek in de kasten, op zoek naar proviand.

'Ik kon niets meenemen van Marinella's. Ze denken dat ik naar de groothandel ben,' zei hij.

'Wil dat zeggen dat ze, behalve dat ze jou kwijt zijn, vanavond niet voldoende voorraad hebben?'

'Vanavond zullen ze het restaurant sluiten,' zei Luca. 'Ze zullen het veel te druk hebben met naar ons zoeken. Daarom moeten we nu weg.'

Nog één blik door de keuken waar ik achttien jaar lang mijn maaltijden gebruikt had en toen waren we weg. Ik sloot de deur achter me en hoorde hem met een klikje in het slot vallen. Luca had mijn koffer in zijn ene hand en pakte met de ander mijn gehandschoende hand vast.

'Het komt allemaal goed,' zei hij, terwijl hij in mijn vingers kneep. 'We worden gelukkig. Echt, echt gelukkig. We worden de gelukkigste weglopers op de hele wereld.'

En daar kreeg hij gelijk in.

51

De week voor de verjaardag die hij vroeger met Luca deelde, kwam Marc me opzoeken. Ik had hem een paar weken niet gezien, en ik was idioot gelukkig toen hij aanbelde. Ik rende de trap af om de deur open te doen en omhelsde hem. Hij hield me dicht tegen zich aangedrukt, streelde mijn rug en fluisterde in mijn haar. Het knopje van zijn oorbelletje drukte in mijn hoofdhuid.

'Liv,' fluisterde hij. 'Liv.' Alsof hij een toverspreuk uitsprak, of een gebed.

Hij vroeg of ik zin had mee te gaan naar het café, maar ik zei dat we beter iets in de pub konden gaan drinken. Dus gingen we naar de Horse and Plume. Alle ramen en deuren stonden wijd open en binnen was de gebruikelijke mix van toeristen en vaste klanten aanwezig. We namen ons bier mee naar de achtertuin. Die was geheel ommuurd, een warm zonnehoekje met dorstig ogende rozen die hun best deden tegen een houten klimrek aan te klimmen dat bevestigd was aan de geel bepleisterde muur.

Omdat alle tafeltjes bezet waren gingen we in een hoekje op het bruine gras zitten dat vol met sigarettenpeuken lag. We leunden tegen de muur; onze schouders raakten elkaar.

'Ik wil niet bij Nathalie zijn,' zei Marc zonder enige inleiding. 'Ik wil bij jou zijn. Ik zal het je nooit meer vragen, maar als je nu ja zegt, ga ik bij haar weg.'

Ik balanceerde mijn flesje tussen mijn knieën en plukte een madeliefje. Ik liet mijn haar voor mijn gezicht hangen.

'Ik kan geen beslissingen nemen voor jou,' zei ik. 'Maar ik wil niet dat je bij Nathalie weggaat. Alsjeblieft, doe dat niet. Jij en ik, wat wij hadden, dat ging over Luca. Het ging niet over jou en mij.'

Marc nam een slok bier. Ik maakte met de nagel van mijn duim een spleetje in de steel van het madeliefje.

'Ik denk daar anders over,' zei hij. 'Vanuit mijn gezichtspunt ging datgene wat we hadden niet alleen over Luca. Het ging over jou. Jij betekent alles voor me.'

Ik keek door mijn haar naar hem omhoog. Hij staarde in de verte en keek niet naar mij.

'Ik ben niet alles voor je,' zei ik rustig. 'Nathalie en de kinderen zullen er altijd zijn. En Marinella's. En wat wij samen hadden is nooit helemaal eerlijk of ongecompliceerd geweest. Het heeft altijd met Luca te maken gehad, ook al zeg jij van niet. Het zou nooit gebeurd zijn als Luca niet...'

Hij knikte. Zijn gezicht stond uitdrukkingsloos. Ik zag hoe zijn keel opzwol terwijl hij slikte.

'Ik heb altijd met jou willen zijn, Liv.'

'Nee, dat is niet zo.'

'Jawel. Denk na. Ik ben altijd hopeloos verliefd op je geweest.'

Ik nam een slok bier, hield mijn hoofd achterover en sloot mijn ogen.

'Hou je geheimen voor je, Marc. Ik wil het niet weten.'

'Luca wist het wel.'

'Wat wist hij wel?'

'Van mijn gevoelens voor jou.'

Ik ging rechtop zitten. 'Marc, dat is echt niet zo...'

'Jawel. Daarom duurde het zo lang voordat hij en ik weer gewoon tegen elkaar konden doen, nadat jullie samen weggegaan waren.'

'Waarom heb je me dan nooit mee uit gevraagd of iets tegen me gezegd?'

'Jij had het zo geregeld dat ik met Anneli ging, weet je nog? En jij ging met die magere jongen van de veerpont. En toen ik dacht dat ik eindelijk de kans kreeg, de avond waarop wij een afspraakje hadden, liep je weg met mijn broer.'

'Ach, Marc, wat erg! Ik heb nooit willen...'

'Dat weet ik wel.'

'We hadden de avond daarvoor pas besloten weg te lopen. Het was niet iets wat we al lang van plan waren.'

'Voor Luca wel. Die had het al langer gepland.'

'Nee. Hoe kom je daarbij?'

'Vanwege de dingen die hij gedaan had. Voorbereidingen. Hij had geld van pa's rekening opgenomen.'

Ik schudde mijn hoofd. 'Dat kan toch niet.'

'Jawel. En hij heeft de auto laten repareren. Hij heeft tegen de garage gezegd dat ze de rekening naar Marinella's moesten sturen. Dat was dagen voordat jullie tweeën de benen namen.'

Marc zuchtte. Hij pakte zijn shagblikje en legde een vloeitje op zijn knie.

'Zeg maar niets meer,' zei ik. 'Ik wil het niet weten.'

We zwegen even. Marc rolde zijn sigaret. Nu volgde het ritueel met de blauwe wegwerpaansteker. Pas na herhaalde pogingen brandde de sigaret. Ondertussen pijnigde ik mijn hersenen of ik iets kon verzinnen wat erop gewezen had dat Luca al eerder van plan was weg te lopen, maar er was niets. Hij had nooit aan mij verteld dat hij voorbereidingen had getroffen, en al helemaal niet dat hij geld had gestolen. Daar zouden ze mij de schuld van hebben gegeven, Angela en Nathalie. Ze hadden vast gedacht dat ik hem op het idee had gebracht. Ik schoof het steeltje van een nieuw madeliefje in het spleetje van het eerste madeliefje en herhaalde het proces.

'Waarom ben je met Nathalie getrouwd, Marc?'

Marc haalde zijn schouders op. Hij wuifde een vlieg weg van de rand van zijn glas.

'We zaten in hetzelfde schuitje. We waren allebei behoorlijk kapot. En behoorlijk kwaad.'

'Het spijt me zo.'

'Ik denk dat we van elkaar begrepen hoe de ander zich voelde.'

'Een beetje zoals jij en ik na Luca,' zei ik.

'Een beetje wel,' zei Marc. 'Ze hield van Luca, weet je. Van mij heeft ze nooit gehouden, niet echt.'

'Dat is niet zo, Marc, dat weet ik zeker.'

'En toen Luca weg was, en we beseften dat hij niet meer terug zou komen, leek het heel gewoon om in zijn voetsporen te treden en het restaurant met Nat over te nemen. Ik denk dat ik Angela's plan B was.'

Ik kon een glimlach niet onderdrukken. 'Zoals jij het zegt lijkt het net of Angela een soort super controlfreak is.'

Marc schudde zijn hoofd. 'Nee,' zei hij. 'Ze is gewoon een moeder die van haar gezin houdt, die alles doet om haar gezin te beschermen en die het beste voor haar gezin wil. En ze houdt net zoveel van Nathalie als van haar zonen.'

'Oké.'

'Maar Nathalie en ik, we deden gewoon wat er van ons verwacht werd. Dat doen we nog steeds.'

We dronken nog een biertje in de tuin van de pub, we praatten nog wat. Het was verdrietig, maar ook goed. Ik vond het een waardig, volwassen einde van onze verhouding. We wisten allebei dat het voorbij was, we moesten nog wat emotionele losse draadjes afwikkelen, we hielden rekening met elkaars gevoelens.

Later liepen we terug naar de flat. De ketting van madeliefjes hing om mij hals. We stonden voor mijn deur. Ik vroeg hem niet binnen.

'Gaat het een beetje?' Hij aaide met zijn knokkels over mijn wang. Ik knikte.

'En met jou?'

'Ik heb ergere dingen overleefd.'

'In ieder geval zullen we elkaar nog zien, het is geen afscheid voor eeuwig.'

Marc kuste mijn voorhoofd.

'Ik zal niets vergeten, Liv. Niets. Jij hebt me door het afgelopen half jaar heen geholpen, niemand anders, en ik zal je daar altijd dankbaar voor zijn.'

'En ik jou.'

'God, wat heb ik een hekel aan afscheid nemen,' zei Marc.

'Ga dan gewoon weg.'

'Goed, maar, Liv…'

'Wat?'

'Dank je wel.'

Ik dacht dat het hiermee gedaan was. Dat dachten we allebei. Nog steeds waren er geen brokken van gekomen.

52

Luca en ik liepen dus samen weg. We wilden naar Londen, maar omdat ik onderweg ziek werd bleven we in Leeds, waar we onze toevlucht zochten in een goedkoop hotelletje. Voor een paar nachten, dachten we. De kamer was koud, vochtig en smerig en mijn verkoudheid ging over in een bronchitis maar we durfden niet naar een arts te gaan omdat we wisten dat die mijn medische dossier van dokter Clayton in Portiston zou opvragen. We twijfelden er niet aan dat die onze verblijfplaats aan mijn moeder en Angela zou doorgeven. Hij had zich nooit iets gelegen laten liggen aan het beroepsgeheim dat een arts tegenover zijn patiënte heeft en had al heel wat gênante kwaaltjes doorgebriefd waarvoor ik hem toch in vertrouwen geraadpleegd had.

Uiteindelijk kreeg ik het zo benauwd dat Luca me naar de Eerste Hulp bracht en vervolgens werd ik in het ziekenhuis van Leeds opgenomen met wat een longontsteking bleek te zijn. Op de dag dat hij met Nathalie had moeten trouwen, belde Luca naar mijn moeder om haar te vertellen dat ik geen contact met haar had opgenomen omdat ik in het ziekenhuis lag. Mam zei tegen hem dat het haar niet kon schelen als ik doodging, dat dat eigenlijk nog een zegen zou zijn. Luca heeft mij pas jaren later over dit gesprek verteld, toen ik voor de duizendste keer tevergeefs probeerde weer een brug naar mijn moeder te slaan. Hij zei dat het een kille, harde vrouw was die niet wist wat liefde was. Lynnette zei dat mam een ongelukkig leven had gehad, dat het daardoor kwam.

Nadat hij mijn moeder had gebeld, belde Luca Marinella's. Angela nam de telefoon zo snel op dat Luca vermoedde dat ze er dag en nacht naast had doorgebracht. Ze barstte los in het Italiaans met een stroom scheldwoorden, waarvan de meeste tegen mij gericht waren. Dit heeft Luca me ook niet verteld, maar Angela gaf uiteraard mij de schuld. Ik had haar geliefde zoon op het slechte pad gebracht. Angela dacht dat ik mijn seksualiteit gebruikt had om Luca weg te lokken van de maagdelijke en vrijwel heilige Nathalie. Ze noemde me een seksterroriste. Ze zei tegen hem dat het mijn specialiteit was goede, nette relaties stuk te maken zonder dat ik acht sloeg op de pijn die dat veroorzaakte bij mijn onschuldige slachtoffers. Nathalie, dat arme kind, was volkomen kapot, zei ze tegen Luca. Toen probeerde ze hem over te halen weer terug te komen. Als hij nu direct thuis kwam, zei ze, dan was alles vergeven en vergeten. Niemand zou hem iets kwalijk nemen. Ze wisten allemaal dat het mijn schuld was. Ze waren zelfs bereid hem tegemoet te komen wat de bruiloft betrof. Niemand zou hem dwingen om met Nathalie te trouwen als hij daar nog niet klaar voor was. Het enige wat hij hoefde te doen was terugkeren naar Marinella's en dan zou deze hele ongelukkige episode vergeten worden en niemand zou het er ooit nog over hebben. Er was nog niets onherroepelijks gebeurd.

De munten in de telefoon waren bijna op maar het gesprek schoot geen steek op. Luca belde vanuit een cel in de wachtkamer van het ziekenhuis. De wachtkamer zat vol mensen die op het ijs waren uitgegleden en waarschijnlijk iets gebroken hadden. De telefoon werd normaal gesproken gebruikt om heel droevig of juist vrolijk nieuws door te geven. Geboortes en dood. Luca, die uitgeput, hongerig, bang en eenzaam was, vond dat zijn situatie van allebei een beetje weg had. Hij kocht een krant en at een warme maaltijd in de cafetaria van het ziekenhuis. Er hingen verbleekte kerstslingers, waarschijnlijk nog over van vorig jaar. Een paar grote, papieren zilveren en gouden kerststerren draaiden troosteloos vanaf het plafond rond. De ramen waren beslagen. De serveersters droegen kerstmutsen en een paar meisjes hadden een takje mistletoe achter hun oor gestoken. Trieste kerstliedjes klonken door het vertrek. Sommige tafeltjes waren bezet door lawaaierige verpleegkundigen en ziekenverzorgers. Aan andere zaten gebogen, bezorgde mensen, die muizenhapjes van hun eten namen en eindeloos in hun drankjes roerden. Kinderen drensden in hun wandelwagentjes.

De specialiteit van die dag was kalkoen. Het kostte vrijwel niets. Dus op de dag dat Luca in Marinella's gesmuld had moeten hebben van pasta alfredo en gemarineerd rundvlees, de dag waarop hij een eregast had moeten zijn op het feest der feesten, de dag waarop zijn oren getuit hadden moeten hebben van het lawaai van alle leden van die grote Italiaanse familie die opstonden en '*Evviva gli sposi*' riepen, op die dag zat mijn geliefde Luca alleen in de cafetaria van het ziekenhuis van Leeds en at diepvrieskalkoen en keiharde gebakken aardappelen in jus uit een pakje.

Toen hij bij me langskwam op de afdeling waar ik naar adem snakkend in de kussens lag met een slangetje voor extra zuurstof in mijn neusgaten, zei hij tegen me dat hij nog nooit zo lekker gegeten had.

'Ik ben nergens liever dan hier,' zei hij.

'Wat een flauwekul,' zei ik hijgend.

Maar hij had gelijk. Het was een omineus begin van een prachtige relatie.

53

Ik nam de bus naar het centrum van Watersford om een jurk te kopen voor het faculteitsdiner. Het was helemaal niet moeilijk. Ik kon me niet meer voorstellen dat ik het openbaar vervoer een paar maanden geleden nog zo beangstigend had gevonden.

Ik keek rond bij Top Shop en River Island en Zara, maar ik wist waar ik eigenlijk naartoe wilde, en toen ik er niet in slaagde in High Street iets te vinden wat zowel netjes als sexy was, ging ik naar Wasbrook's.

De winkel was nog precies zo ingedeeld als toen ik er werkte. De displays waren veel mondainer dan vroeger, en de vaste vloerbedekking was vervangen door laminaat, maar de verkoopsters droegen nog hetzelfde uniform en iedere afdeling was nog op de plek waar hij vroeger ook was.

Ik nam de lift naar de bruidsafdeling, twee etages hoger. Twee etalagepoppen, waarvan ik gezworen zou hebben dat het dezelfde waren als vijftien jaar geleden, stonden op de verhoging, één met het soort herderinnenjurk dat Nathalie zo mooi had gevonden, de andere met een strakke, rechte, ivoorkleurige jurk. Achter de toonbank stond een jong meisje in blauwe rok en witte blouse sieraden uit te zoeken. Ik glimlachte naar haar.

'Ik heb hier vroeger gewerkt, toen ik ongeveer even oud was als jij,' zei ik.

'Je meent het!' zei ze. Ik gaf haar omwille van het verleden een fooi van vijf pond. Ze bedankte me heel vriendelijk.

Ik ging een afdeling lager naar de dameskleding, en liep langs alle rekken. Het was een eeuwigheid geleden dat ik iets gekocht had, ik wist niet meer wat me stond. Ik kocht uiteindelijk een ingetogen, donkerblauwe jurk met lange mouwen en erbij een paar totaal niet ingetogen hooggehakte pumps met bandjes. Ik nam aan dat de professor het niet prettig zou vinden als ik te veel op zou vallen, dus hield ik me aan het 'less is more' principe.

Die avond nam ik een bad, waste mijn haar, en luisterde onder het aankleden naar de Sugar Babes. Ik had een paar nieuwe make-upspullen gekocht: foundation, mascara en een rozigbruine oogschaduw. Voor het eerst sinds de dood van Luca epileerde ik mijn wenkbrauwen en waxte ik mijn benen. Ik plakte valse nagels op. Ik ging op bed staan om mezelf van top tot teen in de spiegel te bekijken. Het kon ermee door.

De professor had een taxi besteld om me op te halen en naar het hotel te brengen. In de lobby sloeg de paniek toe. Er waren honderden mensen en ik kende helemaal niemand. De meeste mannen hadden de leeftijd bereikt waarop ze kaal worden of al zijn. De vrouwen droegen mouwloze jurken en sjaals en het vlees van hun armen lilde. Ik keek rond of ik iemand zag die ik kende. Toen, uit het niets, dook Jenny op, beeldschoon in een jurk van Karen Millen, met Yusuf aan haar arm, en zij brachten me naar de professor die in de overvolle lounge in gesprek was met een Pool met een lange baard en een kaal hoofd.

'Olivia, wat heerlijk dat je er bent,' zei de professor met beleefd enthousiasme. Hij kuste me niet maar legde zachtjes zijn hand in een bezittersgebaar op mijn heup en stelde me voor aan de Poolse historicus.

Ik zei niet veel tijdens het eten. We zaten aan een ronde tafel en het gesprek ging hoofdzakelijk over literatuur en geschiedenis en iedereen leek een beetje op te scheppen, op een alleraardigste manier, dus at ik de vis in peterseliesaus heel langzaam en sneed nieuwe aardappeltjes in heel kleine stukjes zodat ik niet eerder dan de anderen klaar zou zijn. Ik lette erop dat ik meer water dan wijn dronk, zodat ik mezelf of de professor niet voor schut zou zetten en ik slaagde er uitstekend in om intellectuele vragen te ontwijken. Al met al was de avond wel een succes, vond ik.

Na het eten werden er een hoop saaie toespraken gehouden waar de zelfingenomenheid vanaf droop. De verleiding om te drinken was sterker dan ik, zodat ik de fles rode wijn helemaal alleen opdronk. Ik was nog nuchter genoeg om te weten dat alles in orde was zolang ik mijn mond dicht hield en niet zou vallen.

Toen de toespraken eindelijk afgelopen waren, vroeg de professor me mee naar de tuin van het hotel voor een slaapmutsje voordat de taxi ons weer thuis zou brengen.

Achter het hotel lag een groot stenen terras. Kamperfoelie, lavendel en siertabak verspreidden een zwoel parfum en een aantal jongere stelletjes zat op een intellectuele manier met elkaar te flirten. De vrouwen hadden hun schoenen uitgeschopt en de mannen rookten een sigaar. De professor leidde me via een paar treden naar een verzonken tuin, met een vijver met een verlichte fontein erin. De nachtvlinders fladderden rond, op zoek naar de maan.

'Je bent bijna klaar met het Rutherford-manuscript,' zei de professor. 'Jij bent de eerste die erin geslaagd is het vol te houden.'

'Ik vond het leuk,' zei ik. 'Het is heel interessant. Het wordt een geweldig boek.'

'Het beste stuk moet nog komen.'

'O, ja?' Ik nam een slokje Cointreau en dankte God in stilte voor zomeravonden en maanlicht en sinaasappellikeur.

'Wacht maar af.'

Ik was behoorlijk aangeschoten. 'Sorry dat ik het vraag,' zei ik. 'Maar hoe lang heeft het geduurd voor u uw vrouw niet meer miste? Toen ze ervandoor was gegaan, bedoel ik?'

De professor legde zijn handen om zijn glas. 'Verdriet is een ziekte. Mensen reageren er verschillend op. En ze hebben verschillende manieren om de symptomen te bestrijden.'

Ik plukte een takje lavendel en drukte de blaadjes plat tussen mijn vingers. De warme lucht werd vervuld van de geur.

De professor kwam op dreef. 'Het is een soort virus,' zei hij. 'Als het eenmaal in je bloed zit, kun je je er niet tegen verzetten en er is ook geen geneesmiddel voor. Je moet het gewoon over je heen laten komen en zien waar het eindigt.'

'En hoe lang bent u alleen geweest?'

'Tien jaar.'

'Tien jaar? En u bent nog steeds niet genezen?'

De professor ging op een halfronde stenen bank zitten, klemde zijn glas tussen zijn knieën en keek naar de dansende waterdruppels van de fontein. Een glimlach deed zijn mondhoeken omhoog krullen.

'Het lijkt wel alsof ik wat al te zeer aan mijn eigen verdriet toegeef, hè?'

'Een beetje wel.'

'Ik zou er zo langzamerhand overheen moeten zijn, vind je?'

'Ja.'

'Ik waardeer je eerlijkheid, Olivia.'

'Graag gedaan, professor.'

Het was allemaal prima. Het was een fijne avond en op maandag, toen ik weer naar mijn werk ging, was alles precies zoals het daarvoor was geweest en zoals het moest zijn.

54

Uiteindelijk belandden Luca en ik toch in Londen. We begonnen ons leven samen in een kamer op de tweede verdieping van een oud herenhuis in Woolwich. Het had een smoezelige romantiek, met vochtige schimmelplekken op het plafond, behang dat losliet, en een matras vol huismijt op de vloer. De ruiten trilden mee met de treinen die onder ons raam langsdenderden. Op de begane grond woonden een schizofrene dichter en een oud vrouwtje met een kleine jack russell die Minnette heette en op de verdieping onder ons een stel heel verlegen vluchtelingen. We deelden de badkamer. Luca plaste meestal in onze wasbak. Ik hield zo veel van hem dat ik die fruitige, boerderijachtige lucht in de afvoer met genoegen opsnoof als ik 's ochtends mijn tanden poetste. We hadden constant seks, overal. We rookten erg veel weed. We waren voortdurend stoned. We waren slank en zagen er goed uit. We gingen van het ene feest naar het andere. We waren dol op Londen.

Mam wilde me niet meer kennen, Lynnette stond achter me op een rustige manier. Sean en zij namen ons mee uit eten en zagen met ouderlijke belangstelling toe hoe we als wolven op het eten aanvielen en de restjes van hen ook nog opaten. We waren in staat om de suiker uit de suikerpot te likken. Lynnette en ik werden steeds closer. We maakten plannen om onze vader op te sporen. Lynnette bracht ons eten in tupperwarebakjes. Ze zei dat we het moesten opwarmen, maar we hadden altijd zo veel honger dat we het regelrecht uit het bakje opaten zodra ze weg was. Pasta en risotto en curry.

Voor Luca was het moeilijker. Stefano ging nog niet met Bridget maar hij woonde toen al wel in Londen en kwam bij ons langs. Hij moest eigenlijk kwaad op ons zijn, maar zijn hart smolt toen hij Luca's berouwvolle ogen met de donkere wimpers zag. Hij omhelsde zijn broer en ze barstten allebei in tranen uit. Ik stond in de hoek van de kamer, trok mijn mouwen over mijn handen en prutste aan de zomen. Luca miste zijn familie verschrikkelijk. Vooral Marc. Soms sloop hij weg naar de telefooncel op de hoek. Dan kwam hij met rode ogen terug, ging op de matras liggen, zijn gezicht naar de muur, een arm beschermend over zijn hoofd. Ik liet hem dan met rust. Hij schreef brieven aan Marc die hij aan Stefano gaf. Stefano zei tegen ons dat Marc, die de rotzooi had moeten opruimen die wij aangericht hadden, zijn best had gedaan om een hekel te hebben aan zijn egoïstische broer, maar dat hem dat niet lukte. Toch duurde het nog maanden voor er een brug tussen hen geslagen was.

Op zonnige dagen en regenachtige avonden liepen we door de straten van Londen, hand in hand en met stralende ogen. We hadden niet eens geld genoeg om naar de McDonald's te gaan, maar meestal waren we zo gelukkig dat het ons niets kon schelen. We stalen vrij veel. Gewoon de eerste levensbehoeften: eten, toiletspullen, condooms, sigaretten, platen, make-up. Het was niet gemakkelijk, maar we redden het.

Luca kreeg algauw een baantje bij een restaurant en Lynnette riep de hulp in van een vriendin en regelde zodoende een baantje voor mij als receptioniste bij een behoorlijk pretentieus pr-bureau.

Een jaar nadat we weggelopen waren, gingen Luca en ik voor het eerst weer terug naar Portiston. Mijn moeder had inmiddels – omdat ze niet nóg een schandaal aankon – het huis verkocht en was uit het stadje vertrokken. Ik wist van Lynnette dat meneer Hensley geregeld had dat ze bij een collega van hem kon wonen die een zondagschool in Hull bestierde. Angela en Maurizio en Fabio en Marc en Nathalie dreven nog steeds Marinella's. Angela en Maurizio hadden echter een huis in Watersford gekocht en de flat boven het restaurant aan Marc gegeven. Marc was inmiddels verloofd met Nathalie.

Ik mocht Marinella's niet binnen.

Angela had over de telefoon tegen Luca gezegd dat ik niet welkom was, maar hij dacht dat als we er eenmaal waren, ze wel van gedachten zou veranderen. Dat had hij verkeerd gedacht. Ik bleef in onze veel te warme maar verder wel prettige kamer in de bed & breakfast die ooit het huis van Andrew Bird was geweest, terwijl Luca zijn familie bezocht. Ik lag op bed en las urenlang in een versleten oude paperbackeditie van *Valley of the Dolls* en at ondertussen scholiertjes. Het begon me op een gegeven moment behoorlijk de keel uit te hangen, en ik had nog steeds niets van Luca gehoord. Ik ging naar buiten, liep langs het strand, pakte kiezels op en gooide ze in de zee die schuimde en plagerige golfjes op het strand wierp. De wind blies mijn haar in mijn gezicht en mijn hoofdhuid jeukte onder mijn wollen muts. Bij de oprit van de veerpont bleef ik staan, vanwege vroeger, ik sloeg mijn armen om mezelf heen, duwde met de neus van mijn laars in de kiezels en glimlachte bij de gedachte aan Georgie. Toen draaide ik me om en liep weer de stad in. Ik keek niet naar Marinella's, maar ik moest er langs. Het was een heldere, winderige dag, een zilvergrijze decemberdag en toch was het licht achter de ruiten van het restaurant warmgoud. Ik keek niet, maar ik was me sterk bewust van de mensen die achter het glas bewogen, de schaduwen van de familie van wie ik gehouden had, en waarvan ik gewild had dat ze ook van mij hielden.

Het was niet zo koud als het jaar daarvoor, maar het was ook nog geen kerst en mijn adem besloeg al en vormde een sluier voor mijn gezicht terwijl ik daar liep. Ik liep door High Street, langs de etalages van de winkeltjes met hun feestelijke versieringen en schitterende lichtjes. Gelukkig was de patatkraam open, de ramen waren volledig beslagen, en een golf van met vislucht doordrenkte warmte omgaf me toen ik de deur openduwde en naar binnen ging.

Ik kende het meisje dat achter de toonbank stond. Ze had op school een klas hoger dan ik gezeten. Je kon onder haar witte schort zien dat ze zwanger was, haar wangen waren roze en haar onderarmen zaten onder de kleine brandwondjes van het hete vet.

'Wat mag het zijn?' Ze glimlachte naar me, ze had een stompje potlood in haar hand om mijn bestelling op een zakje te schrijven.

'Alleen een zak patat, graag.'

Ze haalde het mandje uit het frituurvet en stortte de goudgebakken patat op het papier. Ik had zo veel honger dat mijn maag van genoegen samenkromp.

'Jij bent toch Olivia?' vroeg het meisje terwijl ze de patat zoutte.

Ik knikte.

'Jij en die jongen van Felicone hebben voor heel wat opschudding gezorgd, vorige kerst.'

'Ja, sorry.'

'O, dat geeft niet hoor,' zei het meisje met een glimlach terwijl ze de zak patat dichtvouwde. 'Ik vond het behoorlijk romantisch. Maar zijn familie vond het nogal erg, toch?'

Ik betaalde. 'Luca is er nu heen om het weer in orde te maken.'

'Ach, dat komt gauw genoeg weer goed,' zei het meisje terwijl ze me mijn wisselgeld teruggaf. 'Dit soort dingen waaien snel weer over. Binnenkort is iedereen het vergeten.'

Ik bedankte haar en nam mijn lunch mee de koude buitenlucht in. Ik at hem op in het wachthuisje bij de veerpont. Het stonk er naar pis en motorolie. Een leeg bierblikje rolde treurig in de goot onder mijn voeten. De patat was heerlijk: groot en zout en zo heet dat ik mijn tong brandde. Het vulde mijn maag met een zwaar maar troostrijk gevoel.

Daarna ging ik weer terug naar de bed & breakfast en viel op het bed in slaap. Luca kwam terug, zijn ogen waren rood en hij zag er terneergeslagen uit. Hij vertelde dat Angela hem had uitgenodigd om met de kerst te blijven, maar mij niet. Hij zei dat Nathalie hem niet aan had willen kijken en dat Maurizio er oud en teleurgesteld had uitgezien. Alleen Marc had naar mij gevraagd. Hij had een stuk taart voor me meegegeven, verpakt in aluminiumfolie. Ik at het in de auto op. Toen we Portiston uitreden, op weg naar de lange stille snelweg naar het zuiden, nam ik steeds een stukje van het citroenglazuur en liet het op mijn tong smelten.

55

1 september was de verjaardag van Luca en Marc. Ik wist niet hoe ik die dag door moest komen. Toch was het een prachtige ochtend en toen ik in de spiegel keek terwijl ik mijn haar in een paardenstaart bond, zag ik mijn eigen gezicht. Ik wist dat dit het gezicht was waar Luca van gehouden had, en dat gaf me een gevoel dat op geluk leek.

Het zou een lange dag worden. Ten eerste hield de professor een opzienbarend college over het leven en de liefdes van Marian Rutherford in het Watersford City Museum. Daarna had ik mezelf twee uur alleen met Luca beloofd. Ik wist niet wat ik daarna zou moeten doen. Ik besloot het gewoon van mijn stemming af te laten hangen.

In het café had Chris een boeketje duizendschonen midden op mijn tafeltje gezet. De zware, pikante lucht vermengde zich met de geur van espresso. Het kleine kopje stond al voor me voordat ik helemaal zat, en daarnaast stond een glas ijskoud water.

'Voor u is alleen het beste goed genoeg, mevrouw,' zei Chris. Hij schudde een servet voor me los.

Hij bracht me frittata, een nieuw recept, zei hij, zachte, gele omelet gemengd met zoete groente. Ik had daarvoor niet het gevoel gehad dat ik honger had, maar ik at het hele bord leeg en begon toen aan een vanillebroodje, besprenkeld met amandelen en suiker en een tweede espresso. Nu danste het bloed door mijn aderen en mijn ogen waren helemaal open. De dag leek niet langer op een beproeving waar ik doorheen moest, maar gewoon op een dag als alle andere, alleen met wat meer herinneringen.

'Je moet ophouden me zo vol te proppen, Chris,' zei ik. 'Ik word tonnetje rond.'

Ik likte mijn vingers af en pikte de laatste kruimeltjes van mijn bord.

Hij ging tegenover me zitten, zoals zijn gewoonte was, om een sigaret te roken.

'Echte mannen houden niet van magere vrouwen.'

'Dat zei Luca ook altijd.'

'Zo te horen een topman, die man van jou.'

'Klopt.'

'Vertel eens wat over hem. Hoe was hij?'

Hij was prachtig. Hij was volmaakt. Hij was mijn wereld. Ik kon de woorden niet vinden.

'Wil je liever niet over hem praten?'

'Dat is het niet, alleen... vandaag was zijn verjaardag.'

Chris sloeg tegen zijn voorhoofd. 'Je moet me eerder afkappen, voor ik weer iets stoms zeg.'

'Het is eigenlijk wel prettig om over Luca te praten met iemand die niet meteen een en al tragisch medeleven is,' zei ik.

Chris glimlachte. 'Maar ik leef ook met je mee, hoor.'

'Dat weet ik wel.'

'Ik vind het alleen moeilijk om het te tonen.'

Ik schudde mijn hoofd. Om de een of andere stomme reden werden mijn ogen gevaarlijk warm.

'Het is de testosteron. Wij alfamannetjes zijn hormonaal niet in staat om... O, jezus nog aan toe, huil je nu? O god, het spijt me, het spijt me.'

Ik veegde mijn ogen met mijn pols af en schudde mijn hoofd, maar ik vertrouwde mijn stem niet genoeg om iets te zeggen. Chris trok zijn stoel dichterbij en sloeg zijn armen om me heen. En hoewel ik eerst verstijfde in die omhelzing, ontspande ik al snel en stond hem toe mijn vriend te zijn.

56

Anderhalf jaar nadat we uit Portiston waren vertrokken, trouwde Marc met Nathalie. Luca was voor de bruiloft uitgenodigd maar ik niet. Ik zei tegen hem dat hij moest gaan. Ik smeekte hem zelfs te gaan. We kregen er ruzie over. Ik zei dat hij het aan Marc verplicht was erbij te zijn. Niet om iets te bewijzen, niet om te laten zien dat hij zich nergens voor schaamde of zo, nee, alleen omwille van Marc.

'Alleen met jou,' zei Luca.

'Ik vind het niet erg om er niet bij te zijn,' zei ik voor de duizendste keer.

'Maar ik wel. Ik vind het heel erg als jij er niet bent,' zei Luca. Hij kuste me vol op mijn mond en hoewel ik toen nog piepjong was, besefte ik hoe heerlijk het was dat er van me gehouden werd door een man die zo ontzettend veel om me gaf.

Uiteindelijk gingen we geen van beiden naar de bruiloft maar Luca schreef een lange, liefdevolle brief aan Marc, en Marc schreef terug. Er waren foto's bijgesloten. Luca bekeek urenlang de groepsfoto's, wees tantes en ooms aan die speciaal voor het huwelijk uit Italië waren overgekomen en probeerde de volwassen geworden kinderen te identificeren.

Ik zag dat Nathalie een andere jurk droeg, niet de jurk die ze uitgezocht had voor de bruiloft met Luca. Het was een minder schattige jurk, hij was wat volwassener. Hij stond haar beter. Minder alsof ze in een toneelstukje optrad en meer als een vrouw die het beste uit zichzelf haalde. Nathalie glimlachte op de foto's waarop ze poseerde, maar op de momenten dat ze niet door had dat ze gefotografeerd werd, zag ze er in mijn ogen een beetje gekweld uit. Marc was knap als altijd, geweldig in zijn donkere pak en paarse das.

'Hij ziet eruit als een ober,' zei Luca.

Ik keek even tersluiks opzij om te zien of hij jaloers was, maar hij had zich al afgewend. Hij had erbij moeten zijn, dacht ik. Ik was boos op Angela. Ze probeerde een wig tussen Luca en mij te drijven door hem te laten kiezen tussen zijn familie en mij. Maar het enige wat ze daarmee bereikte was dat ze haar zoon verdriet deed.

'Kutwijf,' mompelde ik tegen haar hartvormige gezicht op de foto. Onder haar schattige blauwe hoedje glimlachte Angela naar me alsof haar hart gemaakt was van spieren en bloed, en niet van steen.

·

Luca werkte hard: hij was een goede kok en de vaste klanten waren dol op hem. Hij had de 'uitsloverige' genen van Maurizio geërfd en wist hoe hij een showtje moest bouwen in een restaurant.

Als hij in de stemming was zong hij in de keuken en de gasten zeiden dat er muziek in zijn eten zat. Het was lekkere, eerlijke, Italiaanse kost. Zijn reputatie snelde hem vooruit en Luca had altijd werk. En er waren zo veel goede Italiaanse restaurants dat hij ruim de keus had.

De mensen bij het pr-bureau leken me te mogen en het werk van receptioniste ging me goed af. Ik vond het leuk mensen te ontvangen, met hen te praten en hen op hun gemak te stellen. Algauw werd me een opleiding en promotie aangeboden. Ik ging naar Miss Selfridge en kocht nieuwe kleren. Ik liet mijn haar knippen in een goede zaak in Chelsea. Ik maakte een lunchafspraak met Lynnette en onder de minestrone met parmezaan vertelde ze me dat ik er fantastisch uitzag. Ze had tranen in haar ogen, echt. We hadden het er nog steeds over dat we onze vader moesten zoeken, maar we wisten allebei dat we dat niet zouden doen. Mam ging inmiddels volkomen op in het liefdadigheidswerk en leefde in Hull een leven van vrijwel kloosterachtige soberheid, compleet met meneer Hensley met de grote oren. Ik ben er zeker van dat hun relatie volkomen platonisch was. Ik miste haar niet erg. Ik had Lynnette en Luca als familie en van hen hield ik. Meer familie had ik niet nodig.

Marc en Nathalies eerste baby werd na gepaste tijd geboren. Luca werd uitgenodigd voor de doop, ik niet. Marc belde op om te vragen waarom Luca niet gekomen was. Ik nam de telefoon op.

'Liv,' zei hij. Zijn stem klonk aarzelend. Ik vermoedde dat hij met het idee gespeeld had op te hangen toen hij mij aan de lijn kreeg. 'Hoe is het met je?'

'Prima,' zei ik. Omdat ik graag wilde dat Marc wist dat niet ík degene was die Luca bij hem weg hield, voegde ik eraan toe: 'Ik zeg steeds tegen Luca dat hij naar je toe moet gaan, Marc. Ik vind het niet erg dat ik niet mee mag, maar hij...'

Marc zuchtte. 'Trouw met Luca, Liv. Als jullie getrouwd zijn heeft ze geen reden meer om jou te beletten te komen, dan hoor je bij de familie.'

Ik weet niet of hij met 'ze' Angela of Nathalie bedoelde. Dat maakte ook niet uit, ik bleef die avond op tot Luca uit zijn werk thuiskwam, en wachtte hem op met een koud biertje in de koelkast en een huwelijksaanzoek.

'Allejezus,' zei Luca terwijl hij me vol op de mond kuste. Zijn lippen waren nat en koud. 'Geen gek idee.'

Dus trouwden Luca en ik bij de burgerlijke stand in Croydon. Het was een heel stille bruiloft. Luca droeg een gebleekte spijkerbroek, een wijd T-shirt en een zonnebril, en ik had een witte zomerjurk van de Top Shop aan, ringen in mijn oren en espadrilles. Als getuigen waren Stefano en Bridget en Lynnette en Sean erbij. Op de foto's die Lynnette met haar Kodak-cameraatje maakte lijken Luca en ik wel broer en zus. We hebben allebei lang, donker en golvend haar. We lachen allebei onze tanden bloot. Op de foto waar Lynnette ons romantisch voor een fontein heeft laten poseren, steekt Luca achter mijn hoofd twee vingers op. Na de plechtigheid gingen we naar Dino's, bij de Tate Galery, waar Luca toentertijd werkte, en we aten pasta en dronken chianti en Luca's collega's hadden een fantastische taart gebakken die ze ons aanboden terwijl ze sterretjes afstaken en bloemblaadjes strooiden. Een mooiere bruiloft kon je je niet wensen.

En Marc had gelijk. Nu we getrouwd waren, werd ik als Luca's vrouw uitgenodigd voor feestjes van de familie Felicone. Angela en Nathalie gaven me nooit het gevoel dat ik welkom was, maar Luca kon in ieder geval weer naar zijn familie. Dat maakte hem heel gelukkig en dat was eigenlijk het enige wat er voor mij echt toe deed.

57

De professor hield zijn lezing en ik assisteerde hem. Ik verzorgde de powerpointpresentatie waarmee zijn verhaal geïllustreerd werd. Zoals hij daar op het podium in de aula stond was het een knappe man, met zijn hemdsmouwen opgestroopt tot de ellebogen en het bovenste knoopje van zijn overhemd los. Het was verschrikkelijk heet in de zaal. Er was een indrukwekkend aantal studenten komen opdagen om naar zijn college over het leven en de liefdes van Marian Rutherford te luisteren. Er stond ook een groepje hoogleraren achter in de zaal en er waren zelfs een paar journalisten van kunsttijdschriften, vrienden van de professor, die hij had uitgenodigd.

Het was geen geheim dat de professor met een sensationeel literair nieuwtje zou komen tijdens dit college. Ik voelde me heerlijk trots dat ik de enige persoon in dat vertrek buiten de professor zelf was die wist wat die onthulling inhield. Ik had de notities een paar dagen geleden zelf nog uitgetypt.

De professor was, voor iemand die zo zwijgzaam was, een opmerkelijk goed spreker. Ik zat op de treden tussen twee blokken zitplaatsen in en het publiek luisterde gefascineerd. De professor en ik hadden wat hij 'de show' noemde een aantal keren geoefend en onze timing was tot in de puntjes geperfectioneerd. Ik strekte mijn benen voor me uit. Ze waren al bruin en ik droeg sandalen aan mijn blote voeten. Ik had mijn teennagels goudbruin gelakt, in dezelfde kleur als het bandje van de sandalen. Ik klikte met de muis en op het scherm verscheen een foto van Marian Rutherford voor haar huis.

Ze droeg een jasje dat tot onder haar kin dichtgeknoopt was en alleen de neuzen van haar laarzen staken onder haar zware rok uit. Haar haar was nogal streng uit haar gezicht weggetrokken maar iets in de manier waarop ze haar hoofd scheef hield wees op een vrolijke natuur. Zoals de mode was op foto's uit het laat-victoriaanse tijdperk glimlachte ze niet, maar je zag de pretlichtjes in haar ogen en ze trok haar wenkbrauwen een klein beetje op. Haar ogen waren heel donker. Haar linkerhand rustte een beetje dandy-achtig op het ivoren handvat van de paraplu, dat uitgesneden was in de vorm van een zwanenkop.

'Marian was favoriet bij de notabelen van Watersford,' zei de professor en ik klikte weer en er verscheen een foto van de schrijfster, poserend met een van de oud-burgemeesters van de stad: een enorme man, compleet met snorrenbaard, ambtsketen en hermelijnen kraag.

'Ze werd de lieveling van het societypubliek, en een steunpilaar van het literaire en sociale circuit. In haar tijd was ze een beroemdheid, vergelijkbaar met iemand als David Beckham vandaag de dag. Maar toch zei ze altijd dat ze zich het gelukkigst voelde als ze langs de boulevard liep of over de kliffen van Portiston, en van de eenvoudige genoegens van het kustplaatsje genoot.'

Dit was het wachtwoord voor een pittoresk plaatje van Portiston dat we tijdens ons bezoekje geschoten hadden. Op het grote scherm kon je in het midden van de foto de voorgevel van Marinella's onderscheiden. Mijn hart sprong even op.

Maar er was geen tijd voor nostalgie.

'Marian is nooit getrouwd,' zei de professor. 'En dat was niet vanwege een gebrek aan bewonderaars.'

Wachtwoord voor verscheidene foto's van Marians aanbidders. Allemaal literatoren, mannen met veel haar en een voorliefde voor gleufhoeden en pijpen.

'Het verhaal ging,' zei de professor, 'dat ze een verhouding had met een veel jongere man, maar wel de zoon van de dominee. Er werd beweerd dat een van de meest sexy personages uit de negentiende-eeuwse literatuur, Dan du Bruin, geïnspireerd is op deze man, maar deze hoofdpersoon komt fysiek absoluut niet overeen met welke man uit Marians echte leven dan ook.'

Mijn tenen kromden zich van spanning. Ik wist wat er komen ging. Ik keek even opzij naar rechts, waar de journalisten zaten. De één, een hele lange, magere man leunde naar voren, met een elleboog op zijn over elkaar geslagen benen, zijn kin in zijn handen, waarbij zijn wervelkolom een volmaakte C beschreef. Hij droeg jezusslippers en ik kon de krulhaartjes op zijn tenen en zijn grote gele nagels zien. De andere journalist was ouder, droeg een pak en zijn haar was over zijn grote roze schedel gekamd. Ze maakten geen van beiden aantekeningen. De professor knikte hem even toe, als om aan te geven dat wat er nu kwam het belangrijkste was.

Ik richtte me weer op mijn taak. Er volgde een hele serie plaatjes terwijl de professor vertelde dat Marian Rutherford nooit meer naar Amerika terug was gegaan en haar schattige huisje nooit meer verlaten had. Ze bereikte de respectabele leeftijd van zesentachtig jaar en overleed uiteindelijk in haar slaap in haar eigen slaapkamer.

'Het was,' zei de professor, 'volgens Marians vriendin en huisgenote Daniella Urbin, een vredige en serene dood.'

Hij schraapte zijn keel en zijn ogen schoten door de collegezaal. Nog niemand had het door.

'Er is weinig bekend over Daniella. Ik kwam in de loop van mijn onderzoek een foto van haar tegen en de brief waaruit ik net citeerde hing in een lijstje aan de muur van een bed & breakfast in Portiston, dus is het tamelijk ongelooflijk dat het niemand anders al eerder is opgevallen. Maar goed, dit is Daniella...'

Ik klikte en op het scherm verscheen een jonge vrouw. Ze was aantrekkelijk op een zwierige en beslist onconventionele manier, maar het eerste wat je opviel aan deze jonge vrouw was het feit dat ze een ooglapje droeg.

Het publiek was niet achterlijk. Ze hadden Rutherfords werk gelezen. Ze wisten allemaal dat Daniel du Bruin zijn linkeroog in een duel verloren had en een ooglapje moest dragen. Het duurde niet lang of de aanwezigen hadden het anagram opgelost.

Er ontstond rumoer in de collegezaal. Er werd geklapt en gejuicht en de hoogleraren, meest vrouwen die belangstelling hadden voor lesbische invloeden op de victoriaanse literatuur verdrongen zich om mijn professor. Er werd al geopperd de aard van het literaire festival van Portiston volgend jaar te wijzigen. De professor zou een held worden. Hij wist het toen nog niet, maar binnen een maand zou hij door alle landelijke dagbladen geïnterviewd zijn. Hij zou uitgenodigd zijn voor discussieprogramma's rond kunst op tv en zijn gezicht en stem zouden internationaal bekend en gerespecteerd worden. Dat was de toekomst van de professor, maar op dit moment had ik, zijn assistente, een afspraak op de begraafplaats die ik moest nakomen.

De professor wist dat ik weg moest. Ik ving zijn blik en hij stak zijn hand op om naar me te zwaaien en hij glimlachte en zijn lippen vormden de woorden 'dank je wel' en die van mij 'graag gedaan'. Ik stak de dia van Daniella Urbin in het ritsvakje van mijn handtas, waar hij veilig was, en liet de rest achter om door Jenny opgeruimd te worden. Toen liep ik snel het vertrek uit en knipperde met mijn ogen tegen de zon.

58

Ik verheugde me bijna op een bezoek aan de begraafplaats op Luca's verjaardag. Ik wilde dat het een speciale dag werd. Dus ging ik na de lezing eerst terug naar de flat, blies door het raam een kus in de richting van Luca, nam toen een bad en waste mijn haar. Het was zo warm dat ik de moeite niet nam het te drogen, ik kamde het uit en liet het over mijn schouders hangen en liep gewikkeld in een handdoek door de flat om een beetje op te ruimen. Ik schonk een glaasje sinaasappelsap in en viste wat zwarte olijven uit een potje in de koelkast. Ik had Irene Grandi op staan omdat ik in de stemming voor Italiaanse liefdesliedjes was.

Mijn garderobe bevatte weinig zomerkleren. Ik had niet veel meegenomen uit Londen en ik had niet de gelegenheid gehad kleren te kopen, behalve dan voor mijn werk, maar ik wilde me mooi aankleden voor Luca. Ik neuriede zachtjes terwijl ik de kleren in de kast stuk voor stuk bekeek, waarbij ik de kleren die me niet aanstonden op de grond gooide. Uiteindelijk trok ik een heel oude spijkerbroek van Luca aan met een leren riem door de lusjes die ik zo strak had aangetrokken dat de broekband rimpelde. Erop droeg ik een wit kanten hemdje. Ik herinnerde me nog dat Luca achter me had gestaan en mijn schouders kuste toen ik het vorige zomer een keer droeg. Misschien zaten er nog wat cellen van Luca in de stof. Ik vond de gedachte dat zijn DNA zich zo dicht bij mijn huid bevond prettig.

Ik maakte me op. De hele reut: foundation, eyeliner, oogschaduw, mascara, lipgloss en blusher. Ik benadrukte mijn jukbeenderen en mijn ogen. Ik spoot parfum op mijn polsen en hals. Ik glimlachte naar mezelf in de spiegel. Ik zag er goed uit. Beter kon niet. Luca zou trots geweest zijn.

In mijn handtas zaten mijn autosleuteltjes, mijn mobieltje en mijn portemonnee. Op de plank naast de deur stond een kaartje voor Marc en een fles wijn in glanzend rood cadeaupapier. Ik had eerst een lichtblauw katoenen hemd voor hem gekocht, maar uiteindelijk vond ik dat toch te persoonlijk. Ik wilde hem niet iets geven wat een herinnering aan mij zou zijn. Ik had bedacht het kaartje en mijn cadeau later bij Marinella's op de stoep te zetten. De familie zou de verjaardag van Marc waarschijnlijk vieren, en dat wilde ik niet verstoren, maar ik wilde ook dat hij wist dat ik aan hem gedacht had. Op de plank lag ook een gedicht en een cadeautje voor Luca. Ik had een zilveren eternityring voor hem gekocht in een stalletje voor de kathedraal van Watersford. Ik was van plan die bij hem te begraven. Dan zou hij, ook al was ik er niet, toch iets van mij bij zich hebben, voor altijd.

Ik reed naar de begraafplaats. Ik voelde me licht en ijl, alsof ik een eindje boven de grond zweefde.

Ik zette de auto beneden neer, knikte naar een vrouw die de bloemen op een graf verving, pakte het gedicht en hield het met de ring in mijn hand geklemd terwijl ik aan de lange wandeling naar boven begon.

Het was zo'n vochtige nazomermiddag waarop de lucht heiig is: vol mugjes en de hitte van de dag. De bloemen hingen slap, lieten hun kopjes hangen over de rand van hun vazen alsof ze teleurgesteld waren, en boven me scheerden zwaluwen door de lucht terwijl de duiven lui maar troostrijk koerden in de bomen.

Ik liep over het pad dat omzoomd was door boterbloemen en madeliefjes. Tussen de graspluimen stonden de weidebloemen en om mijn enkels zoemden de bijen en vlinders. De zon stond laag en gaf een zachte gloed, alsof ook hij moe was. Ik liep langs een oude man met een gieter die me goedemiddag wenste en een jonge man die een klein meisje bij de hand hield en naar zijn voeten keek en mijn blik ontweek.

Omhoog liep ik, naar Luca's graf, en mijn hart klopte sneller nu ik dichterbij kwam, mijn ademhaling versnelde van vermoeidheid en van verwachting.

Maar toen ik bij de esdoorn recht tegenover de plek waar Luca begraven was links afsloeg, was zijn graf niet zoals ik verwacht had. Toen ik zag wat ze gedaan hadden, vlogen mijn handen naar mijn mond. Het gedicht fladderde naar beneden en de ring viel in het lange gras en was onmiddellijk verdwenen.

Er stond een zwartmarmeren zerk op Luca's graf, dat schuilging onder de bloemen.

Natuurlijk was de familie vandaag op bezoek geweest, maar er waren zo veel bloemen dat ik ervan schrok en van die grafzerk had ik niets af geweten. Niemand had gevraagd wat ik ervan vond. Niemand had zelfs tegen me gezegd dat hij er kwam.

Met kloppend hart stapte ik naar voren om de tekst te lezen. Er stond:

Ter nagedachtenis aan Luca Felicone
Geliefde zoon en broer
Voor eeuwig in ons hart
Voor eeuwig bemind
Angela, Maurizio, Carlo, Stefano, Marc, Fabio en Nathalie

Meer stond er niet op.

Er werd niet gerefereerd aan het feit dat Luca ook nog echtgenoot was geweest.

Er werd niet gerefereerd aan mij.

'Je bent een beetje te laat voor de plechtigheid, moppie,' zei een vriendelijke stem bij mijn schouder. Het was de portier van de begraafplaats.

'Ja,' zei ik. Ik voelde me beverig.

'Is het zijn verjaardag of zo?'

'Ja,' zei ik. 'Vandaag zou hij vijfendertig geworden zijn.'

'Dat dacht ik al. Wat triest.'

Ik schonk hem mijn weduweglimlachje om de storm van emoties die in mijn borst tekeer ging te verbergen. 'Waren ze er allemaal? De hele familie?'

'Ja zeker. Jammer dat je het gemist hebt. Een mooie plechtigheid. Een stuk of twintig mensen waren er.'

De bloemen die op Luca's graf waren opgetast en geen water hadden, begonnen al een beetje naar verrotting te ruiken. Het was Luca's graf niet meer. Ik wist niet waar Luca was, ik had me nog nooit zo verloren gevoeld.

De parkwachter liep door terwijl ik daar stond te staren naar het stuk steen waarop ik voor eeuwig uit Luca's leven was geschrapt. Aan mijn voeten lagen de stille getuigen van een herdenkingsplechtigheid waarvoor ik niet was uitgenodigd.

Ik voelde een groot meer van verdriet binnen in me. Het klotste donker en diep en koud tegen me aan. In de verte klonk gerommel van de donder, heel ver weg, als een aankondiging van moeilijkheden.

Toen gebeurde er iets.

Het water in dat meer van verdriet begon te borrelen en te koken. In plaats van verdriet voelde ik woede. Niet zomaar een beetje boosheid, maar een enorme, kokende woede.

Ik draaide me om, trok mijn sandalen uit en rende de heuvel af, wrong me langs de portier met zijn kruiwagen en de jonge man en het kind. Ik sprong in mijn auto en reed met gierende banden weg bij de begraafplaats. Ik weet niets meer van de rit naar Portiston, maar ik weet nog wel dat ik me ontzettend energiek voelde en ontzettend kwaad, en dat was een geweldig, heerlijk gevoel.

De auto kwam slippend tot stilstand voor Marinella's, ik sloeg het portier dicht met een kracht waarvan ik niet wist dat ik die bezat en liep de stoep op. Ik duwde de deur zo hard open dat hij helemaal terug zwaaide en de deurkruk aan de binnenkant tegen de muur erachter dreunde. Deze kleine geweldsdaad had het gewenste effect. De familie en vrienden die zich in het restaurant bevonden om met Marc zijn verjaardag te vieren hielden op met hun gebabbel over koetjes en kalfjes, hun condoleances en het ophalen van herinneringen en draaiden zich om om naar mij te kijken.

Het restaurant was versierd voor een feestje, maar ingetogener dan normaal. Er waren geen ballonnen of slingers, alleen gekleurde tafelkleedjes en bloemen en er stond wijn op de tafeltjes. De kinderen droegen hun zondagse kleren. Fris van de kerk en de begraafplaats.

De laatste keer dat ik zo veel mensen bij elkaar had gezien was bij Luca's begrafenis geweest. Ik herkende een paar van zijn oude schoolvrienden tussen de buren en vrienden van Angela en Maurizio. Carlo was er, en Sheila met haar zure gezicht. Achter de bar stond Fabio, zich van geen kwaad bewust, glazen te poetsen. Maurizio was waarschijnlijk in de keuken maar Angela stond vlak bij me, met een stapel borden in haar handen, en Nathalie keek me recht in mijn gezicht, een hand op haar buik, en naast haar stond Marc. Mijn lieve Marc. Mijn trooster, mijn minnaar, mijn biechtvader, de enige op aarde die begreep hoe diep mijn verdriet was, hij stond daar met zijn arm om Nathalies schouders. Mijn woede kwam tot een spectaculaire uitbarsting net op het moment dat het onweer boven Portiston losbarstte en de lichten flikkerden zodat de kleintjes gilden van angst.

'Olivia,' zei Angela rustig. Ze zette de borden op een tafeltje, deed met uitgestoken hand een stap in mijn richting. 'We wisten dat dit een heel moeilijke dag zou zijn. Waarom ga je niet zitten en neem je een glaasje wijn en...'

'Raak me niet aan,' zei ik met een stem die ik niet van mezelf kende en ik gaf haar zo'n harde duw dat ze tegen het tafeltje aanviel en de borden op de grond kletterden. Iedereen hield de adem in. Ik voelde me razend. Ik voelde me sterk. Ik voelde me geweldig. Ik zag nu wat ze waren, voor het eerst in mijn leven zag ik de waarheid betreffende deze familie.

'Liv...'

Dit keer was het Marc die naar voren stapte. Zijn gezicht was bleek en gespannen. 'Liv, lieverd...'

'Je wist het!' krijste ik, terwijl ik hem recht in zijn ogen keek. 'Je moet van die grafzerk af geweten hebben, maar je hebt niets tegen mij gezegd. Je hebt er niet voor gezorgd dat zij met mij gingen praten! Klootzak!'

'U hoeft niet te schelden,' zei een van de buren.

Marc haalde hopeloos zijn schouders op. 'Ik wilde je niet van streek maken. Toe, Liv.'

'Wat nou toe?'

Een bliksemflits verlichtte het restaurant en belichtte Nathalies gezicht. Ze keek tevreden, echt waar. Ze vond het prettig dat ik in een crisis terecht was gekomen. Ik vroeg me af of Angela en zij dit allemaal samen uitgedacht hadden om mij als een zottin tegenover hun gasten te kijk te zetten.

Als dat het geval was, hadden ze zich vergist. Ze wisten niet dat zij degenen waren die kwetsbaar waren, niet ik. Ik had de macht om hun hele wereld te laten instorten. Een paar woorden zouden genoeg zijn.

'Alsjeblieft, ga nu niet...' fluisterde Marc.

'Wat jij een paar dagen geleden hebt gezegd...' zei ik, maar ik zei het zachtjes. 'Dat was dus een grote leugen.'

Hij schudde zijn hoofd, hij wrong zijn handen.

'Toe...' zei hij geluidloos.

Nathalie deed een stap naar voren. 'Ik denk dat je maar beter weg kunt gaan, Olivia,' zei ze. 'Dit is ons huis en jij bent hier niet welkom als je je zo gedraagt.'

'Nou, nou,' fluisterden een paar gasten.

Marc deed een stap naar voren. 'Liv...'

'Raak me niet aan,' beet ik hem toe. 'Als jij me nog één keer aanraakt...'

Angela keek ontzet. Ze bewoog zich bijna onmerkbaar in mijn richting, evenals Carlo. Had ik maar een mes bij me gehad, een wapen om ze allemaal op een afstand te houden. Maar ik had geen mes. Het enige wat ik had was mijn woede. Buiten roffelde de regen opeens tegen het raam.

Nathalie keek van Marc naar mij. Ik wist dat ze aan de foto dacht die ze op zijn mobiel had gevonden. Ik wist dat ze twijfelde. Haar hand lag nog op haar buik en opeens herkende ik het truitje dat ze droeg, een truitje met rozenknopjes erop. Het was haar lievelingstruitje als ze zwanger was.

Een van de kinderen huilde. Hij was bang van de donder. Of misschien was hij bang van mij. Buiten was de lucht vrijwel zwart, binnen was het niet veel beter.

Marc probeerde het nog eens.

'Liv, ik smeek je...'

'Je smeekt me om de waarheid te verzwijgen, Marc? God, wat een ander geluid ineens.'

'Wat bedoelt ze, Marc?' vroeg Nathalie. Ze trok aan zijn mouw. 'Waar heeft ze het over?'

Marc was lijkbleek. Hij was in paniek en ik minachtte hem. Hij was niet half de man die Luca was.

'Vertel het haar maar, Marc,' zei ik. 'Vooruit, vertel het haar maar.'

Marc wendde zich tot Nathalie en nam haar handen in de zijne. 'Nat, ik...'

'Olivia.' Het was Maurizio. Hij legde zijn hand zachtjes op mijn arm. 'Doe dit nu niet. Denk aan Luca.'

Ik dacht aan Luca.

Marc keek naar me. Nathalies gezicht, lelijk en zielig vertrokken, was zo kwetsbaar als dat van een klein kind. Maurizio legde een hand op mijn schouder en drukte even.

Ik gaf het op.

Wat had het voor zin haar opnieuw kapot te maken? De eerste keer had ik al genoeg schade aangericht.

'Er valt niets te weten, Nathalie,' zei ik, rustiger nu. 'Van mij heb je niets te vrezen. Ik wil niets meer met jullie te maken hebben. Met niemand hier.'

Ik moest mijn stem verheffen om boven de regen uit te komen die nu tegen het raam bonsde als duizenden kleine vuistjes die naar binnen wilden. Ik deed een stap opzij, weg van Maurizio. Ik wilde zijn bezorgdheid nu niet. Het was te laat. Ik keek naar de mensen om me heen, velen waren door bloed en genen met elkaar verbonden, en ik dacht dat ik het begreep. Ze haatten me niet, ze waren jaloers op me. Ze waren jaloers omdat Luca mij boven hen had verkozen. En het grafschrift was niets meer dan het zoveelste symptoom van hun jaloezie.

'Wat een stelletje hypocrieten zijn jullie,' zei ik. 'Allemaal. Jullie zeiden wel dat jullie van Luca hielden en dat jullie het beste voor hem wilden. Maar dat wilden jullie helemaal niet. Geen van allen. Omdat ik het beste voor Luca was. Ik.'

Het was heel stil geworden in Marinella's. Buiten was het donker en de regen geselde nog steeds het raam. Ik voelde me heel moe. Marc, zijn gezicht slap van dankbaarheid, gaf me een glas. Het was een of andere heldere vloeistof, iets sterks. Ik dronk het glas in één teug leeg. Ik had het gevoel dat mijn knieën knikten en hield me vast aan de rugleuning van een stoel.

Ik heb eens een astronoom op de radio gehoord. Ze legde uit dat niets helemaal echt verloren of voorbij is. Ze zei dat het licht er acht jaar over deed om van de aarde bij de dichtstbijzijnde bewoonbare planeet in het universum te komen. Dit betekende dat een buitenaards wezen dat op dit moment op die planeet door zijn telescoop naar Marinella's keek, Luca zou zien staan, vlak naast mij op het verjaardagsfeest van Marc en hem, acht jaar geleden. Wat benijdde ik die alien en zijn telescoop.

59

Ik liep het restaurant uit. Ze keken allemaal naar me. Ik liep naar buiten en ik keek niet naar hen en ik wist dat ik nooit terug zou komen.

De deur zwaaide achter me dicht. Ik stond naast de enorme ijshoorn van plastic op het terras en keek uit over de zee. Het regende nog steeds hard en de regen vervaagde de omtrekken van de balustrade en de abri's op de boulevard en de veerpontoprit. Seal Island in de verte was een bleekgrijze vorm als iets wat sliep en wat vergeten was. De hele wereld bestond uit verschillende gradaties grijs en het rook naar natte stoep en spijt.

De regen kwam met bakken uit de lucht en ik moest steeds met mijn wimpers knipperen om hem uit mijn ogen te houden en al snel sijpelde het water langs mijn hals en mijn blote armen. Mijn kleren plakten aan mijn lijf en ik stond daar en voelde hoe mijn verleden van me afspoelde. Mijn hele verleden. Hij vormde een plas aan mijn voeten en liep toen weg over de treden van het terras naar de stroom water die langs de weg naar het riool spoelde en die het regelrecht naar zee zou afvoeren.

Ik voelde dat er achter mij een deur openging. Ik voelde de warmere lucht. Maurizio kwam stilletjes naast me staan. Hij was nog in zijn hemdsmouwen en had zijn schort nog voor en hij had een paraplu meegenomen. Hij klapte hem open en hield hem boven me op en zo stonden we daar naast elkaar en keken naar de regen die miljoenen gaatjes in de groengrijze zee prikte.

Na een poosje vroeg hij: 'Olivia, kun je ons vergeven?'

Ik kon niets zeggen. Wat kon ik tegen hem zeggen?

'We wisten allemaal hoe het zat,' ging hij door. 'We wisten allemaal wat Luca voelde, lang voordat hij je meenam naar Londen. We hadden jullie moeten steunen in plaats van jullie steeds in de weg te staan.'

Ik schudde mijn hoofd. Het was te laat. Het was allemaal te laat.

'We hebben Luca in de steek gelaten,' zei Maurizio. 'Hij heeft gedaan wat hij moest doen en in plaats van dat we onszelf de schuld gaven dat we hem in die situatie gemanoeuvreerd hadden, gaven we jou de schuld. Al die tijd hebben we jou de schuld gegeven. Het spijt me zo, Olivia. Het spijt me zo.'

Ik sloot mijn ogen. Maurizio zuchtte.

'Dat was het makkelijkste,' zei hij. 'Vooral voor Angela. Maar het was verkeerd.'

De kleine witte golfjes braken op de kiezels. De zee zoog het water door de steentjes weer mee en dan braken de golven weer. De regen viel en kwam terug in de zee. Alles ging rond en rond en eindigde waar het begon.

Ik ging terug naar Londen.

60

Lynnette stond erop dat ik bij Sean en haar bleef logeren. Ze maakte een bed voor me op in de logeerkamer en zette een vaas bloemen op de kaptafel en kocht tijdschriften voor me en energiedrankjes en druiven zonder pit alsof ik zwaar ziek was. Ze gaf me Seans oude laptop en zei tegen me dat ik het allemaal op moest schrijven. Ze zei dat dat een catharsis zou zijn, en ze had gelijk.

De afgelopen maanden zijn Sean en zij zo zacht en lief en geduldig als heiligen voor me geweest. Ze hebben drankjes en broodjes voor me klaargemaakt, en ze hebben me gevraagd hen te helpen met prettige, overzichtelijke klusjes: de uitgebloeide rozen afknippen in de tuin, de raamkozijnen verven, nieuwe kussenovertrekken naaien, dat soort dingen. Lynnette probeert me te betrekken bij gesprekken over tv-programma's. Ze is verslaafd aan documentaires over mensen die oude schuren en in onbruik geraakte winkels opkopen en daar prachtige huizen van maken. Sean probeert me aan het lachen te maken. Hij geeft me sterkedrank en de heerlijk vertrouwde lucht van shag. Als zij op hun werk zijn, schrijf ik mijn biecht en lig ik op bed. Soms loop ik buiten een rondje. De zwarte depressiehond is constant bij me. Ik begrijp dat hij blijft tot ik zover ben dat ik in mijn eentje verder kan.

Ik mis Chris en het café. Ik heb hem gebeld om hem te vertellen waarom ik opeens verdwenen was en hij zei dat hij blij was dat het niet om iets was wat hij gezegd had. Hij maakte me aan het lachen. Hij zei tegen me dat hij mij ook miste en dat hij op een dag naar Londen zou komen zodat ik hem alle bezienswaardigheden kon laten zien. Regelmatig stuurt hij me een ansichtkaart met een recept achterop. Lynnette en ik proberen de recepten uit, maar we beseffen zo langzamerhand dat we geen van beiden ooit goede koks zullen zijn.

Ik ben op zoek naar een café waar ik me lekker anoniem kan voelen. In het park is een vijver en midden in die vijver is een café dat je alleen kunt bereiken via een houten loopbrug. Zwanen, eenden en ganzen zwemmen eronderdoor, in de hoop dat iemand een stukje brood naar beneden gooit. Ik heb onlangs gezien dat er ook kikkers in het water zitten en er hangt een zweempje lente in de lucht, vooral in de ochtend.

Het café op het eilandje ziet er veelbelovend uit. De kok is een vrouw met stevige armen en een driedubbele onderkin. Ze lacht veel en noemt iedereen 'schat' en haar grote borsten wiebelen heen en weer als ze een kop koffie voor me neerzet. Het café is een geschikte plek om een bibliotheekboek te lezen en om naar de folders van tentoonstellingen en concerten en demonstraties te kijken.

Stefano en Bridget en de kinderen komen op zondag bij ons lunchen, of we worden bij hen uitgenodigd. We praten veel over Luca, maar we hebben het niet over Marc, alleen terloops. Stefano heeft gezegd dat de familie mij misschien Luca's graf heeft afgepakt en net doet alsof het van hen is, maar dat dat niets uitmaakt omdat Luca's hart mij altijd zal toebehoren. De tijd die hij en ik samen hebben doorgebracht is heilig en veilig. Het lijkt op een cliché, maar ik koester het. We drinken allemaal te veel, zelfs Lynnette, en we worden emotioneel en aanhankelijk en kijken door een roze bril naar onze jeugd en onze kruisende wegen.

Het beste nieuws is dat ik een baantje heb. Ik begin deze week. Mijn vorige ervaring als onderzoeksassistente voor de professor in de geschiedenis van de universiteit van Watersford heeft geweldig voor me uitgepakt. Het was natuurlijk toeval, maar ik heb gewerkt aan iets wat waarschijnlijk het meest in de kijker lopende literairhistorisch onderzoek van de afgelopen tien jaar is geweest. Om Marian Rutherford als lesbienne uit de kast te laten komen heeft een volslagen nieuwe invalshoek voor onderzoek opgeleverd. Al haar boeken worden herdrukt, herlezen en opnieuw geïnterpreteerd. Syllabi worden aangepast om dit nieuwste gezichtspunt op het werk van mevrouw Rutherford te verwerken.

De professor is weggegaan uit Watersford. Het was handiger om naar Londen te komen, aangezien hij gevraagd was om onderzoek te doen voor een televisiedocumentaire over dit onderwerp, en het programma ook te presenteren. Hij heeft mij gevraagd om zijn onderzoeksassistente te worden, omdat hij weet hoe goed we samen kunnen werken op ons eigen eilandje. Ik heb zijn aanbod aangenomen.

En Luca.

Luca is gestorven, maar hij heeft me niet verlaten. Hij zit in het bloed dat door mijn aderen stroomt, hij zit in iedere gedachte die in me opkomt, hij zit in iedere voetstap die ik zet, iedere bloem die ik pluk, iedere vogel, ieder blad, iedere regendrop, ieder woord, iedere kleur, iedere vingerafdruk, iedere ster, iedere zonsopgang en iedere zonsondergang.

Hij is in iedere ademtocht en in iedere slag van mijn hart.

Luca.

De liefde van mijn leven.

DANKWOORD

Ik dank Marianne, die het manuscript heeft gelezen en het goed genoeg vond om mijn agent te worden. En ik dank Vicky en Pat voor alle steun. Jullie waren geweldig. Dank daarvoor. Ook dank ik Josephine en Kate voor hun hartelijkheid en wijsheid, tot het bittere eind. Ten slotte dank ik het Macmillan-team: Trisha, Fiona (voor het ontwerpen van het prachtige omslag) en in het bijzonder Imogen, mijn lieve en briljante redacteur, die de titel bedacht en diverse verbeteringen voorstelde. Het was een voorrecht en een genot om met je te werken.